H. G. KONSALIK

BATAILLON DISCIPLINAIRE

PRESSES DE LA CITÉ

Le titre original de cet ouvrage est :

STRAFBATAILLON 999

Traduit de l'allemand par R. JOUAN

ISBN 2-266-00253-8

CE matin-là, Julia Deutschmann soigna tout particulièrement sa toilette dans la conviction qu'un homme accorde plus facilement une grâce si la solliciteuse est jolie. Elle n'eut d'ailleurs pas à faire un bien grand effort, car elle l'était, même avec ses yeux cernés par les veilles et ses lèvres un peu blêmes. Un soupçon de rouge sur celles-ci, un peu de poudre sur le visage, quelques coups de brosse sur la chevelure bouclée et noire qui tombait librement. Elle passa un tailleur très simple, qui lui allait parfaitement, se rappela, ce faisant, que l'étoffe en avait été choisie par Ernst, demeura un peu rêveuse à ce souvenir, chaussa des souliers à hauts talons de couleur assortie, jeta un dernier regard de vérification dans la glace, et sortit.

A la porte du grand édifice de la Bendlerstrasse où siégeait le haut commandement de la Wehrmacht, la sentinelle lut longuement et attentivement la note qu'elle lui remit, une note pourtant très courte : trois lignes l'invitant à se présenter au général von Frankenstein.

Dans le vestibule, un jeune sous-lieutenant la salua en claquant des talons, et offrit aussitôt de la conduire au second étage. Il s'arrêta au bout d'un couloir, devant une grande porte de chêne, une porte qui semblait ouvrir sur un autre monde, celui où le sort d'Ernst allait se décider, un monde étranger, hostile, énigmatique.

BODO V. FRANKENSTEIN, annonçait une plaque, sur le côté.

— Le général va certainement vous recevoir tout de suite, dit le sous-lieutenant. Je vais vous annoncer dans l'antichambre. Voulez-vous me remettre votre convocation, madame ?

Julia la lui tendit. Peu après, il reparut, sensiblement plus raide, plus réservé.

— Une minute. On vous appellera.

Plus de « Madame », plus de salut. Il s'éloigna rapidement. Ses bottes craquèrent dans le couloir. « Ainsi donc, pensa Julia avec amertume, le seul nom de Deutschmann a suffi pour le changer en glaçon ! »

Elle s'assit sur un des bancs inconfortables du couloir. La lourde porte ne s'ouvrit qu'au bout d'une demi-heure. La tête d'une jeune secrétaire parut.

— Madame Deutschmann ?

— C'est moi.

— Le général vous prie d'entrer.

Von Frankenstein fit trois pas au-devant d'elle quand elle entra dans la seconde pièce, puis s'arrêta brusquement comme un jouet mécanique dont le ressort s'est cassé. Il s'inclina légèrement.

— Madame Deutschmann ?

— Oui, général.

— Vous avez introduit une demande en grâce en faveur de votre mari ?

— En effet.

— Pourquoi ?

Julia pensa fugitivement que sa voix craquait comme les bottes du sous-lieutenant.

— C'est..., commença-t-elle en balbutiant, c'est par erreur qu'il a été arrêté et condamné à servir dans un bataillon disciplinaire... J'ignore où il se trouve actuellement.

— Aucune erreur n'a été commise.

— Mais...

— Permettez-moi de vous interrompre, dit le général, en s'inclinant de nouveau.

Manifestement, c'était un officier de la vieille école, à qui l'on avait naguère enseigné qu'il convient, en toute circonstance, de se montrer courtois envers les dames. Or, Julia était, de toute évidence, une dame, même avec le Dr Ernst Deutschmann pour mari. Cela se voyait tout de suite. Un sourire joua même au coin de ses lèvres.

— Vous êtes vous-même doctoresse, madame, continua-t-il, et je ne devrais pas avoir besoin de vous donner d'explication. Il n'y a pas eu d'erreur. Ce n'est pas mon opinion personnelle que je vous expose là, mais le résultat d'une enquête effectuée par des spécialistes réputés. Nous n'agissons jamais à la légère, ce n'est pas du tout dans le caractère de l'armée allemande. Le cas de votre mari a été scientifiquement examiné et la conclusion est catégorique : mutilation volontaire par injection de sta... de sta...

— De staphylocoques.

— Exactement !

Le ton se fit tranchant. Le général retourna vers son imposant bureau. Un rayon de soleil, filtrant à travers les rideaux, fit briller les bandes rouges de son pantalon. Derrière le meuble, il s'arrêta, les poings posés sur lui, légèrement penché. Le regard de Julia s'éleva lentement des mains où saillaient les veines, le long de la tunique en soie grise, chatoyante, s'arrêta un instant sur la Croix de Fer de 1re classe de la Première Guerre mondiale — rouge avec des feuilles de chêne en or, stylisées — continua par l'autre décoration, une cravate finlandaise, le cou plissé, un visage osseux, impassible, jusqu'aux yeux bleu pâle, aux bords rougis, sous le front ridé et les cheveux en brosse. Elle fixa ces yeux.

— C'est précisément parce que je suis doctoresse et que je l'ai aidé dans ses travaux que je suis certaine de votre erreur. Personne n'aurait osé faire ce qu'il a fait.

Afin de pouvoir venir en aide aux autres, il a effectué une expérience sur lui-même. Voilà la vérité ! Mais on l'a arrêté comme un criminel et condamné. C'est pourquoi j'ai introduit cette demande de grâce.

— Les choses auraient pu encore plus mal tourner pour lui, répliqua le général avec impatience. Ecoutez-moi, madame : votre mari est un savant de grande réputation. Aussi l'avons-nous dispensé du service militaire tout d'abord. Mais nous avons dû le rappeler. C'est alors qu'il s'est inoculé ces... cette maladie. Il s'agit, indiscutablement, d'une mutilation volontaire. Et il a été condamné à servir dans un bataillon disciplinaire... qui est une unité de l'armée allemande comme une autre. Dès qu'il aura fait ses preuves, il sera transféré. On peut donc affirmer qu'il s'en est tiré au mieux.

— J'ai entendu dire, riposta Julia, tout en sachant que ses paroles rebondiraient contre cet homme comme des balles contre un mur, j'ai entendu dire que ce bataillon 999...

— Et qu'avez-vous entendu dire ?

— Que les hommes y étaient très mal traités... comme des criminels...

Le général leva une main impérieuse.

— Il est soldat, fit-il d'un ton froid. Vous n'avez pas à prêter l'oreille à de tels bruits. Dans l'armée, on se bat. Des millions d'autres que votre mari le font depuis des années. Voilà tout ce que j'avais à vous déclarer.

— Oui... dit faiblement Julia.

— Voyez-vous, votre visite était complètement inutile. Le bataillon 999 est, je le répète, une unité comme les autres. Que votre mari y serve, ou ailleurs...

— Oui.

— Nous n'avons donc plus rien à nous dire.

Le général referma un dossier, leva les yeux et sourit de nouveau.

Après avoir franchi la grande porte de chêne, Julia s'appuya au bord d'une fenêtre voisine. « Qu'il soit au bataillon 999 ou ailleurs, pensait-elle... Il est soldat, comme des millions d'autres... Il doit faire ses preuves, ensuite... Ernsti ! Ernsti !... » Tout lui revint : les interminables semaines de lutte désespérée et vaine, les nuits blanches, le procès, la condamnation, la tentative de révision, le long combat contre les hommes qui l'avaient condamné, aussi intraitables que ce général, les angoisses, les paniques, les refus plus ou moins brutaux, et aujourd'hui l'anéantissement du dernier espoir ! Elle se sentait comme emportée par une avalanche. Ses yeux regardaient sans voir, elle ne comprenait plus rien, la conscience s'effaçait lentement...

Le jeune sous-lieutenant aux bottes craquantes monta l'escalier en sifflotant. Parvenu à la dernière marche, il s'arrêta soudain, cessa de siffler, ses lèvres battirent, ses yeux regardèrent avec effroi la forme étendue devant la porte du général. Alors il se mit à courir, avec hésitation au début, puis franchement.

Julia gisait, inanimée. Entre ses lèvres à demi ouvertes, pendaient les morceaux d'un mouchoir déchiré.

-:-

Le camp « Friedrichlust », dépôt central du bataillon disciplinaire 999, se trouvait au sortir de Posen, sur la route de Kostzyn. Personne ne savait plus qui avait donné ce nom, évocateur de forêts sereines, de trompes de chasse, de meutes aboyantes, de cavaliers romantiques, à ces casernes de pierre, massives et monotones. Mais il figurait sur une plaque, abîmée par les intempéries, près du poste de garde et de la barrière mobile qui, selon l'usage, séparait le camp du monde extérieur.

L'automne. Un ciel gris et lourd d'où tombait une pluie fine.

Au moment même où, à Berlin, à bien des kilomètres de là, le sous-lieutenant se penchait sur la forme inanimée de Julia, l'adjudant-chef Krüll, de la 2e compagnie du bataillon disciplinaire 999, debout à cette entrée, attendait les nouveaux, pour leur ménager ce qu'il appelait une « digne réception ».

Tout d'abord, il renvoya les gendarmes militaires d'un

salut négligent, comme pour leur dire : « N'ayez aucun souci, je me charge d'eux désormais ; ces gaillards vont être traités comme ils le méritent. »

Les quatre hommes reçurent l'ordre de se placer par rang de taille près du corps de garde. Alors, l'adjudant, les paupières plissées sous la casquette un peu rejetée en arrière, les examina lentement et avec insistance, de gauche à droite, du plus grand au plus petit, de haut en bas puis de bas en haut. Ce qu'il vit parut l'affliger ; son visage rond, joufflu, eut une sorte de moue ; il hocha la tête, comme s'il trouvait la confirmation de ce qu'il attendait.

— Votre nom ? demanda-t-il au plus grand, à gauche.

— Gottfried von Bartlitz.

L'homme avait des cheveux gris, des yeux profondément enfoncés dans les orbites, deux rides profondes descendaient des ailes du nez autour de la bouche petite, aux lèvres blêmes. La pluie ruisselait sur le visage. La vareuse, devenue beaucoup trop large, était trempée.

— Ah ! ah ! fit Krüll. Un « von » ! Général, hein ?

— Soldat.

— Et moi, je suis aussi un soldat, hein ?

— Non. Vous êtes adjudant-chef.

— Parfaitement. Je suis adjudant-chef. Et je viens de devenir votre mère ! Alors, qui êtes-vous ? Comment vous appelez-vous ?

Il hurla ces dernières demandes, les poings sur les hanches.

— Soldat Gottfried von Bartlitz, mon adjudant, répondit l'homme, le visage impassible.

— Couchez-vous ! ordonna Krüll, comme s'il crachait le mot.

L'homme obéit. L'adjudant en fit le tour en silence, l'appuya du pied dans une flaque, le regarda pendant un moment, puis revint se planter devant les autres.

— Et vous ? demanda-t-il au second.

— Soldat Ernst Deutschmann, mon adjudant.

— Profession ?

Deutschmann hésita.

— Médecin, mon adjudant.

— Docteur, hein ?

— Oui, mon adjudant.

Krüll examina l'homme maigre, au front très haut, au visage jaunâtre et défait, aux yeux inquiets, haussa les épaules et lança un crachat de côté.

— Qu'est-ce qu'il ne faut pas entendre sur ses vieux jours ! Puis il hurla de nouveau : — Docteur ou pas, vous n'êtes qu'un soldat. Voilà votre profession ! Couchez-vous !

Le soldat Ernst Deutschmann, docteur en médecine, biochimiste, maître de conférences à l'Université de Berlin, savant réputé, auteur d'articles remarqués dans les périodiques médicaux, se coucha et serra les talons.

— Soldat docteur ! fit encore l'adjudant, en hochant la tête, puis il interrogea le troisième.

— Soldat Erich Wiedeck, mon adjudant !

Krüll hurla encore, mais Deutschmann ne comprit pas ses paroles. Il gisait, le visage sur les bras, la pluie ruisselait sur sa nuque, tambourinait légèrement sur son dos ; il avait froid et chaud à la fois ; juste devant ses yeux il y avait un caillou humide sur lequel grimpait une fourmi égarée. « Il me faudra encore longtemps pour être définitivement guéri », pensa-t-il ; puis il entendit le troisième homme se coucher auprès de lui.

Krüll se dressa devant le quatrième. Celui-ci était de taille moyenne, mais aussi corpulent que l'adjudant. Cependant, ce qui n'était que de la graisse chez Krüll, était chez lui muscles épais et gonflés, qui s'emplissaient de vie à chacun de ses mouvements sous la vareuse étriquée. La poitrine puissante bombait au-dessus du ventre plat. On eût dit un bloc de pierre, grossièrement taillé, et le visage ressemblait à un masque d'argile à peine ébauché : un front bas sous des cheveux noirs et ras, un nez aplati, un menton de tueur. Il souriait, mais seulement des lèvres ; ses yeux sombres paraissaient sans vie, comme deux billes de verre.

— Ben... tu en as une gueule ! dit Krüll.

— J'ai pourtant gagné un concours de beauté... juste après vous ! En dehors de ça, je m'appelle Karl Schwanecke et je transpire des pieds. Vous, vous êtes l'adjupète et maintenant je vais me coucher !

Il fit un geste pour s'étendre à côté des autres, mais Krüll, stupéfait, abasourdi, lui cria de rester debout. Karl Schwanecke demeura donc bien droit, regardant en souriant l'adjudant qui, pendant un long moment, ne parla pas.

Dieu seul sait ce qu'il pensa alors. Rien, sans doute, son cerveau étant comme paralysé. De sa vie, il n'avait jamais entendu rien de pareil. Pourtant les durs ne manquaient pas dans ce maudit bataillon, des hommes appartenant à l'élite intellectuelle et des criminels de droit commun dont on se débarrassait ainsi, mais aucun n'avait osé lui parler de cette manière, à lui, l'adjudant-chef Krüll. « Des pieds qui transpirent », répétait-il, et il ne savait que faire. Alors il se mit à jurer. C'était la meilleure solution et il suffirait de le faire assez longtemps pour que vînt enfin une bonne inspiration.

Son répertoire était fort nourri. Au cours de sa carrière il avait entendu bien des jurons, et il possédait une excellente mémoire. En outre, il avait, à cet égard, une sorte d'imagination créatrice et une voix tonitruante qui donnait encore plus de force à ses trouvailles. Cette qualité, jointe à son zèle, à sa rigueur inflexible, lui avait valu une vaste réputation à laquelle il devait d'avoir pris racine dans ce bataillon disciplinaire. Un homme comme lui devait, mieux que quiconque, venir à bout des ennemis du peuple et autres canailles semblables. Effectivement, il répondait aux espoirs fondés sur lui.

Cependant, en l'occurrence, son imagination le laissa en panne, et il n'avait guère appris à exercer son cerveau. Il fallait la guerre totale pour que des hommes comme Schwanecke fussent autorisés à revêtir l'uniforme. Auparavant, on les enfermait dans une prison, ou on les supprimait, selon le cas. Krüll, qui ne manquait pourtant pas d'expérience, se sentait désemparé, et il ne trouvait de refuge que dans ces hurlements insensés, proférés la bouche grande ouverte, dans un visage rouge de colère, avec des yeux à demi fermés ; la voix tonitruante emplissait la vaste cour, provoquant le silence dans les longs bâtiments gris de la caserne. Seul Karl Schwanecke conservait son large sourire. Krüll marqua enfin une pause et, par-dessus le gargouillis de l'eau dans les rigoles, le chant d'une troupe en marche se fit entendre.

Ce fut le salut pour Krüll. Avec l'étonnante aptitude des vieux soldats à s'adapter à toutes les situations, il interrompit sa bordée de jurons et d'insultes, consulta sa montre-bracelet, compara avec l'horloge extérieure du poste de garde, fit un signe de tête, ordonna à Schwanecke, toujours souriant, de se coucher et se rapprocha de la barrière.

Les quatre nouveaux demeurèrent étendus dans la boue et sous la pluie.

Telle fut l'arrivée du Dr Ernst Deutschmann au bataillon disciplinaire 999. Suivant du regard la fourmi égarée, le corps parcouru de frissons, il luttait contre l'envie de vomir et écoutait la chanson de marche qui se rapprochait.

Ils avançaient sous la pluie en chantant.

En tête marchait le sergent Peter Hefe, surnommé « le Rageur », trempé, sale, furieux, bien obligé de traverser les mêmes flaques, la même boue, que les hommes derrière lui.

La route s'étirait, interminable, à travers la dépression de la Warthe, entre des champs de blé moissonnés, devant des bouleaux tristes et des hêtres mélancoliques. Au fond, la rivière roulait ses eaux grises entre des rives sablonneuses.

Les hommes, las, n'avaient nul désir de chanter. Ils chantaient pourtant parce que « le Rageur » l'avait ordonné. Leur morne troupe avançait, au pas cadencé, dans un paysage morne, sous un ciel morne, les visages ruisselants, les bouches noires laissant sortir des chansons qui parlaient d'églantines, d'edelweiss, de blindés grondants et d'ossements réduits en poussière. Et la pluie tombait, noyant le tout d'une tristesse encore plus profonde.

Cent cinquante-trois hommes.

— Compagnie... halte ! hurla Peter Hefe.

Déboîtant sur la gauche, il regarda les soldats épuisés, trempés et sales, qui le contemplaient sans expression, heureux seulement de ne plus avoir à chanter. Bien triste lot, en vérité !

— Ecoutez-moi, bande de crétins, fit-il d'une voix criarde, vous chantez comme des lavandières amoureuses au clair de lune ! Si j'en entends encore détonner ou perdre la cadence parce qu'ils roupillent, je vous fais refaire au pas gymnastique tout le chemin qu'on vient de parcourir. Compris ?

Bien entendu, c'était une menace en l'air. Rien au monde n'aurait pu le ramener en arrière, sur cette longue route. D'ailleurs, il se faisait déjà tard ; aussi se contenta-t-il du « Oui, sergent », crié par une vingtaine de voix seulement.

— Bon, dit-il. Dans un quart d'heure nous arriverons au camp... Alors, là, que ça saute ! Le commandant du bataillon nous regardera, n'allez pas me causer des ennuis. Compris ?

— Oui, sergent.

— Bon... une chanson ! *C'est si beau d'être soldat !* Chantez-moi ça avec sentiment, avec âme !

Ils repartirent au pas cadencé, en chantant, le long de la Warthe, entre les bouleaux et les hêtres. Ils entrèrent ainsi au camp, où l'adjudant-chef Krüll les attendait déjà.

En cette fin d'après-midi, Krüll découvrit ce qu'il devait appeler par la suite « l'art du débordement ».

Il était furieux, c'est-à-dire que son état de fureur habituel passait par une nouvelle culmination à cause de Karl Schwanecke et du retard de la compagnie. Elle aurait dû être là depuis sept minutes ! Et le commandant, sans doute à sa fenêtre, consultait sa montre et souriait à sa manière sournoise.

« Vous allez voir ! pensait Krüll. Je vais vous apprendre, moi !... » Mais il ne pensait pas plus loin ; seul son petit doigt où, comme chacun sait, réside toute la connaissance d'un adjudant, s'agitait sans arrêt.

La barrière se leva ; la compagnie obliqua à gauche : le sergent Peter Hefe lança ses commandements d'une voix encore plus ferme dans la grande cour, devant l'adjudant qui regardait, les jambes écartées, les poings sur les hanches. Cependant, droit sur l'avant de la colonne, les quatre nouveaux gisaient sur le ventre et, le visage un peu incliné, regardaient les bottes qui approchaient.

Peter Hefe les aperçut un peu plus tard, mais commanda aussitôt un changement de direction à droite pour les éviter. La colonne flotta légèrement.

— Continuez tout droit ! hurla Krüll.

Le flottement s'accrût. Peter Hefe saisit la situation, comprit ce que voulait l'adjudant et s'y conforma aussitôt. Il lança le commandement correspondant. Les cent cinquante-trois hommes, en colonne par trois, partagés en quatre sections, avancèrent, toujours en chantant, vers leurs camarades étendus.

Krüll savait qu'il ne risquait rien. La distance entre les quatre soldats couchés n'était pas bien grande, mais suffisante. En faisant attention, on pouvait poser le pied entre eux. Il savait, en outre, que les hommes ne toucheraient pas les allongés, pas plus qu'un cheval ne l'eût fait à leur place... Mais l'idée était neuve et heureuse, elle donnerait aux nouveaux un avant-goût de ce qui les attendait, un avertissement salutaire. Il devait, par la suite, perfectionner la méthode.

Mais les arrivants étaient las et indifférents. Un grand nombre ne comprirent pas ce qui se passait. Beaucoup étaient trop fatigués pour lever les pieds à plus de dix centimètres du sol, et la plupart virent trop tard les hommes étendus. Aussi, dans cette scène d'accueil organisée par l'adjudant-chef Krüll, ceux-ci eurent-ils le corps couvert de bleus douloureux, et le soldat Gottfried von Bartlitz eut même un doigt écrasé, parce qu'il n'abrita pas assez vite ses mains sous son corps.

Le capitaine Barth, commandant du bataillon, se tenait à la fenêtre du bureau administratif et vit la scène. Lorsque le dernier rang eut défilé et que reparurent les quatre formes allongées, il se retourna.

— C'est votre compagnie, Obermeier ? demanda-t-il au lieutenant qui se tenait derrière lui.

— Oui, mon capitaine. Ils reviennent de la corvée de travail. Ce n'est pas précisément un plaisir, par ce temps de cochon !

— Un sacré gaillard, ce Krüll, fit le capitaine, et, comme le lieutenant ne répondait pas, il ajouta : Exactement le genre qu'il nous faut !

— Je ne sais pas, mon capitaine, dit alors le lieutenant.

La compagnie s'était arrêtée au milieu de la cour. Peter Hefe se présenta à Krüll, qui l'écouta en hochant doucement la tête vers les cent cinquante-trois hommes. Puis, plaçant le pouce entre le troisième et le quatrième bouton de sa tunique, il commença son allocution quotidienne dans laquelle il parlait de pique-nique au grand air, des galets avec lesquels ils avaient dû faire des ricochets sur la Warthe, de leur retard, de ceci, de cela... un discours qui ne différait pas, dans son essence, de ceux que, au même moment, dans les cours de casernes de presque toute l'Europe, d'autres adjudants adressaient à d'autres soldats et recrues, à cette différence près, toutefois, que ces hommes appartenaient à un bataillon disciplinaire et, pour la plupart, n'écoutaient même pas.

Au premier abord, cette différence n'était pas très apparente. Un bataillon disciplinaire se composait, il est vrai, de candidats à la mort, dans la proportion de 95 à 98 pour 100, mais, à cette époque, à peu près tous les hommes en uniforme étaient des candidats à la mort, quoique, dans les autres unités, le taux de la mortalité n'atteignît pas, habituellement, un tel niveau. Aussi résidait-elle avant tout dans la façon dont on traitait les disciplinaires, dans les humiliations dont on les abreuvait, dans les épreuves morales et physiques qu'on leur imposait, dans le désespoir auquel on les acculait.

L'allocution terminée, Krüll fit courir les hommes épuisés deux fois autour de la cour, leur ordonna de se coucher, puis les fit rompre enfin. Les quatre nouveaux demeurèrent allongés.

— Maintenant, ils vont se battre autour des robinets d'eau, observa le lieutenant.

— Pourquoi donc ? demanda le capitaine. Il pleut assez à l'extérieur.

— Je les ai vus. Travailler pendant dix heures sans boire et rentrer en chantant, non merci, très peu pour moi !

Le capitaine prit une cigarette et laissa l'étui sur la table pour que l'autre pût se servir.

— Voyons, Obermeier, fit-il d'un ton un peu ironique. Je m'attendais à retrouver ici le joyeux camarade de mess que vous étiez. Et vous voici lugubre comme un parapluie trempé ! A Vitebsk, vous étiez tout autre !

— Justement, mon capitaine. Au front, je me trouvais à ma place... mais ici ? Je suis un officier, non pas un garde-chiourme.

Il prit une cigarette et l'alluma d'une main qui tremblait un peu. Barth l'observa avec curiosité.

— Plaindriez-vous ces gaillards ?

— Pas vous, mon capitaine ?

— Pourquoi ? Il n'y en a pas un seul, parmi eux, qui n'ait été justement condamné.

Fritz Obermeier écrasa dans le cendrier sa cigarette à peine commencée.

— Vous venez de voir ma compagnie, mon capitaine. Cent cinquante-trois cadavres ambulants, que l'adjudant-chef Krüll vient encore de malmener parce qu'ils avaient sept minutes de retard. Justement condamnés ? Le petit maigre du premier rang, par exemple, le lieutenant Remberg, chevalier de la Coix de Fer, fut un des premiers à arriver devant Moscou. Lors d'une conférence sur la situation, il a déclaré que l'armée serait saignée à blanc dans les vastes espaces russes, qu'il fallait s'arrêter pendant qu'il en était temps encore, sinon que nous irions à une catastrophe. On l'a envoyé ici. « Je ne suis pas un boucher, a-t-il dit, je ne peux pas participer à ça ! » Maintenant, il remue du sable.

— Pour ne pas être un boucher, il est devenu terrassier. Préfère-t-il ça à la mort ?

Le lieutenant ne releva pas le propos.

— Et cet homme émacié, chauve, à lunettes, qui traverse la cour. Le voyez-vous ?

— Qu'a-t-il fait, celui-là ?

— C'est le professeur Ewald Puttkamer, chef de bataillon de réserve. La chemise brune, a-t-il dit, était la nouvelle tenue des fossoyeurs.

— Pas mal, fit le capitaine en souriant.

— De pareils hommes sont nombreux, ici. Mais vous le savez déjà.

— Il y a aussi des criminels, n'est-ce pas ?

— Oui, aussi.

— Conclusion ?

— Je ne crois pas qu'il convienne à un officier allemand de jouer le rôle d'un surveillant de prison.

Le capitaine Barth, souriant, s'assit sur l'unique siège et souffla la fumée de sa cigarette vers le plafond. De la cour, à travers la fenêtre fermée, arrivaient les hurlements de Krüll ; il se dirigeait vers l'endroit où l'on distribuait la soupe.

— C'est horrible, dit Obermeier.

— Bah ! La guerre est horrible, dit doucement Barth. Et la paix encore plus, parce que, nous autres, soldats, devenons alors inutiles. Prenez les choses plus tranquillement, mon cher, beaucoup plus posément. Alors, vous aurez peut-être une chance de survivre. Ne vous offusquez plus de voir un lieutenant-colonel, un chevalier de la Croix de Fer, ou un éminent professeur, faire le tour de la cour sous les hurlements de

Krüll, et ressembler... comment avez-vous dit ?... à des cadavres ambulants. C'est bien ça ?

Le lieutenant acquiesça.

Barth se leva pesamment, bâilla, s'étira et rétablit l'ordonnance de son ceinturon. Puis il regarda la petite montre en or, à son poignet, et bâilla de nouveau, sans masquer sa bouche de la main. Un bracelet en toile blanche tenait cette montre. Barth, disait-on, le changeait chaque jour pour qu'il conservât sa blancheur de neige. C'était peut-être vrai, quoique cela ne parût pas répondre au caractère de cet homme, grand et fort, mais beaucoup plus à celui du commandant de la 1re compagnie, un favori des dames, le lieutenant Wernher.

Lorsque Barth releva les yeux, il vit Obermeier au garde-à-vous devant lui.

— Mon capitaine, je vous prie d'appuyer ma demande de transfert dans une unité du front.

— Tiens, tiens... persifla le capitaine. Voyez-vous ça ! Un héros ! Eussiez-vous attendu une minute de plus que vous vous seriez épargné cette manifestation digne de nos aïeux !

Il plongea la main dans sa poche, en sortit un ordre et l'ajouta aux papiers qui couvraient une partie de la table.

— Votre compagnie, la deuxième du bataillon 999, partira très prochainement pour la Russie.

— La Russie ?

— Parfaitement. Les autres compagnies suivront à deux jours d'intervalle. Je partirai avec la dernière, c'est-à-dire la première du bataillon. Satisfait ?

— Non, mon capitaine.

— Pas encore ? Tonnerre ! Que voulez-vous donc ?

— Une troupe normale. Que ferai-je en Russie avec ces demi-morts ? Gagnerons-nous la guerre avec des épaves ?

— Gagner la guerre ? Obermeier, vous êtes vraiment bien jeune ! Enfin, nous avons reçu une très jolie mission. Vous allez pouvoir déployer tout votre héroïsme. Une mission avec un objectif à atteindre... sous peine d'être traduit devant un conseil de guerre. Plus de ces corvées fastidieuses : déblayer les mines, désamorcer les bombes, assécher les tranchées, transporter des munitions, faire des routes, enterrer les cadavres...

— Et... que sera cette très jolie mission ?

— Vous le saurez en temps utile.

Barth s'approcha de la fenêtre. Dans la cour, Krüll pourchassait un soldat de ses cris, comme un lièvre auquel il eût entrepris d'apprendre à faire des crochets.

— Qui est celui-là ? Vous paraissez connaître l'histoire de tous vos hommes.

— Le lieutenant Stubnitz, répondit Obermeier.

— Le *soldat* Stubnitz, corrigea le capitaine. De quoi s'est-il rendu coupable ?

— A Dortmund, il a jeté un verre d'alcool sur un portrait du Führer, en criant : « A ta santé, Auguste ! »

— Quel idiot !

— Il était ivre.

— Alors, un idiot ivre ! Pourquoi n'intervenez-vous pas ? Pourquoi ne faites-vous pas un rapport contre Krüll pour mauvais traitements envers ses hommes ?

— Où cela me conduirait-il ? A une rapide enquête. Demande : Quelle unité ? Réponse : Bataillon disciplinaire 999. Qu'avez-vous fait, adjudant ? J'ai rappelé à ses devoirs un soldat récalcitrant dans le cadre des règlements. Très bien, adjudant, continuez ! C'est moi qu'on blâmerait.

— Exact. Vous n'êtes pas trop bête. Mais, puisque nous allons en Russie, vous serez bientôt débarrassé de vos soucis et de vos scrupules philosophiques.

— Comment ça ?

— Parce que, dit le capitaine en détachant chaque mot, vous n'aurez plus de compagnie au bout de quelques semaines.

Silence. Puis le capitaine voulut sans doute adoucir l'effet produit par ses paroles et chasser les spectres sanglants qu'elles évoquaient.

— Les quatre hommes qui sont couchés, là, dans la boue, vous appartiennent, dit-il. C'est votre renfort. Des types fort intéressants, au demeurant, et qui ne dépareront pas notre collection. Le premier s'appelle... — il alla consulter un dossier — Gottfried von Bartlitz, ex-colonel, décoré de la Croix de chevalier avec feuilles de chêne, commandant d'une division, aujourd'hui soldat de 2e classe. Après Stalingrad, il a trop parlé... Lui non plus, paraît-il, ne voulait pas être un boucher. Le second se nomme Erich Wiedeck, ex-caporal, paysan de Poméranie. A prolongé sa permission sans autorisation parce qu'il voulait rentrer la récolte, prétend-il. Le troisième, Karl Schwanecke, est un métallurgiste occasionnel, mais, avant tout, un criminel récidiviste, une espèce de « sous-homme ». Quant au quatrième, le Dr Ernst Deutschmann, il s'est rendu coupable de mutilation volontaire, très habilement montée, mais qui, tout de même, n'a pas collé. Voilà. Mais qu'avez-vous, Obermeier ?

— Comment... comment s'appelle le premier ?

— Quoi !... vous le connaissez ?

— Comment s'appelle-t-il ?

— Gottfried von Bartlitz. Vous le connaissez ?

— Oui. Je l'ai eu comme chef de bataillon.

— Tiens !... C'est intéressant !

Le capitaine retourna à la fenêtre, comme si la vue de Krüll hurlant ne le rebutait pas.

— Il en est ainsi, voyez-vous, dit-il à mi-voix, sans regarder le lieutenant. Hier, tout en haut, aujourd'hui en bas, et demain, encore plus bas... sous la terre. Rester en haut, Obermeier, voilà l'important. Essayez de grimper encore, mais pas trop. Oubliez ce que ces types ont pu être. Oubliez-le pour qu'il ne vous arrive pas la même chose qu'à eux. Ils n'ont plus de passé. Les voici soldats dans un bataillon disciplinaire. Des soldats sans fusil. Ils sont retranchés de l'honneur de porter les armes. Il ne leur reste plus que l'honneur de mourir. Des soldats du ba-tail-lon dis-ci-pli-nai-re 999...

— Il enfonça les mains dans ses poches et haussa les épaules. — Survivre, rester en haut, ne pas faire l'idiot... Auriez-vous quelque chose à boire ?

— Du Hennessy ?

— Tout à fait ce qu'il faut !

L'espoir est comme un de ces jouets à base de plomb qui se redressent toujours. Il paraît complètement exclus et, pourtant, un germe minuscule se manifeste, timidement d'abord, mais prend vite de la force et finit par ressembler à un rayon de soleil. Certes, il est souvent trompeur, il naît de nos désirs plus que de notre raison, mais qu'importe ! il nous aide à sortir de notre résignation, et parfois aussi à trouver ou à apercevoir une voie de salut.

Il en fut ainsi pour Julia Deutschmann.

Cette petite lueur d'espoir, qu'elle crut deviner après son entrevue avec le général von Frankenstein, portait un nom : Dr Albert Kukill.

Chose surprenante, car le Dr Kukill avait été l'expert appelé à témoigner dans le procès contre Ernst. Son cerveau froid prononçait des avis considérés comme infaillibles. Sans le Dr Kukill, Ernst n'eût sans doute pas été condamné. Le général l'avait dit : l'opinion de l'expert avait été déterminante. Une seule voie s'ouvrait donc, pensa Julia : convaincre cet expert qu'il s'était trompé. Un aveu de sa part ferait reviser le procès ; Ernst échapperait au bataillon disciplinaire 999.

Cela ne serait pas facile, elle le savait. Elle connaissait du reste ses confrères, les médecins : bien peu étaient capables d'admettre une erreur, et le Dr Kukill ne paraissait pas être de ce petit nombre. Cependant, si elle se montrait suffisamment adroite, si elle réussissait à trouver les mots convenables, si... En tout cas, il ne lui restait pas d'autre possibilité de venir en aide à Ernst.

Aussi, le soir même de sa rencontre avec le général, se trouva-t-elle devant la villa du Dr Kukill, à

Dahlem, et il lui fallut tout son courage pour appuyer sur le bouton de sonnette. Elle n'avait pas voulu s'annoncer au préalable, la bonne ou la secrétaire eût certainement répondu, en entendant son nom, que le médecin n'était pas visible. Il fallait se présenter à l'improviste, le surprendre, l'obliger à parler, le mettre en face de sa mauvaise conscience.

Il portait un élégant costume à veston croisé ; ses cheveux gris étaient rejetés à plat vers l'arrière ; son visage étroit faisait penser à un oiseau de proie aux aguets, et ses yeux, gris aussi et durs, répondaient à cette apparence.

Il ne manifesta aucune surprise en voyant Julia et, s'il se sentait quelque culpabilité envers elle, ou plutôt envers son mari, il n'en laissa absolument rien paraître. Mais un homme aussi calme, aussi posé, pouvait-il se sentir coupable ? Ce fut Julia qui se troubla.

Il lui tendit la main, comme à une vieille connaissance et sourit. Du coup, son expression perdit sa dureté, son inaccessibilité. Quand il parla, ce fut à sa manière viennoise, d'une voix dont il savait admirablement user pour tonner, affirmer d'un ton glacé ou plaider avec une conviction contagieuse.

— Vous savez pourquoi je viens ? dit-elle, heureuse que la demi-obscurité du vestibule dissimulât le tremblement de ses mains et la rougeur de son visage.

— Je l'imagine, chère madame, ou plutôt, chère consœur. Car nous sommes tous deux médecins, n'est-ce pas ? Mais ne restons pas ici. Quoi que vous ayez à me dire, nous serons mieux à côté.

Il ouvrit une porte en chêne sombre et la fit entrer dans un salon, élégamment meublé, qui donnait sur le jardin. Une vaste fenêtre permettait d'apercevoir celui-ci, planté de grands arbres, comme un parc où le crépuscule commençait à s'épaissir. Des corbeilles de rhododendrons et de seringas dissimulaient à moitié une piscine.

Le Dr Kukill alluma l'éclairage et tira les rideaux.

Puis il indiqua un grand fauteuil rembourré, couleur citron.

— Asseyez-vous, je vous prie.

Elle obéit. Comment cet homme pouvait-il sourire et demeurer aussi calme, alors qu'il n'ignorait pas le motif de sa visite ?

— Je désirerais parler encore de tout cela avec vous, dit-elle.

De nouveau, elle était maîtresse d'elle-même. Elle avait devant elle un adversaire qu'elle ne parviendrait à vaincre ou à acculer que par la force de la raison.

— Je ne vois pas très bien quelle peut en être l'utilité, répondit-il, mais que voulez-vous boire ? Un cognac ? Un armagnac 1913 ? Je le réserve à mes amis.

Il parlait sans la moindre trace d'ironie.

— Oui, je veux bien, merci.

Le Dr Kukill alluma une bougie, y fit chauffer deux verres et versa la liqueur ambrée — un doigt dans chaque verre.

— Certaines gens m'en veulent de tout cela, dit-il : de la maison, ou de l'armagnac 1913. D'après eux, ces choses détonneraient en ce moment. Mais à quel moment ne détonneraient-elles pas ? Les compagnies d'assurance estiment à soixante-six ans la durée de vie moyenne d'un Européen d'aujourd'hui, et la guerre abaissera sensiblement ce chiffre. Demain peut être bien loin... et même ne jamais luire pour quelqu'un. Ne faut-il pas essayer de donner le plus de goût possible à la vie ? Qu'en pensez-vous ?

— Je n'y ai jamais réfléchi.

— En tout cas, il faut la rendre moins amère ! fit-il en souriant. — Il leva son verre, regarda le liquide par transparence.

— A votre santé !

— Je me demande quel homme vous pouvez être. Peut-être vous préoccupez-vous seulement de cela — elle eut un geste englobant le salon, le jardin, la bouteille de cognac — et non de ce qui se passe autour de vous.

— A peine, répondit Kukill, toujours souriant.

— Et pourtant cela existe. Hier, il y a eu un bombardement et de nombreux morts ; il en sera probablement de même aujourd'hui. Il y a la Russie et l'Italie, où meurent d'autres hommes. Mais il y a aussi des choses, en apparence négligeables, qui donnent de l'importance, voire toute sa signification à la vie d'un individu.

— Sans doute voulez-vous faire allusion à votre mari ? demanda-t-il d'un ton froid.

— Oui, répondit Julia en le regardant fixement. Il est mon univers. Comprenez-moi, je... je ne sais pas qui je pourrais aller voir d'autre que vous. Ce fut un enchaînement de circonstances tragiques.

— Ainsi s'exprimerait un juriste. Mais parlons plus clairement : vous voulez dire qu'il s'agit d'une erreur ?

— Et vous ? Que dites-vous ?

Le Dr Kukill avança la lèvre inférieure et contempla sa main, petite et blanche.

— Et si c'était vraiment une erreur ?...

Julia bondit sur ses pieds.

— Vous... vous dites cela ! Votre expertise a brisé les reins à Ernst. C'est vous qui l'avez fait condamner ! Et maintenant... vous déclarez, la conscience tranquille, que cela pourrait être une erreur ?

— Du calme, je vous en prie. Rasseyez-vous. Mon expertise a revêtu un caractère purement scientifique. Dans l'état actuel de la science, elle était parfaitement fondée et juste. En tant qu'expert, devant le tribunal, il est impossible de jouer avec des possibilités, des suppositions, des hypothèses.

— Nous avons pourtant obtenu d'excellents résultats...

— Combien de séries d'essais avez-vous effectuées ?

— Une trentaine.

— Cela ne vous permet pas de parler d'excellents résultats, vous le savez fort bien. Mais laissons cela. Comment voyez-vous... ou plutôt, comment se présente l'affaire ?

Il posa ses doigts les uns contre les autres et regarda Julia d'un air rêveur. Cette conversation, il ne s'y intéressait qu'à moitié, elle était inutile, fastidieuse ; rien ne pouvait plus aider Ernst Deutschmann. Il se dit, un instant, que cette femme lui faisait perdre son temps. Mais... elle était jolie, élégante, soignée, courageuse. Plus, elle était belle. Un charme exceptionnel se dégageait d'elle, fait à la fois d'intelligence, de volonté pure et de détresse. « Qu'est-ce qu'un homme pouvait désirer de plus ? se demanda-t-il, un peu jaloux d'Ernst Deutschmann. Qu'adviendrait-il d'elle après la mort de son mari au bataillon disciplinaire ? » Et, tout en cherchant ses mots pour la convaincre de l'inutilité de ses efforts, il pensait qu'elle serait une bien jolie veuve... quoique assurément pas joyeuse. Autrement dit, elle pouvait déjà être considérée comme une veuve.

— Voyez-vous, commença-t-il, il faut se placer à notre point de vue. Votre mari est tombé malade le lendemain du jour où il reçut sa convocation sous les drapeaux. Peu après, il fut établi qu'il s'était injecté le pus d'un homme à l'article de la mort... sous le prétexte d'essayer sur lui l'effet d'un antidote découvert par lui. Une infection à base de staphylocoque doré de cette sorte exige une convalescence de l'ordre d'une année, et, par conséquent, pendant tout ce temps, une inaptitude au service armé.

Il prononça ces derniers mots lentement, en les détachant. Julia ne répondant pas, il continua :

— Il le savait. Mais nous le savons aussi : cette infection, dont l'issue est le plus souvent mortelle, nous a déjà coûté des dizaines de milliers d'hommes au cours de cette guerre. Je ne veux cependant pas lui imputer une intention de suicide. Il est parfaitement possible qu'il ait cru avoir découvert un... disons un sérum, et que, comme certains... euh... fanatiques ou héros de la science, il ait désiré l'éprouver sur lui-même. Voilà pourquoi j'ai dit que ce pouvait être une erreur... une erreur en ce sens qu'il ne s'est pas mutilé volontairement, pour échapper au service militaire, mais par suite d'une méprise regrettable. Toutefois, un tribunal militaire ne peut entrer dans de telles considérations. Le fait demeure qu'il s'est rendu impropre au service militaire. Et cela, seul, est décisif.

— Mais... je suis certaine, j'ai été constamment présente, je sais qu'il était sur la bonne voie. Nous disposions de très peu de temps, il fallait faire vite...

— Personnellement, j'admets aussi cette possibilité. Un juge ne le pouvait pas. Je vous l'ai déjà dit : il n'existe aucun remède vraiment efficace contre cette infection. Et je doute que votre mari, quel que soit son talent, ait pu trouver tout seul, sans aide, ce que tout un monde de chercheurs essayent en vain de découvrir depuis des années. Voilà ce que j'ai déclaré devant le tribunal. C'était, et cela demeure, ma conviction profonde. Quel intérêt aurais-je eu à ce que votre mari... A propos, avez-vous déjà cherché à provoquer une révision du procès ?

— Oui.

— Et ?

— On m'a dit... c'était un SS... on m'a dit... — elle parlait en hésitant, comme si elle avait peur des mots qu'elle allait prononcer ou du souvenir de l'homme qui les avait dits — que s'il y avait une révision du procès Deutschmann, il y aurait, au bout, la hache du bourreau.

Silence.

Le Dr Kukill alluma une cigarette.

— Quel genre de SS ? demanda-t-il.

Julia haussa les épaules.

— Et... qu'allez-vous faire, maintenant ?

Elle le regarda de ses grands yeux noirs, fiévreux.

— N'y a-t-il donc rien à tenter ? demanda-t-elle, à son tour, d'une voix tremblante.

Elle se leva, contourna la table, saisit le haut du bras du médecin qui demeura assis, effrayé, et, malgré lui, ému par sa douleur et son désespoir.

— Vous pouvez faire quelque chose... Vous le pouvez sûrement... Je vous en prie... Cela ne dépend que de vous, je le sais... A qui m'adresserais-je ?... Vous pourriez dire que c'était une erreur, il me reviendrait... Mon Dieu !... Je vous en supplie, faites quelque chose !...

Il essaya de l'apaiser, mais comprit qu'elle ne voulait pas l'écouter, pas croire qu'Ernst était perdu, qu'elle ne pouvait plus rien pour lui... après que les rangs du bataillon disciplinaire l'eurent englouti. Il lui déclara que lui-même ne pouvait plus rien et la regarda en silence, se disant qu'elle possédait cette beauté féminine dont on ne jouit pas seulement, mais qu'on vénère, qu'on adore, que la douleur et le désespoir ne peuvent atteindre mais uniquement rendre encore plus profonde... et une idée lui passa par la tête : Deutschmann ne reviendrait pas. Alors...

— Si, fit-elle soudain, comme si elle ne voyait plus l'homme qui, pris lui-même d'une émotion étrange, s'était levé, incliné, et la regardait. Si, il y a encore une possibilité. J'ai assisté à tous ses essais. Je possède toutes ses notes. Je poursuivrai son œuvre. Je continuerai ces essais, sur moi-même s'il le faut. Je...

— Pour l'amour de Dieu ! s'exclama le Dr Kukill.

— ... Je prouverai qu'il avait raison. Alors on le fera revenir pour lui permettre de travailler de nouveau. Alors...

— Je vous en supplie, madame, ne faites pas cela. Ce serait votre mort !

LE soir même où Julia Deutschmann revenait chez elle, jetait son manteau sur un siège, courait dans le laboratoire de son mari, revêtait une blouse blanche et commençait à classer les notes, voici ce qui se passait à Posen, au dépôt central du bataillon disciplinaire 999 :

Le lieutenant Wernher, commandant de la première compagnie, traversa à cheval la cour de la caserne, se rendant chez une propriétaire foncière polono-allemande, déjà veuve malgré sa jeunesse, son mari étant tombé pendant la campagne de Pologne.

Le capitaine Barth, commandant du bataillon, assis dans sa chambre, sous un lampadaire, lisait *Les aventures de Tom Sawyers.* En chaussettes, les pieds appuyés au dossier d'un siège, il souriait fréquemment. Son visage prenait alors une expression juvénile, détendue.

L'adjudant-chef Krüll, coiffé d'un casque, marchait d'un pas sonore dans la cour. Parfois il enjambait une flaque. A un moment, il s'arrêta pour regarder le ciel. Vraisemblablement, il se rendait dans les dortoirs pour faire sa ronde habituelle.

Le lieutenant Obermeier le suivit pendant un instant des yeux, puis se retourna, tira le rideau pour obscurcir la fenêtre, avança à tâtons, tourna un commutateur et ferma les paupières, ébloui. Il se versa un demi-verre de cognac et l'avala d'un trait. Il avait décidé de se soûler.

Dans les chambrées, on se demandait avec inquiétude quel dortoir choisirait Krüll pour se livrer à ses exploits quotidiens, mais, comme il fallait s'y attendre, ce fut celui où se trouvaient les quatre nouveaux arrivants.

Tout d'abord, sous le dernier lit, Krüll découvrit un petit caillou, guère plus gros qu'un grain de sable. Il le ramassa, le prit entre le pouce et l'index, puis le laissa retomber.

Il ne prononça pas un mot.

Ensuite, il s'approcha d'un escabeau, devant une armoire, y passa le doigt et ne trouva pas de poussière. Mais il en trouva sur une solive et sur un cadre de fenêtre. Appelant le soldat de service — l'ex-lieutenant Stubnitz, qu'il avait déjà fait trotter dans la cour pendant la soirée — il lui en enduisit les joues, le front, le nez, en long et en travers, dessinant des carrés égaux.

Cette fois encore, il ne dit rien.

Un silence profond régnait dans la chambrée, où seuls retentissaient les pas de l'adjudant. Personne ne remuait : vingt-deux hommes demeuraient allongés sur le dos, la couverture humide tirée jusqu'au menton, les bras collés contre le corps, les talons joints — au « garde-à-vous » en quelque sorte, dans la position couchée — attendant l'inévitable. D'un coin parvenait la respiration haletante du soldat Reiner, ex-avocat à Munich, enfermé au camp de Dachau dès 1939, puis affecté au bataillon 999 depuis le printemps 1943 ; il souffrait d'asthme.

Lorsque Krüll estima avoir suffisamment enduit le soldat Stubnitz de poussière, il passa à l'inspection des armoires. A la première, il jeta seulement le linge dehors, il vida complètement la seconde, laissa intactes la troisième et la quatrième, jeta de même le linge de la cinquième, vida la sixième, toujours sans dire mot.

La septième armoire appartenait à Karl Schwanecke. Krüll l'ouvrit et fit aussitôt un pas en arrière. Une véritable catastrophe. La seule chose qui y fût en ordre, dans l'ordre militaire s'entend, c'étaient des photographies de femmes nues, piquées à l'intérieur de la porte.

Krüll réprima sa curiosité, résolut en son for intérieur de venir examiner ces photographies à loisir, et chassa les hommes des lits. Il s'était réservé d'inspecter les pieds des soldats avant de les envoyer dans la cour faire de la gymnastique nocturne, mais il y renonça et leur ordonna de défiler devant l'armoire de Schwanecke, en faisant « tête gauche ! ».

Puis il les fit descendre dans la cour. Cela dura une demi-heure. Curieux spectacle que celui de ces hommes en chemise, chaussés de sabots en bois, qui évoluaient comme des spectres dans la cour enténébrée. L'adjudant leur fit tout exécuter : le pas de l'oie, les sauts de grenouille, etc.

Quand cela se termina, trois soldats se trouvaient au bord de la crise cardiaque : l'ex-avocat asthmatique, Deutschmann et von Bartlitz. D'autres étaient à demi inconscients, vacillant sur leurs jambes, blêmes, couverts de sueur et de saleté. Tous souffraient, sauf Schwanecke. Il souriait et maudissait en souriant l'adjudant-chef, ce qui lui valut quelques tours de cour supplémentaires. Mais il ne perdit pas son sourire, il ne devait jamais le perdre.

Il fallut une bonne heure aux hommes pour se laver et nettoyer la chambrée, aussi était-il onze heures et demie quand ils purent enfin se coucher, avec l'espoir de dormir jusqu'au jour sans nouvelle interruption.

Ernst Deutschmann, étendu sur le dos, se contraignait à respirer profondément et régulièrement. Son cœur battait à grands coups. Puis, peu à peu, son état s'améliora, les vertiges disparurent ; il ne conserva qu'une sorte de paralysie douloureuse qui paraissait changer son corps en masse de plomb.

Il avait pour voisin de lit le paysan Wiedeck, dont il avait fait la connaissance à la prison militaire de Francfort-sur-Oder. C'était un compagnon de cellule fort taciturne. A peine échangeaient-ils quelques mots, quoiqu'ils fussent toujours ensemble, même au travail, où ils cloutaient des semelles de souliers de l'armée. L'amitié était née un jour où un adjudant, à qui la figure de Deutschmann ne revenait pas, renversa plusieurs caisses de clous pendant la pause de midi et ordonna à l'ex-médecin de les ramasser. Toujours aussi silencieusement, Wiedeck l'aida dans cette besogne.

— Comment ça va ? entendit-il demander par l'ex-paysan.

— Mieux.

Silence.

— Quel salaud ! murmura Wiedeck au bout d'un moment.

— Ne t'en fais pas pour lui.

Nouveau silence.

— A quoi penses-tu ? demanda de nouveau Wiedeck.

— A Julia.

— Moi aussi. A Erna. Tu as des enfants ?

— Non.

— Moi, deux... Non, ils sont trois, maintenant.

— Vos gueules ! cria quelqu'un.

Erich Wiedeck se mit alors à raconter à voix très basse, avec de longues pauses, cherchant ses mots. Cependant, aux yeux de Deutschmann s'évoqua tout un monde qui lui était étranger. Il n'entendit plus le souffle bruyant de l'asthmatique, ni le ronflement de Schwanecke. Les ténèbres impénétrables de la chambrée parurent s'élargir comme les champs de la Poméranie.

Voici donc comment l'ex-caporal Erich Wiedeck, décoré de la Croix de Fer de 1re classe, porteur de l'insigne d'argent des fantassins d'assaut et de celui des blessés, arriva au bataillon disciplinaire 999 peu avant d'être promu au grade de sergent :

Il était midi sur les champs de Melchow. Quelques tracteurs cliquetaient, avec, sur leurs sièges, des hommes tondus de près, vêtus de haillons, suivis par des femmes et des jeunes filles, aux cheveux recouverts de foulards multicolores. Des ouvriers agricoles russes, paysans de l'Ukraine, du Caucase, de la Russie Blanche, des environs de Minsk ou des steppes de Saporojié, pris comme du gibier la nuit, dans leurs lits, chargés dans des wagons à bestiaux et envoyés en Allemagne afin d'effectuer la récolte qui devait assurer la victoire.

Wiedeck fit couler les épis de son seigle entre les doigts. Ils étaient épais, gonflés, bien mûrs, plus beaux que les années précédentes. Vingt arpents sous la charrue : du seigle, du blé, de l'avoine, des pommes de terre, de l'orge, des betteraves sucrières.

Il regarda les tracteurs et les Russes qui retournaient au village, en riant. Samedi, veille du repos. Le temps était beau. Le soleil brillerait encore pendant plusieurs jours.

« Ils n'y arriveront pas, pensa-t-il, ils ne peuvent pas y arriver. Quelques Russes, les femmes, un ou deux tracteurs. La moisson pourrirait sur pied si on ne la coupait pas rapidement. » Puis il se rappela que sa femme, Erna, était enceinte, que l'enfant naîtrait dans trois semaines, qu'elle ne pouvait plus se courber et souffrait en travaillant sous le soleil.

Il regarda ses champs, la mer ondulante des épis, calculant mentalement combien il faudrait de jours pour tout moissonner avant le début de la pluie.

Quand il revint, au commencement de l'après-midi, Erna l'attendait dans l'encadrement de la porte.

— Où es-tu resté ? demanda-t-elle, inquiète. Ton train part dans deux heures.

— J'ai jeté un coup d'œil, répondit-il brièvement.

— Le blé est beau, observa-t-elle en défaisant son

tablier. Viens manger un morceau. Je t'ai cuit un gâteau, que tu emporteras.

— Qui le coupera ?

— Quoi ?

— Le blé.

— Moi...

— Toi ?

— Bien sûr ! Avec trois Russes. Quand ils auront fini chez Pilchow, ils viendront chez nous avec la grosse lieuse.

— Ce sera trop tard.

Il regarda le ciel. Le soleil ne durerait pas plus d'une semaine et, quand la pluie commencerait, la moisson pourrirait vite.

— Viens... fit Erna, en attirant son mari dans la maison. Il n'y a pas moyen de faire autrement. Nous ramasserons ce que nous pourrons. Le reste... Cette guerre finira bien un jour, alors tu t'en occuperas comme il faut.

— C'est une honte qu'il pourrisse.

Il s'assit dans la cuisine, près de la fenêtre, regardant à l'extérieur, puis il se tourna vers Erna, qui versait du café auprès du foyer, et qui embaumait la pièce. Sur la table, il y avait un gâteau aux raisins secs. A côté, un bouquet de fleurs... des fleurs de ses prés. Il regarda de nouveau vers la campagne.

— Je reste, dit-il d'un ton buté.

— Quoi ? fit Erna, stupéfaite. Qu'est-ce que tu as dit ?

— Je ne pars pas.

— Alors je suis resté, continua Erich Wiedeck, qui parlait sans doute parce qu'il faisait nuit et que personne ne pouvait remarquer ses yeux humides. J'ai dit à Erna que j'avais obtenu une prolongation de ma permission, que je pouvais demeurer jusqu'à l'engrangement de la moisson. Seulement... je ne suis pas resté seulement pour ça, tu comprends ? Le médecin avait dit qu'elle devait se ménager avant la naissance, mais comment aurait-elle pu se ménager si j'étais parti et qu'elle ait dû tout faire par elle-même ? Et alors, si elle n'avait pas pu, qu'aurait-elle mangé avec les gosses ? Les champs rapportaient comme jamais et ils auraient dû crever de faim ? Tu comprends pourquoi je ne pouvais partir.

— Oui, fit Deutschmann.

— Alors j'ai coupé et rentré la moisson, en travaillant comme une bête. Du petit jour jusqu'à la nuit j'étais dans les champs, puis il fallait encore faire les travaux de la maison. Mais, j'ai engrangé la moisson ! Tout entière ! J'avais peur que les flics ne viennent me prendre à tout moment. Ils ne sont pas venus. La seule chose que je regrette... — Il s'interrompit.

— Quoi donc ? demanda Deutschmann.

— Je regrette de ne pas être resté plus longtemps. Jusqu'à ce qu'Erna ait son gosse. C'est peut-être un fils ? Qu'en penses-tu ?

— Certainement.

— J'aurais peut-être pu rester. Mais après, quand la moisson a été rentrée, j'ai eu la trouille. Alors je suis parti. Mes deux petites filles sont venues me conduire à la gare, car Erna ne pouvait pas. L'aînée a cinq ans et s'appelle Dorthe, la seconde en a trois et s'appelle Elke. Je leur ai dit d'être gentilles pour leur maman qui allait souffrir, de ne pas faire les méchantes. Elles me l'ont promis et j'ai confiance en elles, ce sont de braves gosses... Je voudrais seulement savoir si Erna... Est-ce que tu crois que ça s'est bien passé ?

— Bien sûr, dit Deutschmann, très certainement.

— J'aurais pu rester deux ou trois jours de plus. Alors, maintenant, je saurais. Mais...

« Oui, pensa Deutschmann, il y a toujours un « mais » : si j'avais fait cela, tout se serait passé autrement, mais. Aujourd'hui, je le sais. Que je sois encore en vie constitue un miracle. Sous sa forme actuelle, le sérum est inefficace. J'ai commis une faute : je n'aurais pas dû me presser autant. Il eût été préférable de réfléchir plus longuement, de mieux calculer. Mais. »

— Dors bien, dit-il doucement.

— Oui répondit Wiedeck, incapable de prononcer un autre mot, car il pleurait.

Le lendemain, au retour du travail, tout le bataillon reçut la permission d'écrire. Les vieux renards comprirent aussitôt que quelque chose se préparait ; sans doute allait-on les envoyer en Russie.

« Ma petite Julia, écrivit Deutschmann, je vais bien. La nourriture est suffisante. Rien ne me manque... sauf toi, mes yeux de gazelle, et tu ne peux savoir à quel point ! Comme je voudrais te revoir... mais, pour le moment, ce n'est qu'un souhait bien inoffensif. N'aie aucune inquiétude à mon sujet, mais fais bien attention à toi, surtout maintenant, à cause de tous ces bombardements. Je t'en prie, prends bien soin de toi, yeux de gazelle, je veux te retrouver belle et forte.

« Un baiser de ton Ernsti. »

« Ma chère Erna, écrivit Wiedeck, je ne sais toujours pas comment s'est passé l'accouchement, si tu es en bonne santé, si c'est une fille ou un garçon. Si c'est un garçon, appelle-le Wilhelm, comme mon père. Si c'est une fille, tu sais déjà qu'elle doit s'appeler Erna, comme toi. Moi, je suis très bien ; je me fais seulement des soucis pour toi et les gosses, mais il faut avoir confiance en Dieu pour qu'il me ramène bientôt chez nous. Je vous embrasse, toi et les enfants. Ton mari. Erich. »

Les deux lettres étaient un peu plus longues que ne le permettait le règlement, mais, étant donné le départ prochain, on les laissa cependant passer.

Même un aveugle aurait compris que quelque chose se préparait. La compagnie Obermeier ne sortit pas du camp pour aller au travail. En outre, le capitaine Barth reçut un nouvel adjoint.

Il ne saisit pas, tout d'abord, le sens de la communication qu'il avait reçue du commandement des unités disciplinaires.

— Un nouveau camarade, messieurs, dit-il à Obermeier et à Wernher. Un lieutenant nommé Fritz Bevern. D'Osnabrück. Un garçon de mérite, à ce qu'il paraît : chef à la Jeunesse hitlérienne, fils d'un haut fonctionnaire, brevet d'officier avec la mention « très bien », spécialiste de l'enseignement. Médaille de 1re classe des Mérites de Guerre. Croix de Fer de 2e classe. Il arrive aujourd'hui même.

— Tout à fait ce qu'il nous faut. Nous cherchions ça depuis longtemps, n'est-ce pas ? observa Wernher, avec un soupir.

— Il peut être très bien, répondit Barth. Attendons. En tout cas, j'aurai un adjoint. Magnifique, hein ? Allégement de la tâche du commandant et liaison avec la troupe. Je crains seulement qu'il ne devienne vite superflu.

— Vous parlez par énigmes, mon capitaine.

— Avec qui assurera-t-il la liaison quand nous serons en Russie depuis trois ou quatre semaines ? fit Barth, avec un sourire.

— Et, de plus, vous êtes un pessimiste, mon capitaine, dit Wernher. Me permettez-vous de me retirer ?

— Le cheval serait-il sellé ? demanda Barth, ironiquement.

— Depuis déjà une heure.

— Amusez-vous bien. Vous restez pour me soutenir, Obermeier ?

Bevern arriva dans une superbe automobile, une Horch huit cylindres, qui avait dû appartenir, naguère, à quelque gros propriétaire foncier.

Quand il en descendit et se dirigea, d'un pas élastique, vers le bureau du commandant, il y eut bien des exclamations derrière les fenêtres de la caserne. Bottes étincelantes, uniforme sur mesure, casquette sur l'oreille, gants en peau de sanglier gris clair, pistolet dans un étui brun du bon faiseur : le modèle des officiers, un mannequin sorti de la vitrine d'un tailleur militaire.

Barth alluma une cigarette. « Que vais-je faire de ce singe tiré à quatre épingles ? se demanda-t-il avec effroi. Il lui faudra une manucure quand nous pataugerons dans la boue russe ! »

Il se trompait. Fritz Bevern passa immédiatement à l'offensive dès que, la présentation officielle terminée, les trois officiers firent plus ample connaissance autour d'une bouteille de vin.

— A mon arrivée, déclara-t-il, j'ai aperçu, à la porte du camp, une sorte d'épouvantail qui tenait un balai à la main. J'ai tout d'abord pensé qu'il s'agissait d'un Russe. Mais non, messieurs, c'était un soldat allemand ! Ma parole ! Je l'ai appelé et l'ai regardé bien en face, mais ce dégénéré ne m'a même pas salué. Il m'a fait l'effet d'un sous-homme ! Et alors... il s'est fourré les doigts dans le nez ! Une véritable honte ! Je lui ai demandé son nom. Savez-vous ce qu'il m'a répondu ?

— Quoi ? demanda Barth, intéressé.

— Ha...

— Comment ?

— Il a dit : Ha. Inouï !

— Comment s'appelle-t-il ? demanda à son tour Obermeier.

Bevern ouvrit la poche de sa vareuse, en sortit une fiche, referma la poche et lut :

— Karl Schwanecke, de la 2e compagnie. Il n'a pas été facile de lui tirer cela. Le gaillard est sourd comme un pot !

— Que dites-vous ? fit Barth, sans pouvoir s'empêcher de sourire.

— Il est sourd comme un pot.

— Le drôle entend mieux que vous ou moi, observa Barth avec délectation.

Obermeier sourit également.

— Il entend mieux que... répéta Bevern, déconcerté.

Barth acquiesça de la tête.

— En outre, c'est un spécialiste des cambriolages par effraction, des attaques à main armée et du viol des petites filles. Autrefois soldat de 1re classe, il devait être d'une bravoure folle.

— Je le convoquerai demain, fit Bevern, dont le visage s'était empourpré. Quelle insolence !

— Espérons que vous en viendrez à bout, répondit Barth en lançant une volute bleue vers le plafond.

— Pourquoi n'y parviendrais-je pas ?

— Avez-vous déjà servi dans une... dans une unité comme celle-ci ?

— Jusqu'ici, j'ai eu d'autres missions à accomplir, mon capitaine, répliqua Bevern en bombant la poitrine.

— Alors il va falloir changer un peu vos idées, mon cher. Dans votre propre intérêt. Cette unité ne ressemble pas aux autres. C'est un bataillon disciplinaire. — Il détacha les syllabes à sa manière habituelle, comme avec ravissement. — Vous trouverez ici des hommes comme ce Schwanecke qui ne reconnaissent absolument aucune autorité, et moins que toute autre celle que confèrent les pattes d'épaule. La seule devant laquelle ils s'inclinent est celle de leurs idéaux, qui sont opposés aux vôtres... euh... je veux dire aux nôtres : les instincts criminels, dans le cas de Schwanecke. Ne comptez pas intimider celui-ci ni ses pareils. Il existe un autre groupe : ceux qui ne savent pas comment ils ont abouti ici... ce sont probablement les plus nombreux. Parmi eux, on observe toutes les nuances imaginables... il y en a même qui n'ont aucun ressort, de pauvres chiens battus, cherchant à lire vos désirs dans vos yeux, jusqu'à ceux qui sont prêts à foncer contre des murailles, même s'ils doivent s'y casser la tête.

— Faudrait-il donc capituler devant eux ? demanda Bevern, indigné.

— Non, mais seulement s'adapter, répondit Barth, d'un ton ferme. Regardez le lieutenant Obermeier, ici présent. Son père était officier. Son grand-père aussi. Son bisaïeul était un des plus hauts grenadiers du roi-sergent. Et lui-même ? Un soldat du front, avec toutes les herbes de la Saint-Jean : la Croix de Fer de 1re classe, la Croix allemande en or, etc. Le communiqué de la Wehrmacht l'a même cité une fois. En arrivant ici, il était persuadé de n'avoir absolument plus rien à apprendre. Au bout d'une semaine, il se sentait redevenu tout petit. Maintenant, il a recommencé à grandir.

— En tout cas, je tiens à convoquer ce Schwanecke et je lui parlerai de manière qu'il ait la caboche en capilotade. Pour l'intimider, en quelque sorte.

— Il vous faudra un bien grand talent oratoire, observa Obermeier, poliment.

— Ah !... fit Barth, toujours avec ravissement.

Bevern se tut, vexé. « Quelle bande ! pensait-il. Capituler devant ces crapules qu'on a sauvées de l'échafaud par pitié ! S'adapter ? Ridicule ! »

Il regarda par la fenêtre. La 2e compagnie faisait l'exercice. Des hommes aux yeux creux, au visage crispé, à l'uniforme encroûté de saleté. Il détourna vite le regard, écœuré. « Il faudrait tous les fusiller, se dit-il, ce serait la meilleure solution. »

Le soir, alors qu'Obermeier était au cinéma, en ville, que Wernher, près de sa maîtresse, se demandait s'il lui fallait encore manger ou se coucher tout de suite, que Barth, près de la radio, écoutait du Beethoven, le lieutenant Bevern parcourut la caserne, pour se présenter, à sa manière, au bataillon.

Tout d'abord, il rencontra l'adjudant-chef Krüll.

Celui-ci revenait d'une inspection. Il avait expédié Deutschmann une nouvelle fois aux latrines, car elles n'étaient pas suffisamment propres à son goût. Pendant un moment, les mains derrière le dos, il observa le savant qui s'escrimait avec son seau et ses chiffons.

— Je reviendrai dans une demi-heure, lui dit-il. Si ça ne ressemble pas alors à une salle d'opération, je vous ferai lécher tout le plancher avec votre gueule d'intellectuel. Compris ?

En rencontrant le nouveau lieutenant, il s'immobilisa en un garde-à-vous impeccable.

— Comment vous appelez-vous, adjudant ? demanda Bevern, négligemment.

— Adjudant-chef Krüll, mon lieutenant !

— Ah !... C'est vous l'adjudant-chef Krüll !

— Oui, mon lieutenant, répondit Krüll, rayonnant.

Ainsi donc, même le nouveau connaissait sa réputation ! Il se fût moins réjoui s'il avait su que Bevern avait résolu de se venger sur lui de l'insolence d'Obermeier.

— Combien pesez-vous, adjudant ?

Krüll leva les yeux au ciel. « Il est fou ! pensa-t-il. »

— Je ne sais pas, mon lieutenant.

— Vous pesez quatre-vingt-quinze kilos, adjudant.

— Je... pas tant, je crois...

— Combien pesez-vous, adjudant ?

— Quatre-vingt-quinze kilos, mon lieutenant !

— C'est nettement trop, adjudant. Ne croyez-vous pas ?

— Si, mon lieutenant.

— Au moins vingt kilos de trop !

— Oui, mon lieutenant.

— Il faut perdre ça, adjudant.

— Bien, mon lieutenant !

Krüll, interloqué, crut cet interrogatoire imbécile terminé. Mais le nouveau lieutenant ne parut pas disposé à le laisser partir. Bien au contraire. Krüll aurait dû s'en douter, le lieutenant employait exactement les mêmes méthodes que lui.

— Commençons tout de suite, adjudant... Demi-tour, droite !... Pas gymnastique... en avant, marche !

Krüll trotta dans tous les sens, la figure congestionnée, la bouche ouverte. C'était la première fois qu'il courait depuis cinq ans. La chemise collait sur son corps baigné de sueur. Toutes ses conceptions s'évanouissaient. Jusqu'alors, il s'était cru du même côté de la barricade que les officiers, et ce dandy le faisait soudain passer à l'autre bord. Il haletait. La voix mordante de Bevern lui martelait le cerveau.

— Plus vite, adjudant ! Allons, plus vite ! Cela donne de la souplesse et de l'aisance au corps ! C'est excellent pour les bronches ! Plus vite !

Krüll, défaillant, presque inconscient, put enfin regagner sa chambre.

Pour Bevern, ce n'était qu'un commencement. « Je les materai, se disait-il, les dents serrées. Toute la bande ! Les hommes ! Les sous-officiers ! Et aussi ces officiers opportunistes, cet Obermeier et ce Barth ! »

Dans la chambrée de la 2e compagnie, Bevern découvrit quelque chose qui le laissa tout d'abord sans voix : la collection de photographies de Schwanecke. Celui-ci s'occupait justement à orner d'images de femmes nues la tête et les côtés de son lit. Le lieutenant s'approcha doucement.

— Ah ! ah !... Je vous retrouve ! fit-il.

Schwanecke se retourna en souriant.

— On ne fait pas peur comme ça aux gens, mon lieutenant ! dit-il. Elles sont bath, hein ?

— Vous... commença Bevern, mais Schwanecke ne se laissa pas démonter.

— Est-ce qu'elles vous plaisent, mon lieutenant ? La blonde, là... hein, qu'en dites-vous ?... Elle est de Berlin. C'est quelque chose ! Si ça vous intéresse — il se pencha vers l'officier comme pour lui confier un secret — je vous donnerai son adresse. Quand vous irez à Berlin... Une pépée comme ça, ça peut en apprendre à n'importe qui !

Bevern frissonna, pouvant à peine respirer. Il passa un doigt entre son col et la nuque.

— Ça ne va pas ? demanda Schwanecke avec sollicitude.

Bevern le fit pivoter et courir pendant une demi-heure dans la cour. Puis il se fatigua, mais Schwanecke souriait toujours. Tout au plus remarquait-on sur lui un peu de sueur.

— Vous valez presque mon instructeur aux recrues, dit-il quand il se retrouva devant Bevern. En ce qui concerne l'adresse...

— Taisez-vous !

Schwanecke dut encore effectuer cinquante flexions sur les jarrets. Ses genoux tremblaient, mais il conservait son sourire. « Pas toi, pensait-il, pas toi !... C'est moi qui t'aurai. Fais bien attention. C'est moi qui t'aurai... »

Deutschmann était à bout de force.

Jusqu'alors, une sorte d'humour macabre l'avait soutenu. Mais c'était fini, il était trop las, trop désespéré, pour ne plus voir derrière les hurlements et les brimades de Krüll et des autres sous-officiers qu'une sorte de boursouflure vaniteuse. Physiquement épuisé par la longue et grave maladie, la prison, le procès, brisé par les humiliations continuelles, il avait besoin de toute l'énergie qui lui restait pour se maintenir dans cet environnement déprimant. Il n'éprouvait plus de colère, plus d'amertume, tant il se sentait faible et fatigué.

Après avoir rangé le seau, les chiffons, le balai et s'être lavé, il se traîna jusqu'à la chambrée, animé par un seul désir : fumer une cigarette et dormir, dormir tout un jour, sans remuer. Son bras gauche lui causait une douleur intolérable, ce bras où il avait effectué l'injection et qui demeurait couturé de cicatrices, amaigri jusqu'aux os, ne redeviendrait jamais complètement sain.

L'ampoule nue jetait une clarté douteuse. Quelques soldats jouaient encore aux cartes à la grande table du centre, mais la plupart étaient déjà étendus sur leur lit. Assis à un bout de cette table, le grand colonel regardait sa main bandée. L'ancien major, qui avait appartenu à un état-major d'armée, maniait sans vigueur un long balai : il était de corvée de chambrée.

Deutschmann alla à son armoire pour prendre son étui à cigarettes, en cuir serti d'argent, avec son monogramme dans le coin inférieur : un cadeau de Julia. Puis il s'assit à la table et ouvrit l'étui devant lui.

— Le Krüll t'en a fait baver, hein ? demanda un des joueurs de cartes, petit homme maigre, à face de rat.

Il rit, montrant ses dents jaunes. Ex- « rabatteur », à Berlin, il n'avait jamais pu s'empêcher de commettre de petits vols, ce qui l'avait conduit au bataillon disciplinaire.

Deutschmann acquiesça de la tête, trop las pour répondre, trop las même pour avancer la main et prendre une des deux cigarettes qu'il avait économisées pour la soirée.

A ce moment, Schwanecke entra, avec un large sourire.

— Les gars, dit-il après avoir refermé la porte, ce salaud-là s'imagine qu'il m'aura. Il se fourre le doigt dans l'œil jusqu'au coude !

— Où est-il maintenant ? s'informa un des joueurs de cartes.

— Il a sa claque et il est parti se pieuter. Un type comme lui, tu parles ! Le gars qui aura Karl Schwanecke n'est pas encore né !

— Est-ce que tu joues ? demanda la face de rat.

— Tout de suite. — Schwanecke aperçut alors Deutschmann effondré. — Qu'est-ce que t'as ?

Deutschmann ne répondit pas. Schwanecke alla s'asseoir à côté de lui.

— Quelqu'un a été méchant avec toi, professeur ?

Deutschmann vit soudain la grosse main velue, aux ongles en deuil, avancer vers l'étui à cigarettes et s'en saisir.

Il leva les yeux sur l'autre.

Schwanecke tourna et retourna l'étui pour bien l'examiner, hocha deux ou trois fois la tête, porta l'objet à son nez, renifla, prit une cigarette et l'alluma.

— Rends-moi cet étui, dit faiblement Deutschmann.

— Il est très bath. Qu'est-ce que tu veux en échange ?

— Rends-moi cet étui !

— Tiens, je te donnerai deux photos. Tu les choisiras toi-même.

Deutschmann se leva avec effort et fit un geste pour reprendre l'étui. Schwanecke recula d'un pas et mit l'objet dans sa poche de poitrine.

— Je le conserve jusqu'à ce que tu aies décidé ce que tu veux en échange, dit-il. Trois photos ? D'ac ?

Pour lui, l'affaire était réglée. Il retourna vers les joueurs de cartes. Deutschmann s'appuya au bord de la table, ferma les yeux, se redressa et cria désespérément :

— L'étui... Rends-moi cet étui !

Le grand colonel leva les yeux.

— A qui de donner ? demanda Schwanecke.

— A Werner... assieds-toi, répondit la face de rat.

Schwanecke attira du pied un escabeau et allait s'asseoir quand il se sentit saisir par l'épaule, et retourner. Erich Wiedeck, le visage rouge, se dressait devant lui.

— Rends-lui son étui, salaud, dit-il.

— Hé là... doucement ! Bas les pattes ! fit Schwanecke en ricanant.

Deutschmann, se poussant contre la table, fit deux pas en avant et prit le bras de Schwanecke. Celui-ci accomplit un léger mouvement, comme pour se débarrasser d'une mouche. Deutschmann, balayé, tomba sur un escabeau, heurta une armoire de la tête et demeura sur le plancher, sans connaissance.

— Salaud ! gronda Wiedeck en accrochant Schwanecke par sa vareuse.

Mais l'autre le frappa d'un crochet rapide à l'estomac. Wiedeck gémit, se plia en deux. Un deuxième coup, appliqué sous le menton avec une violence inouïe, le redressa et le projeta en arrière. La nuque s'abattit avec fracas contre une porte d'armoire. Wiedeck, les yeux vitreux, s'écroula lentement. Schwanecke souriait toujours, laissant voir des dents très blanches ; il n'avait même pas enlevé la cigarette du coin de sa bouche.

— A qui le tour ? demanda-t-il.

Il se tenait debout, légèrement penché, les paupières

à demi fermées, à cause de la fumée, son corps musculeux irradiant une énergie concentrée, une souplesse féline, une force indomptable.

— A qui le tour ? répéta-t-il, en élargissant son sourire.

— Alors, on joue ? demanda un des joueurs.

— Des chiffes molles... Assieds-toi, Karl, dit la face de rat.

Le grand colonel s'approcha sans mot dire et s'arrêta à deux pas de Schwanecke. Wiedeck se retourna sur le ventre, essaya de se relever, mais retomba avec un gémissement.

— Qu'est-ce que tu veux ? demanda Schwanecke au colonel.

— Veuillez rendre immédiatement cet étui ! dit celui-ci.

Face-de-rat poussa un véritable hennissement. Un des joueurs se leva lentement, pour regarder, les mains appuyées sur la table.

— Ah ! fit Schwanecke, et quoi encore ? Ecoute-moi bien, espèce de grande perche de colonel dégradé, écoute-moi bien : N'essaie pas de crâner ici, tu entends ? T'imagine pas que tu es encore quelqu'un. Tu ne m'en imposes pas ! Ici, tu n'es que de la crotte, comme moi. Fous-moi le camp si tu veux pas que je te casse la gueule !

Le colonel écouta d'un air impassible. Quand Schwanecke se retourna, il dit d'une voix plus forte, plus impérieuse :

— Veuillez rendre immédiatement cet étui et vous excuser auprès du Dr Deutschmann et de Wiedeck ! Vous m'avez compris ?

Schwanecke lui fit face de nouveau, furieux, arracha la cigarette de ses lèvres et la jeta sur le plancher.

— Ferme ça ! hurla-t-il. Ferme ça, merdaillon ! J'en ai assez des types de ton espèce. Vous me faites vomir ! Messieurs, toujours messieurs ! Et quoi encore ? Ecoute, monsieur... — Sa voix baissa, siffla, prenant un accent d'une gravité mortelle, exprimant la haine aveugle des criminels pour tous « les autres ». Il approcha son visage de celui du colonel. — Ecoute ! J'ai toujours été emmerdé par les gens de ton espèce, j'ai toujours dû m'abaisser, répondre : « Bien sûr, monsieur Un Tel ! » Je pourrais t'écraser d'une seule main, colonel de mes fesses ! Et je vais le faire, c'est moi qui te le dis ! — Il saisit le colonel par sa vareuse, l'attira contre lui, leva la main gauche, prête à frapper. Cette fois, il n'y avait plus de sourire sur ses lèvres. — Je vais le faire si tu ne me dis pas immédiatement : Bien sûr, monsieur Schwanecke ! Tu m'as compris : Bien sûr, monsieur Schwanecke !...

— Lâchez-moi ! fit le colonel, d'une voix rauque.

— Bien sûr, monsieur Schwanecke !... Je te zigouille si tu ne le dis pas immédiatement !

Un silence de mort s'établit dans la chambrée. Personne n'avait le moindre doute : Schwanecke parlait sérieusement, aucune puissance au monde n'était capable de l'arrêter. L'ex-colonel et commandant d'une division, décoré de la Croix de Fer avec feuilles de chêne, devenu le deuxième classe Gottfried von Bartlitz au bataillon disciplinaire 999, représentait pour lui toutes ces forces détestées devant lesquelles il avait dû se courber pendant toute sa vie, fuir comme un chien galeux, se terrer dans des taudis nauséabonds, maudire l'existence et sa mère à qui il la devait. Cependant, l'instinct vital était si puissant en lui qu'il l'avait toujours empêché d'abattre un des policiers ou des gendarmes lancés à ses trousses. Ce serait pour lui la mort certaine, il le savait. Cet instinct lui interdisait de frapper la masse graisseuse qui avait nom adjudant Krüll, pour en faire us tas sanglant, de rompre les os de ce simiesque lieutenant Bevern. Ceux-ci étaient intangibles pour lui, parce que, derrière eux, se tenait le pouvoir qui animait la hache du bourreau. Mais il n'en était pas de même pour cet ex-colonel. Celui-ci, qui faisait naguère partie « des autres » et se trouvait désormais du même côté de la barricade que lui, il pouvait l'écraser entre ses mains puissantes, réduire en bouillie ce visage orgueilleux, et montrer à tous ses semblables, dans cette maudite caserne, qui était maintenant le maître. Qui se souciait encore du colonel von Bartlitz ?

— Je compte jusqu'à trois. Un...

— Ça suffit comme ça, petit, dit une voix très calme.

Un soldat encore jeune, trapu, blond, sans grande apparence, approcha lentement de la table, les pieds nus.

— Deux... et...

— Retourne-toi ! dit le jeune soldat plus haut.

Schwanecke parut l'entendre pour la première fois. Il tourna légèrement la tête, prit, d'un rapide coup d'œil, la mesure de ce nouvel adversaire, et ramena son regard sur le colonel. Son poing gauche se ferma.

— Regarde par ici ! cria le jeune soldat, qui sauta, comme un gymnaste bien entraîné, par-dessus la table et arracha Schwanecke, stupéfait, du colonel.

— Refroidis-le, Schwanecke ! cria la face de rat, en bondissant sur ses pieds.

Les autres joueurs firent aussi semblant d'intervenir. Ils n'en eurent pas le temps.

Ce qui se passa alors se déroula si vite que personne ne put dire exactement comment le jeune soldat, qui paraissait si frêle à côté de son adversaire, taillé en hercule, en vint à bout. Deux têtes tourbillonnèrent, la table se renversa ; on n'entendit plus que le grondement furieux de Schwanecke, sa respiration haletante et puis, tout à coup, un cri de douleur strident, inhumain.

Le jeune soldat se dégagea avec souplesse du gros corps gisant, demeura courbé sur lui pendant un instant, se redressa et passa la main dans ses cheveux courts.

— Voilà... fit-il.

Schwanecke, les yeux vitreux emplis de souffrance, regardait le plafond. Des larmes coulaient sur ses joues. Il ouvrit la bouche d'où venait de sortir le terrible cri.

la referma, et les autres ne perçurent qu'un grincement effroyable de dents ébréchées.

— Qu'est-ce que... Qu'est-ce que c'est ? balbutia-t-il enfin.

— Pour l'amour de Dieu, que lui avez-vous fait ? demanda le colonel.

— Rien de bien grave. Cela ne lui fera pas mal pendant bien longtemps. Un peu de jiu-jitsu. Dans une demi-heure il sera comme avant. Relève-toi, ordonna le soldat à Schwanecke.

Celui-ci le regarda d'abord sans comprendre, puis la vie, la compréhension... et la peur reparurent dans ses yeux. En gémissant, il se souleva, resta un moment à quatre pattes, hocha la tête et se releva enfin en s'aidant d'un escabeau.

— Maintenant, rends cet étui à cigarettes, dit tranquillement le soldat.

Pesamment, comme s'il traînait un fardeau trop lourd pour ses épaules, Schwanecke avança à travers la chambrée et tendit l'étui à Deutschmann.

— La cigarette aussi !

Schwanecke tira une cigarette de sa poche et la tendit également. Deutschmann hésita.

— Prenez, fit le soldat.. Et maintenant, excuse-toi, reprit-il quand Deutschmann eut accepté.

— Ça va ! Je regrette, dit Schwanecke.

— Merci, jeune homme, intervint le colonel. Il était moins cinq !

Le soldat se retourna vers lui et le toisa.

— Vous n'avez pas à me remercier, fit-il de sa voix toujours posée, mais qui, cette fois, tremblait un peu. Je ne l'ai pas fait pour vous. Si vous aviez été seul en cause, je n'aurais pas remué le petit doigt. C'est votre faute si vous êtes ici et si des types comme ça — il eut un geste de la tête vers Schwanecke, effondré sur un escabeau — vous flanquent des raclées. Vous avez aidé vous-même à s'élever les gens qui vous ont envoyé ici, en n'entreprenant rien contre eux alors qu'il en était encore temps. Bien plus, vous les avez aidés... vous, les officiers. — Sa voix se fit glaciale, méprisante. Puis il fit un pas rapide vers le colonel déconcerté, s'inclina et reprit : Savez-vous pourquoi, moi, je suis ici ? Parce que j'ai corrigé un salaud d'officier exactement comme celui-ci. Et il l'avait, par Dieu, autrement mérité ! Si j'ai muselé Schwanecke, c'est parce que je n'ai nulle envie de troquer la tyrannie des adjudants et des officiers contre celle des gouapes. Ceux-ci, on peut les juguler de cette façon ; les autres... vous, non. Vous ne cessez la vôtre que lorsque vous mangez les pissenlits par la racine.

Comme pris de dégoût, il passa devant le colonel devenu blême, avança jusqu'à Schwanecke et lui demanda doucement, d'un ton presque amical :

— Comment ça va ?

— Ben, mon vieux, répondit Schwanecke en levant sur lui un regard quasi soumis, qu'est-ce que tu m'as passé ? Il faudra que tu m'apprennes ce coup-là. Jusqu'ici, personne ne m'avait encore roulé !

— Je m'en garderai bien, fit le jeune soldat, en souriant. Aide-nous maintenant à tout remettre en ordre. L'excité peut revenir d'un moment à l'autre.

JULIA Deutschmann écrivait à son mari :

« Mon cher Ernsti, je sais que tu ne recevras jamais cette lettre. Je te l'écris, cependant, tant j'ai besoin de causer avec toi, de te raconter comment je vis, de te dire ce que je pense et ressens. Ce n'est pourtant qu'un expédient, devant moi il n'y a qu'une feuille vide, je ne te vois pas réellement. Pour te revoir, il faut que je ferme les yeux ; alors, tu m'apparais : grand mince, avec de longs bras pendants, un beau front très haut, et des yeux gris d'enfant étonné. Mais, même alors, quand je crois te tenir, tu redisparais, tu t'effaces lentement, constamment...

« Depuis quelques jours j'ai recommencé notre travail ; je veux aussi vite que possible refaire tout ce que nous avons réalisé au cours de ces deux années, avant qu'on vienne t'arracher à moi. Il m'arrive souvent de m'absorber dans cette tâche ; alors j'oublie la torturante angoisse que cause mon impuissance à ne pouvoir t'aider, la désespérante conviction que tout est désormais inutile — et, tout à coup, je vois notre œuvre se dresser devant moi comme un nouvel édifice de notre pensée, presque achevé.

« Comme nous avons été heureux pendant ces deux années, malgré la guerre ! Mais voilà, nous ne le savions pas ! Ou, plutôt, nous ne nous en rendions pas compte, noyés dans le trantran quotidien, la tracasserie des cartes et des tickets, les humeurs sombres nées de nos désappointements, de nos échecs, de nos erreurs. Je me suis montrée impatiente, je le sais, peut-être même acariâtre ; je trébuchais à tout moment sur des vétilles. Mais j'ignorais, alors, combien tout cela était dépourvu d'importance. Que ne donnerais-je pas, aujourd'hui, pour avoir encore à chercher ton linge dans toute la maison quand il te prenait brusquement fantaisie de te changer, pour te voir de nouveau avaler ton repas comme si tu disputais une course contre la montre ! Comme je serais heureuse de me retrouver, avec toi, dans notre « boudoir », même si tu ne répondais à mes questions que par un « Ah ! » distrait ! Pourtant, comme toutes ces petites choses m'irritaient ! Comme je t'en voulais d'oublier l'anniversaire de notre mariage... et cela t'arrivait souvent ! Et comme j'étais furieuse en pensant que tu n'estimais pas à sa juste valeur mon travail personnel, que je jugeais d'une importance au moins égale à celle du tien !

« Ernsti, mon Ernsti, comme tout cela était puéril, ridicule ! Désormais je le sais. Une seule question compte : Qui es-tu et qu'as-tu fait ? Une seule chose a de l'importance : notre amour. Ce qui importe, c'est de savoir qui je suis, ce que j'ai fait, la place que j'occupe, la tâche que j'ai à accomplir.

« Assurément, je ne suis pas une seconde Marie Curie. Mais je tiens à remplir le rôle qui m'incombe. Aujourd'hui, je comprends qu'il ne consistait pas à me livrer à une sorte de compétition, mais à t'aider. Et maintenant, ma tâche est avant tout de ne pas te garder pour moi seule, mais aussi pour les autres, pour ton travail, pour tes rêves, pour ce que tu as fait, pour tout ce que tu pourras faire encore.

« Je distingue ma voie.

« Ce que je fais est dangereux, je ne l'ignore pas,

mais je dois le faire. Pourvu que j'en aie le temps ! Pourvu que je te sache en vie et où tu te trouves !

« Quand je pense à toi, Ernsti, je redeviens une petite fille amoureuse qui regarde les étoiles et rêve à l'homme auquel elle voudrait appartenir. Je t'appartiens de tout mon être ! Tu vis en moi. Nous avons vécu ensemble un temps assez long et pourtant terriblement court... et, cependant, je voudrais choisir une minuscule étoile pour nous deux, que nous pourrions du moins regarder en commun. Il faudrait qu'elle soit très petite, presque invisible, pour qu'elle n'appartienne qu'à nous, pour que seuls nos regards s'y rencontrent.

« Mais il est déjà très tard. Dors bien, Ernsti. Je ferme les yeux, je pense bien fort à toi et peut-être, peut-être, sentirai-je ton baiser du soir : sur la bouche, sur les yeux... et enfin sur le bout du nez... »

Julia déposa son stylo sur la table, s'adossa à sa chaise, ferma les paupières et sourit.

Des larmes silencieuses roulaient sur ses joues.

Le mercredi, jour de son arrivée, Schwanecke était parvenu à déconcerter l'adjudant Krüll, mais, le samedi, il réussit à le laisser sans voix, ce que n'avait jamais pu faire aucun subordonné depuis son entrée dans le corps des sous-officiers. Un véritable chef-d'œuvre !

Derrière le bâtiment 2 de la caserne où logeaient la première et la deuxième section de la 2e compagnie, il y avait une caisse et, dans cette caisse, un lapin.

L'adjudant-chef passa tout d'abord devant sans y prêter autrement attention, quoiqu'une caisse n'eût rien à faire en cet endroit. Le problème posé par le lieutenant Bevern et la cure d'amaigrissement prescrite par lui le préoccupaient trop. Cependant il s'arrêta, prit soudain conscience de cet objet insolite et revint sur ses pas précipitamment.

Aucun doute : c'était bien une caisse avec, à l'intérieur, un lapin vivant et bien nourri.

— A qui appartient ce bestiau ? cria-t-il, hors de lui.

Son regard furieux interrogeait les soldats qui venaient de nettoyer l'infirmerie et s'attardaient un peu aux derniers rayons du soleil automnal.

— Deutschmann, à qui appartient ce bestiau ?

— Je ne sais pas, mon adjudant ! hurla l'interpellé. Il avait déjà appris que, dans l'état militaire, il fallait parler le plus fort possible, que le plus bruyant était le plus estimé.

— C'est à moi..., dit Schwanecke, en faisant deux pas en avant.

— Ah !...

— Oui. Je suis un ami des animaux, mon adjudant. Je ne peux pas vivre sans une petite bête à chérir.

Krüll se pencha sur la caisse et regarda le lapin. Celui-ci, effrayé, lâcha la carotte qu'il grignotait pour se réfugier dans un coin. Trois questions tourmentaient l'adjudant-chef : D'où venait ce lapin ? D'où venait la caisse ? D'où venait la carotte ?

— Il s'est sauvé de quelque part, fit Schwanecke. L'adjudant-chef s'en alla sans rien dire. Devant le bureau, il rencontra le lieutenant Obermeier, qui s'apprêtait à quitter le camp et lui apprit cet incident inouï. Mais le lieutenant n'était pas disposé à s'apitoyer sur les malheurs de Krüll.

— Profitez bien de la vie à la caserne, dit-il, en lui frappant sur l'épaule. Quand nous serons en Russie, ce ne sera plus la même chose !

Krüll demeura seul, méditant sur le sens de cette dernière phrase. Le mot « Russie » lui inspirait une sainte terreur. Mais, comme il possédait le talent de pouvoir chasser aussitôt les pensées désagréables et qu'il ne se sentait aucune aptitude à résoudre les énigmes, il abandonna vite cette méditation pour en revenir au problème plus immédiat et tangible : celui du soldat Schwanecke et de son lapin.

A grands pas, il revint vers eux.

— Vous l'avez chapardé ! dit-il d'un ton décisif, qui tranchait la question.

— Il s'est sauvé !

— Et la caisse, elle s'est sauvée aussi ? Et la carotte ? Elles sont arrivées à travers l'air... ssssst... comme ça !

— Parfaitement, mon adjudant !

Krüll s'emplit les poumons si fort qu'il parut devoir éclater.

— Faites le tour de la cour ! Au pas gymnastique ! Et plus vite que ça ! cria-t-il.

Schwanecke trotta en souriant.

— Encore une fois !

Schwanecke recommença puis s'arrêta, un peu haletant, devant l'adjudant-chef.

— Vous l'avez chapardé !

— Mon adjudant ! Que pensez-vous de moi ? Il s'est sauvé.

A ce moment, il se produisit une sorte de faille à l'intérieur de Krüll. Il se retourna sans mot dire, pour s'éloigner... et manqua se heurter au lieutenant Bevern, qui était arrivé subrepticement dans l'intervalle et avait observé la scène.

Krüll voulut faire son rapport, mais Bevern l'arrêta d'un geste. Battant sa botte d'une badine, il approcha de Schwanecke.

— Vous êtes aussi un spécialiste des lapins ? demanda-t-il, d'un ton amical.

— Des mâles seulement.

Deutschmann s'éloigna, incapable d'en entendre plus. « Le malheureux va tout droit au poteau d'exécution » pensa-t-il.

— Comment ça, des mâles ? demanda Bevern, en haussant les sourcils.

— Je m'en sers comme sujets d'étude, mon lieutenant. Une pépée m'a dit un jour que j'avais tout du lapin mâle. Depuis, j'observe ces bestiaux, mais je n'ai pas encore compris ce qu'elle voulait dire.

— Et... ce lapin est venu comme ça. Vous l'avez trouvé devant vous ?

— Parfaitement. Même qu'il s'est assis sur son derrière pour faire le beau. C'est à ça que j'ai reconnu que c'était un mâle.

— Ah ! Pourquoi ?

— Parce que, si ç'avait été une femelle, elle aurait fait la belle, mon lieutenant.

Il se passa alors dans la cour quelque chose dont même le capitaine Barth eut assez.

Schwanecke dut se coucher sur le ventre et ramper comme un ver, à travers la poussière, à travers les détritus de la cuisine, à travers quelques flaques, à travers les latrines bouchées et débordantes de la 1re compagnie, toujours le visage collé contre le sol. Et Bevern donnait le rythme en sifflant.

Schwanecke avait fait trois fois le tour de la cour quand le capitaine Barth cria enfin « Halte ! » de sa fenêtre.

Bevern abandonna l'homme dans la saleté et se dirigea nonchalamment vers le bâtiment des officiers.

— Qu'est-ce que cela signifie, lieutenant ? demanda Barth, d'un ton dur.

— J'ai voulu démontrer à ce Schwanecke que l'homme descend du crapaud.

— Stupidité !

Bevern se raidit.

— Et c'est ainsi que vous croyez gagner la guerre ? reprit Barth en faisant un geste.

Ce geste signifiait : « Allez-vous-en ! Allez-vous-en immédiatement ! Misérable ! » Bevern comprit et se dirigea vers la porte, mais, avant de l'atteindre, il entendit encore la voix du capitaine :

— A votre place, je ne me ferais pas un ennemi de cet homme. Nous allons en Russie... Sortez maintenant !

Schwanecke se releva en titubant, le visage abominablement souillé, effroyable, inhumain. Respirant avec peine, il s'adossa contre le mur de la caserne.

Deutschmann courut prendre une gamelle d'eau, puis il déboutonna la chemise de Schwanecke. Celui-ci le regarda avec des yeux vitreux, sans conscience. Il lappa la moitié du contenu de la gamelle et se versa le reste sur la tête.

— Lieutenant Bevern, murmura-t-il alors d'une voix tendue, presque méconnaissable.

Deutschmann frissonna. « Je n'aimerais pas être dans la peau de ce Bevern » pensa-t-il.

— Veux-tu encore de l'eau ? demanda-t-il.

— Non, merci, mon pote. Ça suffit. Et toi, veux-tu une cigarette ?

A ce moment, le distingué Dr Deutschmann admira silencieusement le malfaiteur de droit commun Karl Schwanecke. Et tous deux, si différents pourtant, conçurent dès lors une affection mutuelle, renforcée par le sentiment de n'avoir — avec tous les autres — qu'un seul ennemi commun.

L'histoire du lapin se répandit comme une traînée de poudre dans toute la caserne. Elle vint aux oreilles du lieutenant Obermeier, qui convoqua Bevern.

— Dois-je vous faire remarquer, monsieur, lui dit-il, que c'est moi le chef de la 2e compagnie et non pas vous ? En tant qu'adjoint au commandant du bataillon, vous n'avez aucune ausorité sur la troupe, avec qui vous devez vous borner à assurer la liaison.

— Ce sous-homme... commença Bevern.

— Sans parler du fait qu'il appartient à ma compagnie, interrompit Obermeier, vous vous êtes permis, avec lui, une véritable saloperie !

— Prétendez-vous m'apprendre mes devoirs et comment les remplir ? Votre compagnie est... une soue à pourceaux, mon cher camarade !

— Vous aurez à rendre compte de ces paroles devant notre chef, répliqua Obermeier d'un ton froid. Par ailleurs, je vous dispense de me donner ce titre de camarade. Si nous n'étions pas en temps de guerre, vous auriez déjà reçu ma main sur la figure !

— Lieutenant !... fit Bevern, devenu blême.

Ecartant Obermeier d'un geste rapide du bras, il se précipita au-dehors.

Parvenu dans sa chambre, il sortit d'un tiroir une liste de noms et traça une croix derrière celui d'Obermeier. « Je te montrerai, pensait-il, je te montrerai !... Me faire ça, à moi ! »

Le lieutenant Bevern n'avait pas été affecté sans raison au bataillon disciplinaire 999. Il était chargé de signaler tout ce qui se passait dans cette unité, notamment le comportement politique des officiers et des sous-officiers.

Le lendemain, à l'appel, les soldats apprirent que le bataillon partait dans deux jours. L'adjudant-chef le sut dès la veille au soir et, à cause de cela, se soûla.

Pour boire, même avec rapidité, un homme normal absorbe le liquide par gorgées plus ou moins volumineuses. Krüll constituait une exception. Que ce fût de la bière, de l'alcool ou du vin, il plaçait le bord du récipient entre ses lèvres et en laissait couler le contenu sans que sa gorge remuât.

— C'est comme un tuyau, déclara un jour le sergent Hefe, mi-admiratif, mi-envieux. Le gaillard sait entonner ! L'étonnant est que ça ne ressorte pas immédiatement par l'autre bout !

Bien entendu, il existait, dans l'armée allemande, un règlement interdisant les excès de boisson. Mais si Krüll s'attachait à faire respecter les autres, il ne se souciait guère de celui-là, tout au moins pour lui-même. Dès qu'il était furieux, il l'oubliait volontiers, buvant alors à sa manière animale et souffrant ensuite du mal aux cheveux pendant toute la journée.

Or, ce soir-là, il était furieux... et angoissé. Furieux contre Schwanecke, contre Bevern, contre Obermeier, contre les soldats de sa compagnie et de toutes les autres sur la boule terrestre, contre la boule terrestre elle-même et contre cette chienne de vie ! Angoissé à cause de la Russie, de son simple nom, et de tout ce qui pouvait s'y passer. Non pas seulement parce que les Russes tiraient et risquaient de l'atteindre, mais parce que le bataillon y recevrait peut-être des armes et, dès lors, qui empêcherait un gaillard du genre de

Schwanecke de prendre pour cible l'adjudant-chef Krüll au lieu d'un Russe ?

Quelle écœurante pensée !

Une bande de misérables ! Il aurait fallu les aligner tous devant un mur, et ensuite... pan... pan... pan... C'était le seul moyen d'être enfin tranquille.

Il buvait donc, regardant à travers la fenêtre avec des yeux vitreux.

— Merde ! dit-il tout haut. La Russie !... Terminé !

Il n'avait pas d'ami, pas de maîtresse, rien que lui-même, sa fureur, son angoisse, sa voix, son autorité... et une bande de soldats qui le haïssaient. C'est bien peu pour un homme. Krüll le sentait. Aussi but-il jusqu'à ce qu'il roulât par terre.

La chambrée de la 2e compagnie.

— Attention, les gars, on décanille d'ici quelques jours, annonça Schwanecke ce même soir.

— Comment ça ? demanda Deutschmann.

— Ça se sent, observa la face de rat.

— Pour où ?

— Pour aller chez maman !

— Ta gueule ! fit Schwanecke à la face de rat, qui s'effaça aussitôt. C'est sérieux. Moi aussi, je le sens. On décanille. Certainement pour la Russie.

— Qu'est-ce qu'on y fichera ? interrogea Wiedeck, de son lit.

— C'est pas bien calé à imaginer, répondit Schwanecke en souriant.

— La Russie... fit doucement Deutschmann.

— Un pays maudit, compléta la face de rat.

– T'en fais pas, professeur, dit Schwanecke en se penchant pour donner de petits coups de poing dans les côtes du médecin. Ce ne sera pas si terrible. Et je vais te dire une bonne chose — il baissa la voix — : il y aura, là-bas, un tas de possibilités. C'est moi qui te le dis !

— Qu'est-ce que vous voulez signifier ? demanda le colonel.

Schwanecke fit semblant de ne pas entendre. Plissant les yeux, il reprit, à l'adresse de Deutschmann :

— Tu verras, professeur. Je suis un vieux renard du front. Moi, je la connais ! Un tas de possibilités, je te dis. Tu seras épaté, ou je ne m'appelle pas Karl Schwanecke. Est-ce que tu t'imagines que je m'en ressens pour mourir au champ d'honneur, pour le Führer, le Peuple et la Patrie ?

Julia Deutschmann travaillait vite, avec fièvre, mais sans précipitation. Elle se contraignait à ne penser qu'à ce travail, c'était la seule manière de reprendre l'œuvre de son mari dans le plus bref délai possible.

Elle vivait, pour ainsi dire, comme un déserteur à l'arrière du front : tendue, pourchassée par le temps qui s'écoulait trop rapidement et, en même temps, avec une si effroyable lenteur, inquiète du danger sans cesse menaçant, attendant avec angoisse l'inévitable et espérant à la fois qu'il ne se produirait pas. Elle travaillait tard dans la nuit, dormait le jour et, finalement, il n'y eut plus, pour elle, de jour ni de nuit ; elle travaillait jusqu'au moment où ses idées s'embrouillaient et où sa tête tombait sur la table. Elle mangeait à la hâte, sans se préoccuper de ce qu'elle absorbait, quand la faim finissait par devenir intolérable. Un soir qu'elle beurrait une tartine sèche avec de la margarine, au milieu d'un monde tremblant d'épouvante, dans une ville obscurcie, désespérée, elle comprit ce que c'était que de se vouer avec humilité et respect à une grande tâche, impossible en apparence.

Pendant qu'elle mâchait le pain couvert de la nauséabonde margarine, en buvant un peu de thé à la menthe, elle sentit une grande paix l'envahir.

Comme elle lavait la vaisselle, les sirènes hurlèrent. Elle descendit solitairement dans sa cave parmi un fracas d'explosions de bombes et de détonations d'artillerie, entre des murs qui tremblaient, dans une atmosphère chargée de poussière qui la faisait tousser. Pourtant, elle demeurait étrangement calme, comme si elle eût possédé l'assurance qu'elle n'avait rien à craindre des bombes. Elle pria, avec un mouvement des lèvres presque invisible, immobile, les mains jointes sur les genoux.

Quelques maisons furent démolies dans le voisinage. Quand elle remonta dans sa chambre, la lueur d'incendies tout proches colorait celle-ci en rouge. Un certain nombre de vitres étaient brisées. Elle tira le rideau d'obscurcissement.

Pendant qu'elle ramassait les morceaux de verre, le téléphone sonna. Elle se releva, paraissant ne pas comprendre ce que signifiait ce tintement. Puis elle décrocha le récepteur.

Le Dr Kukill s'annonça à l'autre bout du fil.

— Je voulais simplement m'informer s'il ne vous était rien arrivé, dit-il, d'une voix un peu haletante, mal assurée.

— En quoi cela vous intéresse-t-il ?

Julia s'étonna de sentir que cette voix lui faisait du bien, qu'il était bon d'entendre un être humain dans ce silence fantomatique et devant cette lueur rouge d'incendie. Peu importait quel être, même s'il s'agissait de celui qui avait détruit son bonheur, comme dans la nuit éternelle, sans le moindre espoir qu'une lumière y percerait un jour.

— Après cette attaque... euh... je suis heureux de savoir qu'il ne vous est rien arrivé, ma chère consœur. — Il reprit son ton léger où l'étonnant était qu'il pût se comporter comme envers une amie particulièrement aimée. — Votre maison est-elle indemme ?

— Quelques vitres cassées, simplement.

— Ce n'est pas grand-chose. Demain, je vous enverrai quelqu'un pour les remplacer. Je crois cependant que, pendant les alertes, vous devriez descendre dans un abri plu sûr.

— Il ne m'arrivera rien.

— Pourrais-je vous voir demain ?

— Je n'en vois pas l'utilité.

— Le puis-je ?

— Je suis très occupée.

— Que faites-vous ? Ce que...

Silence.

— C'est bien ça ! Je vous en conjure, ne commettez pas de sottise, ne faites rien d'inconsidéré. Vous savez combien c'est dangereux. Comment parvenir à vous en empêcher ?

— Personne ne pourra m'en empêcher.

Julia sourit. Cette conversation avait quelque chose d'irréel, d'absurde et d'un peu ridicule. L'homme à qui elle ne pouvait penser qu'avec haine, à qui était due la condamnation d'Ernst, la suppliait d'être raisonnable, de s'abstenir de son travail, et cela pour... Au fait, pourquoi ? Serait-ce que... ?

Elle raccrocha sans plus faire attention à la voix émue qui sortait de l'écouteur, puis revint dans le laboratoire. Par bonheur, les vitres y étaient intactes. Elle alluma une bougie et s'assit au bureau. Elle avait devant elle une longue nuit, probablement tranquille après ce bombardement. En d'autres quartiers de Berlin, les incendies faisaient rage...

Deutschmann tomba alors qu'il traversait nonchalamment la cour de la caserne pour gagner la cuisine, où il était de corvée d'épluchage. La défaillance vint brusquement, sans avertissement : des points, des cercles dansèrent devant ses yeux ; une faiblesse paralysante, montant des jambes, envahit tout son corps ; il se demanda, avec surprise, ce que cela signifiait, puis s'écroula.

L'inconscience ne dut pas durer bien longtemps.

Lorsque, dans l'obscurité qui l'environnait, les points et les cercles recommencèrent à danser, devenant de plus en plus clairs ; lorsque, toujours stupéfait, il ouvrit les yeux, il vit une flaque tout près de lui. En même temps, il sentit une humidité glacée sur son visage. Il se demanda où il se trouvait et comment il était arrivé là. Pourquoi ne parvenait-il pas à se relever ?

Il essaya de ramener les jambes sous son corps, mais celui-ci fut saisi d'un long tremblement.

Puis il entendit des pas qui approchaient rapidement. L'instant d'après, Erich Wiedeck se penchait sur lui.

— Ernst ! s'exclama celui-ci, effrayé. Qu'as-tu ?

Il retourna le corps inanimé et déboutonna la vareuse. Deutschmann le regarda avec des yeux vitreux, ouvrit la bouche pour parler, mais seul une sorte de vagissement sortit de ses lèvres.

Wiedeck ne réfléchit pas longtemps. Il chargea son ami sur l'épaule, s'étonnant qu'il fût si léger malgré sa haute taille, et le porta à l'infirmerie, située dans un coin écarté du camp.

Ce n'était rien de grave. Deutschmann put se lever vers midi. Alors que, faible encore, les jambes vacillantes, il se dirigeait vers les lavabos, dans le couloir étroit de l'infirmerie, il vit s'ouvrir la porte extérieure. Deux soldats entrèrent portant une civière, suivis par l'infirmier Kronenberg.

Deutschmann s'effaça contre la cloison pour les laisser passer. Sur la civière gisait un autre soldat, le visage violet. Sa bouche, grande ouverte, aspirait l'air fébrilement, les mains couraient incessamment le long de sa poitrine ; de temps à autre, le corps se convulsait comme pour se redresser et s'enfuir.

— Et le chef qui n'est pas là !... Que vais-je faire ? gémissait Kronenberg.

— Tu devrais savoir puisque tu es infirmier, dit un des porteurs de la civière.

Deutschmann entra derrière eux dans la salle de traitement.

Kronenberg qui, ordinairement, veillait, comme un dogue, à ce qu'aucun intrus ne pénétrât dans son domaine, n'y prit pas garde. Il se désespérait de ne savoir que faire. On ne pouvait lui en vouloir, car il n'avait suivi qu'un cours rapide, où on lui avait appris seulement à donner les « premiers soins », et l'homme que les soldats couchèrent alors avec précaution sur le canapé luttait manifestement contre l'asphyxie... ou contre autre chose, le diable savait quoi. Il pouvait passer d'un instant à l'autre.

— Où est le chef ? demanda un des soldats.

— Il est allé je ne sais où, répondit Kronenberg.

— Va le chercher !

— Où ?

— Qu'a-t-il donc ? fit Deutschmann, en se penchant sur l'homme.

— Tu y connais quelque chose, toi ? demanda Kronenberg, saisi d'un nouvel espoir.

— Un peu... Qu'est-ce qu'il a ?

— Comment veux-tu que je le sache ?

— Tu es tout de même infirmier, observa un des soldats.

— Et tu lui as fait une injection, tout à l'heure, dit l'autre.

— Quelle injection ? demanda Deutschmann.

— Ça n'a rien à voir... Je lui ai fait une piqûre antitétanique. Il s'est blessé avec un fil de fer rouillé...

— Apportez-moi de l'adrénaline et une seringue ! ordonna Deutschmann. Vite, car il peut vraiment passer ! Il se retrouvait brusquement dans son élément, dans une salle sentant les médicaments, les désinfectants, près d'une couche où un homme se débattait contre la mort. D'un seul coup, sa faiblesse et son manque d'assurance avaient disparu. Il était de nouveau transporté dans la clinique berlinoise où, jeune médecin, il avait opéré, et aussi connu et aimé Julia.

Kronenberg le regarda avec stupéfaction, mais apporta ce qu'il demandait : une ampoule d'adrénaline et une seringue, qu'il sortit du stérilisateur argenté. Deutschmann releva la manche du malade et tâta le pouls ; celui-ci était à peine sensible, irrégulier, semblant parfois dangereusement s'arrêter.

— De la benzine ! fit Deutschmann.

Les soldats restaient là, l'observant avec étonnement.

curiosité, admiration, comme tous les profanes devant un médecin au travail.

Deutschmann fit une ligature pour faire gonfler la veine au creux du coude, lava la peau avec un tampon d'ouate trempé dans la benzine et enfonça l'aiguille.

— Un choc nerveux, dit-il.

— Comment, un choc ?... commença Kronenberg.

Deutschmann l'interrompit tranquillement tout en injectant le liquide avec précaution :

— Tout le monde ne supporte pas une piqûre antitétanique.

— Tu vas l'en sortir ? demanda un des soldats.

— Je crois.

Au bout de longues et angoissantes minutes, pendant lesquelles Deutschmann fit tout ce qu'il y avait à faire, la couleur violette s'effaça peu à peu du visage du malade, qui recommença à respirer ; le pouls se fit régulier, quoique la faiblesse demeurât.

— Ça va, dit Deutschmann. Il est hors de danger.

— Mais comment sais-tu tout ça ? interrogea Kronenberg, étonné et reconnaissant.

Reconnaissant, il avait toutes les raisons de l'être, car il comprenait que l'homme avait failli mourir par sa faute. Il lui avait injecté une double dose de sérum antitétanique parce que « vaut mieux plus que moins ».

— Je peux bien le savoir, répondit Deutschmann en souriant. Je suis médecin.

— Médecin ?...

Kronenberg siffla entre ses dents. Manifestement, il réfléchissait à quelque chose, mais il ne dit rien. Il ne disait jamais rien avant d'avoir tout bien pesé.

Le soir, comme Deutschmann était déjà couché, Kronenberg vint le chercher et l'emmena dans sa petite chambre, à côté de la salle de traitement.

— Ecoute, dit-il, après que Deutschmann se fut assis sur l'unique siège, j'ai une idée. Mais, d'abord, buvons un peu de schnaps. Ça te va ?

Deutschmann acquiesça. Kronenberg ouvrit son armoire et y prit une bouteille. Deutschmann n'en croyait pas ses yeux : du cognac français !

— Ça vient du vieux, tu comprends ? expliqua Kronenberg souriant. Du médecin-chef. Une pâte d'homme. Je peux en faire ce que je veux !

Ils burent.

Bientôt, le monde apparut à Deutschmann un peu plus tolérable, presque agréable. Il oublia l'adjudant, les sergents, sa maladie, sa faiblesse, son désespoir ; il s'oublia lui-même et tous les autres, lui et Julia, lui et Kronenberg, et Wiedeck, et Bartlitz, et Schwanecke... Il s'installa commodément sur son siège, attendant ce que l'infirmier allait dire.

— Ecoute-moi bien, commença celui-ci. Je sais que c'est pas drôle là-dedans — il eut un geste du pouce vers la fenêtre obscurcie. Tu piges ?

Deutschmann inclina la tête.

— J'ai une proposition à te faire. J'ai besoin d'un auxiliaire, comprends-tu ? Alors, tu seras débarrassé des frères, de Krüll et compagnie. Ils ne pourront plus rien contre toi. Et nous aurons la belle vie !

— Mais comment y parviendras-tu ? demanda Deutschmann, en hésitant.

L'idée lui paraissait absurde, invraisemblable. Lui, le Dr Ernst Deutschmann, maître de conférences..., infirmier auxiliaire ! Autrement dit au dernier rang de la hiérarchie dans le corps sanitaire ! S'il ne s'était pas trouvé dans un bataillon disciplinaire, il eût été au moins commandant-médecin au bout d'un an ! D'autre part... pourquoi pas ? Quand, dans l'état militaire, on avait besoin de transporter un piano, l'adjudant cherchait un musicien ; si les sergents voulaient faire récurer leur poste, ils demandaient de bons nageurs, parce que ceux-ci n'avaient pas peur de l'eau. Si Kronenberg avait besoin d'un infirmier auxiliaire, pourquoi ne prendrait-il pas le médecin Ernst Deutschmann ?

— Laisse-moi faire, dit Kronenberg avec un grand geste généreux. Je te l'ai dit... le chef et moi... tu piges ?

— Et... qu'est-ce que j'aurais à faire ?

— Bah ! Pour le moment, vider les pots de chambre, enfoncer un thermomètre dans le derrière, etc. Tu connais ça. Mais après, en Russie... qui sait ce qui peut se passer ? D'accord ?

— Vider... des pots de chambre ?

— Tu ne trouves pas ça assez chic, hein ? Tu peux repartir. Tu es bon pour le service... Krüll t'attend !

— Peux-tu me donner encore un peu de cognac ? Vider des pots de chambre... enfoncer un thermomètre dans le derrière... etc. Mais il s'était déjà décidé.

— Ça va, dit-il après avoir bu. Je suis d'accord. Dès le lendemain, il aida Kronenberg à prendre la température des malades, puis il porta une pleine brassée de pots de chambre aux latrines pour les y vider et les laver. Dans le courant de la journée, il constata, avec préoccupation, que si Kronenberg aimait beaucoup parler, il aimait moins travailler. D'autre part, il était gentil, aimable, facile à vivre... Cela valait tout de même mieux que de pivoter dans la cour sous les vociférations de Krüll.

L'affaire était donc profitable à tous deux. Deutschmann ressentait la paix de l'infirmerie, dans la compagnie des malades, de l'infirmier Kronenberg et des pots de chambre, comme un bienfait après tous ces jours passés sous la tyrannie de Krüll. Kronenberg avait pour aide un médecin qualifié, lui, le petit artisan de Westphalie, un homme qui faisait toutes les corvées et qui, le cas échéant, pouvait être fort utile par ses connaissances. Autrement dit, l'idéal.

Le soir même, Kronenberg en parla au médecin, le Dr Bergen. Tout d'abord, il rangea ses arguments en ordre de bataille et explora la situation générale.

— Est-ce que l'état du cardiaque de la chambre 3 a empiré, docteur ?

— Pourquoi ? demanda le Dr Bergen, en quittant des yeux le rapport qu'il rédigeait chaque soir et que personne ne lisait. Aurait-il eu une attaque ? Donnez-lui du myocadon.

— Très bien... J'aurais autre chose à vous dire, docteur.

— Je vous en prie.

— Le soldat Ernst Deutschmann est extrêmement capable. Nous avons besoin de quelqu'un à l'infirmerie. Une sorte d'auxiliaire. A cause des corvées de travail, nous avons tant de malades, comme le docteur le sait lui-même, que je n'arrive plus seul... — Il se reprit. — C'est-à-dire que j'y arrive bien, mais c'est trop long dans les cas urgents. Surtout maintenant que nous allons partir en Russie...

Il tut, à bon escient, que Deutschmann était médecin.

— J'en parlerai au commandant du bataillon. Quelle compagnie ?

— La deuxième, docteur.

— Bien. Maintenant, laissez-moi travailler, Kronenberg.

Le Dr Bergen se pencha de nouveau sur son rapport et Jakob Kronenberg s'éloigna, satisfait, ayant claqué des talons et fait demi-tour par principe, mais non sans avoir remarqué que le médecin avait noté : « Demander le soldat Ernst Deutschmann, deuxième compagnie, comme infirmier auxiliaire. »

— Il faut savoir prendre les gens, dit Kronenberg à son aide. « Deutschmann vient avec nous, docteur, ou je m'en vais, que je lui ai dit. » — Il regarda son compagnon pour voir si celui-ci prenait bien note de ses paroles. — Naturellement, il a dit oui tout de suite.

Le lendemain, les 1re et 2e compagnies firent leurs préparatifs. L'ordre initial était changé : elles partaient les premières. Les 3e et 4e, l'état-major du bataillon et l'infirmerie, alors baptisée « ambulance », suivraient cinq jours plus tard. Ernst Deutschmann fut attaché à la 2e compagnie comme infirmier auxiliaire.

— Hein, petite tête, observa l'adjudant Krüll, vous avez su trouver la planque ? Mais vous aurez encore affaire à moi !

— Puis-je vous faire observer, mon adjudant, répliqua Deutschmann, que je relèverai directement, désormais, du médecin-chef et du commandant du bataillon ?

— Votre gueule ! cria Krüll.

Mais il n'exerça aucune représaille, d'abord parce que Deutschmann avait raison, ensuite parce que le bataillon partait pour la Russie. Qui pouvait savoir si ce crasseux intellectuel ne serait pas celui qui donnerait les premiers soins et effectuerait la piqûre antitétanique ? A moins qu'il ne s'en abstînt !...

Dans la chambrée, les réactions devant cette « promotion » de Deutschmann furent assez variées. Certains l'envièrent, d'autres le félicitèrent.

— Tu as tiré le bon numéro, lui dit Schwanecke. Tu t'es très bien débrouillé. Du coup, nos chances augmentent beaucoup, c'est moi qui te le dis !

— Qu'est-ce que tu veux dire ? demanda Deutschmann, étonné.

Mais Schwanecke ne répondit pas, se bornant à sourire et à cligner de l'œil.

Le Dr Bergen téléphonait toutes les heures à l'état-major du Service de Santé, suppliant le médecin-colonel, demandant à parler au médecin-général.

— J'ai besoin d'un adjoint ! criait-il. Qu'est-ce que je ferai, tout seul, en Russie ? Jusqu'ici j'avais une infirmerie, mais, au front, avec une avalanche de blessés ? Je ne peux rien garantir si l'on ne m'accorde aucune aide !

A Posen, on en discuta et on lui promit un médecin en sous-ordre. Mais le Dr Bergen savait d'avance que cette promesse ne serait sans doute jamais tenue, comme toujours.

Entre-temps, le bureau de la 2e compagnie empaquetait tous ses documents les plus importants dans de grandes caisses en fer-blanc. Le matériel transportable fut enfermé dans des cartons et des caisses en bois, entourés de grosses cordes et de fil de fer. Puis on peignit sur les colis l'inscription : 2/999. Le lieutenant Obermeier entra dans ce bureau.

— Rien de nouveau, Krüll ? demanda-t-il.

— Non, mon lieutenant. L'emballage se déroule conformément aux prévisions. La compagnie sera prête à partir à 20 heures.

— A 19 heures, faites prendre les rations de conserves. Tous les sous-officiers recevront un pistolet avec des munitions, chaque section prendra deux mitraillettes. Pendant trois jours, nous traverserons une région infestée par les partisans. Mais vous paraissez bien rouge, Krüll ! Seriez-vous malade ?

— Non, non, mon lieutenant. Ce n'est rien.

Les fourriers ricanèrent. Le sergent Kentrop se frotta le nez. Mais Krüll ne les vit pas. Il vivait comme dans un brouillard. L'infirmier auxiliaire Ernst Deutschmann, affecté à la 2e compagnie, prit sa trousse sanitaire. Kronenberg l'aida, par ses conseils techniques, à la remplir et, finalement, glissa une bouteille de cognac entre les médicaments.

— Pour toi, dit-il. Au cas où ça n'irait pas et où tu aurais des crampes d'estomac. Mais si c'est Krüll qui en a — comme toujours après s'être soûlé — donne-lui une grosse cuillerée à soupe de supergastronomia.

— Supergastronomia ? Qu'est-ce que c'est que ça ?

— Ça s'appelle de l'huile de ricin, en bon allemand. C'est moi qui ai trouvé le nom. Krüll lui témoigne le plus grand respect. La diarrhée qui en résulte, il l'attribue à la mauvaise qualité du schnaps.

En souriant, Deutschmann arrima les paquets de pansement dans le grand sac en cuir, compta les rouleaux de sparadrap, les ciseaux et les pinces. Hochant la tête, il pensa à tout le matériel moderne dont il disposait à Berlin, se demandant ce que, dans un cas grave, il pourrait bien faire avec ces instruments rudimentaires.

Le Dr Bergen entra dans la pièce.

— Vous avez bien tout ? demanda-t-il.

— Oui, docteur.

— Lorsque vous saurez où doit s'installer l'ambulance, cherchez un local convenable.

— Si l'adjudant-chef Krüll me le permet.

— L'adjudant-chef ? Je vous donne l'ordre de chercher une installation convenable pour l'ambulance. Vous n'êtes rattaché à la 2e compagnie qu'administrativement et n'avez d'ordre à recevoir que de moi ! A propos... qui êtes-vous ?... Quelle était votre profession ?

— Médecin.

— Quoi ? Médecin ? Comment... pourquoi ? demanda Bergen, visiblement déconcerté.

— Maintenant, je suis ici, répondit sèchement Deutschmann.

— Oui... maintenant, vous êtes ici... maintenant, vous êtes ici.

Le Dr Bergen parut se secouer et redevint comme on le voyait toujours : froid, calme, distant.

— Eh bien, faites ce que je vous ai dit.

— A vos ordres, docteur.

Deutschmann exerça tout d'abord ses talents dans la chambrée, où il trouva Wiedeck et Schwanecke. Il sortit la bouteille de cognac et la fit circuler. Et, comme toujours, au mauvais moment, Krüll fit son apparition !

— Soldat Deutschmann, qu'avez-vous là ? cria-t-il.

— Du cognac, mon adjudant.

— Du co... !

Krüll fit deux ou trois pas vers la bouteille pour mieux la voir. Du cognac authentique ! Et pour ces trois gouapes ! De l'authentique cognac pour des soldats du 999 !

— D'où tenez-vous cette bouteille ? C'est encore vous qui l'avez chipée, Schwanecke ?... Cela vous vaudra un rapport...

Il voulut saisir le flacon déjà à moitié vide, mais Schwanecke, plus prompt, s'en empara en souriant et le tendit à Deutschmann, qui la fit disparaître dans sa trousse.

— Cette bouteille est la propriété de l'infirmerie, mon adjudant, expliqua Deutschmann. J'ai été appelé parce que... euh... parce que le soldat Schwanecke a eu une faiblesse. En pareil cas, le cognac constitue le meilleur remède.

Krüll blêmit.

— Quelle impudence ! Et... vous aussi... ainsi que le soldat Wiedeck, hein ?

— Il a des aigreurs d'estomac. Je lui ai également prescrit une gorgée de cognac.

— Donnez-moi tout de suite cette bouteille !

Mais Deutschmann le regarda avec fermeté.

— Puis-je me permettre à nouveau de vous rappeler, mon adjudant, que je suis seulement rattaché à la compagnie et n'ai d'ordre à recevoir que du médecin-chef ? Et j'ai reçu de lui des instructions très précises.

Sa voix trembla légèrement. Il s'effrayait de lui-même, se demandant où il puisait le courage de parler ainsi à Krüll. Il eut envie de s'arrêter au milieu de son discours, de sortir la bouteille et de la tendre à l'adjudant, furieux. Mais il continua à parler comme si quelqu'un sur lequel il ne possédait aucun pouvoir s'était exprimé par sa bouche.

Schwanecke le regarda avec admiration, comme pour dire : « Mon vieux, je ne t'aurais jamais cru capable de ça. Chapeau. »

Et Krüll ? Il n'était qu'un ballon en baudruche. Il pouvait hurler, tracasser ses subordonnés comme personne d'autre, mais il n'avait aucun poids. Il céda. Assurément, il les aurait chassés dans la cour pour les faire pivoter s'il n'avait toujours eu devant les yeux ce mot menaçant : Russie ! Il s'éloigna, les laissant avec leur bouteille de cognac.

A 19 heures, les sous-officiers reçurent un pistolet et un mousqueton, et chaque section deux mitraillettes. Les munitions furent comptées à trois reprises. En outre, chaque groupe obtint une caisse contenant douze grenades à manche. Le *WuG* — sous-officier chargé des armes et du matériel — hocha la tête en les poussant à travers la table et en ramassant les reçus.

— Comme si vous pouviez arrêter des partisans avec ça, s'ils vous attaquent sérieusement !

Il avait été blessé quatre fois, portait les deux Croix de Fer, et devait demeurer à Posen pour s'occuper des armes et du matériel du bataillon. Peter Hefe, qui était venu des bienheureuses contrées de France, regarda les armes avec anxiété. Elles paraissaient légères, bien huilées, admirablement soignées.

— On ne nous donne pas de mitrailleuses ?

— Deux par compagnie. Mais sous clef. Délivrance en cas de nécessité absolue. Qu'est-ce que vous voulez faire avec des mitrailleuses puisque vous allez au front seulement pour enlever l'immense saleté qui s'y trouve ?

— Alors, nous allons servir d'unité de travail ?

— Le travail qui vous attend, mon cher, une véritable unité ne voudrait pas le prendre avec des pincettes !

Peter Hefe et les autres se turent, oppressés. Le *WuG* était le seul parmi eux à posséder l'expérience de la Russie. Krüll, qui entrait, entendit la dernière phrase.

— Et moi, qu'est-ce que je reçois ? demanda-t-il.

— Un 08 et cinquante balles.

— Cinquante balles seulement ? C'est idiot ! Qu'est-ce que je peux faire avec ça ?

— Ecoute, dit le *WuG* en poussant le pistolet, un étui, deux chargeurs et le paquet de cartouches à travers la table. Avant que tu aies pu tirer ces cinquante balles, dans un cas sérieux, tu voleras depuis longtemps comme un petit ange au-dessus des nuages...

Le lieutenant Obermeier étudiait l'ordre de route avec Wernher, commandant de la 1re compagnie.

— Tout d'abord, Varsovie, dit-il, en suivant le chemin du doigt sur la carte. Puis nous continuons sur Bialystok et Baranovitchi. Là, deux jours d'arrêt et transbordement. Ensuite, vers Minsk et Borrisov.

— Borrisov, sur la Bérésina, fit Wernher. Napoléon

franchit la Bérésina le 26 novembre 1812. J'ai toujours été bon en histoire.

— Le bataillon 999 la franchira le 10 novembre 1943. Plus tard, dans tes Mémoires, tu pourras considérer cette date comme un tournant de ta vie. Sur les traces de Napoléon...

— Espérons que nous ne connaîtrons pas le même sort, soupira Wernher.

Obermeier se pencha de nouveau sur la carte.

— De Borrisov, nous irons à Orcha, où nous débarquerons pour de bon.

— A condition d'y parvenir !

— C'est certain. Des troupes bulgares assurent la sécurité tout le long du chemin. C'est seulement après Orcha que les choses se gâtent. Les Soviétiques s'infiltrent constamment à travers nos lignes pour renforcer les partisans. Dans les forêts proches de Gorki doit se trouver un bataillon intact, équipé de toutes les armes. A propos... as-tu quelque soupçon quant à la mystérieuse mission qui nous attend ?

— Aucun. Barth est muet comme une carpe. Je me demande s'il le sait lui-même. — Il se redressa et tira sur son élégante vareuse pour en faire disparaître les plis. Il incarnait le parfait cavalier des livres d'images. — Retarde autant que tu le pourras la connaissance de l'épouvante, cita-t-il. Quand partons-nous ?

— Demain matin, à 7 heures, d'après le dernier ordre. — Obermeier sourit. — Je ne saurais trop te conseiller de chevaucher tout de suite vers ta veuve. A moins que tu n'aies déjà pris congé ?

— A moitié seulement. Ce sera la dernière femme que je verrai d'ici longtemps, observa-t-il, avec une moue.

Mais il resta et assista même à l'appel de la 1re compagnie. Les soldats y virent l'ultime preuve que le départ était bien sérieux.

A 20 heures précises, l'adjudant-chef Krüll rendit compte que la 2e compagnie était rassemblée. Il avait ceint son 08, coiffé le casque sur sa grosse tête et portait une culotte de cheval qui s'enfonçait dans de hautes bottes brillantes. Un aspect fort guerrier !

Les hommes étaient en tenue de campagne, sac au dos, avec couverture et tente roulées. Seule arme : une pelle. Pas de patte d'épaule ni d'écussons au col. Une masse grise d'hommes sur trois rangs.

— Deuxième compagnie. Vingt-quatre sous-officiers et cent cinquante-sept hommes. Six hommes à l'infirmerie, trois détachés, annonça Krüll d'une voix tonitruante.

Obermeier fit mettre au repos et examina sa troupe.

Au premier rang, le colonel von Bartlitz avait le visage pâle, mais calme et impassible comme toujours. Derrière lui, l'ex-major — comment s'appelait-il, déjà ? — un intrépide, décoré de la Croix de chevalier, qui, naguère, avait étonné les gens par la rapidité de sa carrière. Wiedeck et Schwanecke avaient une mine indifférente, comme presque tous les autres, et presque tous étaient de vieux soldats. On ne leur en contait pas. Ils savaient où ils allaient et ne nourrissaient aucune illusion... mais, au cœur de chacun, demeurait fiché l'éternel espoir qui subsiste tant qu'il y a de la vie... « Peut-être... peut-être échapperai-je... »

Tout au bout, comme lanterne rouge pour ainsi dire, se tenait Ernst Deutschmann, un peu voûté, avec un brassard de la Croix-Rouge et sa trousse sanitaire. « Un médecin comme infirmier auxiliaire ! » pensa Obermeier. Tout cela avait-il quelque raison ? Là se trouvaient des officiers qualifiés, autrement plus capables de conduire des armées et de gagner la guerre que les « nouveaux » ; on envoyait stupidement se faire tuer au front, sans utilité, des spécialistes, alors qu'on se plaignait partout d'en manquer, des criminels de droit commun, qui n'avaient de place dans aucune armée du monde, et un médecin comme infirmier auxiliaire, alors qu'on se les arrachait ! Mais la déraison ne se manifestait-elle que là ? Obermeier se secoua.

— Soldats ! cria-t-il. Nous allons en Russie, vous le savez. Je n'ai pas besoin de vous en dire davantage.

Nous ferons notre devoir, partout et toujours, où l'on nous engagera. Le départ s'effectuera demain à 7 heures. La 3e section partira la première pour aller préparer les wagons à la gare des marchandises. J'ai besoin de deux hommes pour la cuisine. Bartlitz et Vetterling, sortez des rangs !

Le capitaine Barth, qui observait l'appel par la fenêtre du bureau, se retira pour aller écouter l'allocution obligatoire prononcée au même moment par le lieutenant Wernher devant la 1re compagnie. Wernher, dans sa tenue élégante, parlait plus fort, avec plus d'autorité. « Il a été mieux formé, pensa Barth, Obermeier pense trop. Pourquoi cette stupidité avec l'ex-colonel von Bartlitz et l'ex-professeur Vetterling ? A la cuisine ! Comme s'il pouvait ainsi leur sauver la vie ! Quelle sottise !... »

Déjà les premiers camions, chargés de matériel, roulaient vers la gare.

MICHA Serkonovitch Starobine, assis dans la neige, cherchait les poux dans son manteau de fourrure. Le soleil brillait, la neige étincelait, le front demeurait calme, une belle journée. Autour, les solitudes de la forêt russe. Les loups eux-mêmes s'étaient repliés vers l'est, l'Oural, la Mongolie, chassés par les obus, laissant derrière eux leurs repaires : fourrés épais, arbres serrés, contre lesquels la tempête se brisait et où mordait le froid. Des hommes les y avaient remplacés, aussi affamés qu'eux, mais beaucoup plus dangereux.

Parfois, un murmure courait dans les forêts de Gorki et de Bolchié Charipy, de repaire en repaire, d'une cabane enterrée à l'autre. La nuit venue, des ombres avançaient dans le sous-bois, comme de grosses fourmis cuirassées, vers l'orée, vers la route de Babinitchi, vers la rivière de Gorodnia. Des éclairs jaillissaient des ténèbres, semant la mort. Des cris de douleur et des commandements déchiraient le silence. Des projecteurs s'allumaient, vite éteints par des balles. Et les ombres s'évanouissaient de nouveau, comme si elles n'eussent jamais paru. Puis il neigeait, et toute trace disparaissait. Le lendemain matin, le soleil éclairait quelques petits monticules d'où émergeaient une main, un visage blême, ou encore une jambe, chaussée d'une botte gelée. Parfois aussi, il montrait une forme humaine, rampant sur le tapis blanc et appelant à l'aide...

— Un nouveau bataillon est arrivé, Annachka, dit Micha en secouant le manteau. Est-ce que le starchi lieutenant le sait ?

Anna Pétrovna Nikitevna sortit du trou en rampant et jeta de la neige dans un chaudron bosselé. Elle avait la stature mince des paysannes de la Russie centrale et les longs cheveux noirs pendants des Mongoles.

— Sergeï est déjà à Orcha, répondit-elle.

— Que le diable emporte les Allemands ! Ils vont prendre Sergeï !

Il se leva et passa son manteau. Il était grand et fort comme un ours, avec des yeux légèrement bridés, une moustache broussailleuse et des jambes qui s'enfonçaient comme des colonnes dans la neige.

— Il est chez Tania, sa colombe ! dit Anna Nikitevna en riant.

— Les nouveaux ne portent pas de numéro, dit Micha en regardant Anna suspendre le chaudron au-dessus du feu. — La neige allait fondre et Anna, pour faire la kapousta, y mettrait un morceau de viande, les ailes et la poitrine d'une corneille. — Que Dieu protège Sergeï... Les nouveaux sont sacrément mauvais.

Anna rit parce que Micha avait évoqué Dieu, ce qui était toujours, chez lui, un signe de grave anxiété. « Ce grand et fort Micha Starobine ! Comment pouvait-il avoir peur ? se demandait-elle en remuant la neige dans le chaudron. Les Allemands n'entrent pas dans la forêt de Gorki. Deux fois ils l'ont cernée. C'est où vivaient les loups que l'homme est le plus en sécurité. »

Un personnage aux jambes tortues, vêtu d'un vieux

manteau en peau de mouton, pénétra dans la petite clairière. La neige couvrait son bonnet fourré à rabats. En apercevant Micha et Anna, il leur fit un geste et continua à avancer vers le trou.

— Petit frère Piotr ! s'exclama Micha en riant. Comment va le kolkhoze ? Les Allemands l'ont occupé, hein ?

Piotr Sabayev Tartoukine cligna ses petits yeux rusés. Il avait l'aspect d'un parfait Mongol. Sa peau jaune se plissait comme du parchemin sur sa figure ronde où le nez était planté, semblable à un bouton percé de deux trous. Les bras, trop grands, pendaient le long du corps, avec l'air de ne pas lui appartenir, et les épaules étaient, en proportion, exagérément larges.

— Les Allemands rôdent tout autour !

Il saisit le chaudron d'Anna, le renversa et piétina de la neige sur le foyer. Les flammes s'éteignirent en sifflant.

— On voit la lueur de votre feu de cuisine. Mangez la kapousta froide !

Anna Petrovna Nikitevna jeta le chaudron dans le trou.

— Ils n'oseront pas entrer dans la forêt. Est-ce qu'ils sont nombreux ?

— Non. Mais, en apercevant votre fumée, ils découvriront où nous nichons. Le starchi lieutenant fait dire qu'il y aura rassemblement ce soir.

— Nom de Dieu ! fit Micha, en pensant à la kapousta perdue. Ce soir ?

— Il faut capturer un des nouveaux. Ils n'ont pas de numéro ni même de patte d'épaule. C'est peut-être un commando spécialement chargé de nous prendre...

— Idiotie ! Qui chercherait à nous prendre ?

— Ils arrivent directement d'Allemagne, des jeunes et des vieux. Sergeï dit que c'est une troupe très particulière. Ils sont à peine armés...

— Et ce sont eux qui chercheraient à nous prendre ? fit Micha avec un rire tonitruant.

— Ils doivent avoir des armes secrètes, crétin ! Il faut que vous veniez, a dit Sergeï. — Tartoukine souffla dans ses mains et releva le col de son manteau. — Où sont les autres ?

— Où veux-tu qu'ils soient ? Dans la forêt, naturellement. Tu les y trouveras, petit frère.

Tartoukine repartit à travers la neige en jurant et disparut derrière un fourré. Pendant un moment, on entendit encore la neige qu'il faisait tomber des branches, en passant, puis ce bruit s'éteignit à son tour.

— Cette nuit, Annachka, dit Micha Serkonovitch à voix basse, comme s'il craignait de troubler le grand silence, avec un peu de veine nous trouverons des boîtes de conserves et des biscuits.

A Orcha, le starchi lieutenant Sergeï Pétrovitch Denkov, assis auprès de l'âtre, feuilletait les papiers que lui avait remis Tania. De taille moyenne, svelte, brun comme un Caucasien, il portait la tenue élimée d'un pauvre paysan de kolkhoze. A côté de lui, Tania Sosnavskaya paraissait sortir d'une vieille icône russe, avec ses cheveux noirs et brillants, peignés à plat, et ses pommettes légèrement saillantes qui donnaient à son fin visage tout le charme et le secret des grands espaces orientaux. Elle portait une blouse de laine moulant étroitement sa poitrine et d'épais pantalons piqués, dont le bas disparaissait dans des bottes en cuir souple de Russie. Le lieutenant Sergeï Denkov l'observait depuis un certain temps.

— Tu es belle, Taniouchka...

— Lis les papiers, Sériocha.

Elle souffla sur les braises du foyer, écouta l'eau bouillir dans la marmite, puis leva les yeux, le visage coloré en rouge par les flammes.

— Je te prépare du thé très fort. Quand dois-tu repartir ? demanda-t-elle.

— Dans deux heures. Où as-tu eu ces papiers ?

— A la Kommandantur. Je me suis fait engager comme femme de ménage. Un adjudant a voulu m'emmener dans sa chambre. Il est allé chercher du vin et de l'alcool et est resté longtemps absent. Alors j'ai copié ces papiers et je les ai cachés là — elle montra sa poitrine en souriant. — Puis je suis partie avant son retour. Est-ce qu'ils sont intéressants ?

— Je ne sais pas encore. Cette nouvelle troupe porte le numéro 999, mais pourquoi les hommes ne l'ont-ils pas sur leur patte d'épaule, comme les autres ? Ils n'ont même pas de patte d'épaule du tout. C'est bien curieux... — il se leva et s'approcha de Tania. — Il faudra que tu l'apprennes, fillette. Mais sans l'adjudant !

— Est-ce que tu restes ici, ce soir, Sériocha ?

— Impossible. Ils m'attendent dans la forêt.

Dans une heure, il traverserait les unités de ravitaillement allemandes sous l'aspect d'un pauvre paysan en route à travers la neige vers sa cabane lointaine. Au pont de bois sur le Dniepr qu'il devait franchir, la sentinelle l'arrêterait :

— Halte ! Où vas-tu, sale chien ?

— Damoï, petit frère, damoï... chez moi, répondrait-il humblement.

La sentinelle le laisserait passer, comme toujours. Un traîneau l'attendait derrière Orcha, avec deux chevaux et Fédia. Ils fileraient comme le vent, dépassant Babinitchi, contournant Gorki. Le pays était si vaste... Les Allemands ne pouvaient être partout. Puis ce serait la forêt, muraille noire, dressée d'un horizon à l'autre. Le « pays des loups », disaient les paysans de Gorki et de Bolchié Charipy. Il y avait encore des loups, les loups de Staline, la 2e compagnie de partisans, commandée par le lieutenant Sergeï Pétrovitch Denkov.

Tania remua. Il sortit de ses pensées.

— Le thé, dit-elle doucement.

Elle en remplit un pot. Le samovar se trouvait dans un coin, cela eût pris trop de temps que de l'utiliser. Tania s'assit auprès de lui, le regardant absorber à petites gorgées le thé chaud et vert.

— Ils voudraient m'engager comme interprète parce

que je sais un peu d'allemand, fit-elle. Faut-il accepter, Sériocha ?

— Bien sûr ! Tu apprendras encore plus de choses.

— Est-ce que tu viendras plus souvent ?

— Peut-être... — Il regarda les grands yeux noirs, noyés dans la demi-obscurité de la pièce. — Tu es jolie, tu sais. Il faudra constamment te défendre contre eux.

— Je les hais, Sériocha !

— Mais ils ne te haïssent pas, eux...

— Ils n'obtiendront jamais rien, jamais !

Son regard se dirigea vers le foyer. Sergeï le suivit. Derrière la cheminée, dans un renfoncement du mur, il y avait un pistolet de l'armée russe, chargé, cran de sûreté rabattu.

— Dans six mois, nous aurons libéré Vitebsk et Orcha, dit Sergeï d'une voix vibrante. Alors, nous pourrons nous marier, Taniouchka. Six mois encore... Nous tiendrons jusque-là !

Elle acquiesça courageusement, essuya ses grands yeux et sourit.

— Tu pars maintenant ?

— Oui.

Il l'embrassa et sentit les lèvres froides sous les siennes.

— Que Dieu te protège ! murmura-t-elle.

Il quitta rapidement la maison et fonça dans l'obscurité de la cour. « Dieu, pensait-il, qu'est-ce qui lui prend de parler de Dieu ? » Cette phrase, il l'oublierait. Un vrai bolchevik comme lui ne connaissait pas de Dieu et ne voulait pas en connaître. Ou, plutôt, son Dieu, c'était le Parti, la Russie, la haine insondable contre les agresseurs allemands. Il avait autrement de puissance que le Dieu des vieilles gens...

Le capitaine Barth se présentait au commandant de la place d'Orcha, un vieux chef de bataillon de réserve, qui se sentait tout à fait dépaysé dans les solitudes russes. Ce chef de bataillon examina les papiers que Barth lui avait remis, puis leva les yeux par-dessus ses lunettes.

— Le 999 ? Quel régiment, quelle division ?

— Le bataillon disciplinaire 999 constitue une unité indépendante, mon commandant.

— Un bataillon disciplinaire ?

— Oui, mon commandant.

— Hem...

L'ancien toisa Barth avec méfiance de haut en bas. « Ce doit être un cavalier, pensa Barth, car c'est ainsi qu'on regarde un cheval qui boite. Je ne peux pas lui en vouloir. Il voit en moi une sorte de garde-chiourme. »

— C'est vous qui la commandez ?

— Oui. Mon unité est venue à Orcha pour se réhabiliter au front.

— Pour se réhabiliter au front ? Naturellement. — Le major jeta de nouveau à Barth un regard critique. — Avez-vous des ordres particuliers ?

— En effet. Mon unité doit être engagée dans le cadre des organisations de l'arrière, avant tout pour exécuter les missions spéciales qui n'entrent pas dans les attributions des autres, répondit Barth avec une nuance ironique.

— Je comprends.

Le vieux major s'efforça de dissimuler le malaise presque physique qu'il ressentait. Il regarda les décorations que portait Barth et plissa les lèvres.

— Vous avez déjà servi au front ?

— Depuis le début. En Pologne, en France et en Russie jusqu'en 1943. J'appartenais à l'avant-garde des blindés qui aperçut les clochers de Moscou.

— Et vous voilà au 999 ?

— Oui, mon commandant. Comme volontaire.

— Comme volontaire ?

Le commandant de la place d'Orcha déposa cérémonieusement les papiers dans une serviette, comme s'il voulait cacher sa surprise et son embarras.

— Je serai très heureux de bavarder avec vous un de

ces prochains soirs, capitaine. Autour d'un bon grog. Je vous enverrai une ordonnance.

— Merci infiniment, mon commandant.

Barth sourit légèrement. Le vieux avait mordu à l'appât, ou, pour employer le langage des cavaliers, le cheval renâclait, mais, bien tenu en bride, il trottait docilement. On ne savait jamais combien de temps cela durerait.

A ce même moment, Deutschmann écrivait à Julia dans une petite maison de paysan, à moitié démolie. Deux chandelles l'éclairaient et, chaque fois que la porte s'ouvrait, les flammes vacillaient, menaçant de s'éteindre. Des ombres dansaient sur les murs noircis par la fumée et glissaient sur le papier où les mots s'alignaient lentement.

« Ma chère, bien chère petite Julia, il y a longtemps que tu n'as pas reçu de lettre de moi, chers yeux de gazelle. En tout cas, pour moi, une éternité paraît s'être écoulée depuis le jour où je t'ai écrit de notre ancien cantonnement. Aujourd'hui, nous sommes en Russie ; nous étions alors en Europe. L'endroit où nous nous trouvons est, lui aussi, je le sais, sur la carte de cette Europe. Mais c'est un monde complètement différent ; tout est si nouveau et si terriblement étranger que je me demande parfois si tout cela est bien réel, si je ne suis pas le jouet d'un rêve. Il n'existe pour ainsi dire plus de passé ; les images qui sortent de ma mémoire, quand je veux y penser, ont perdu leur forme, leur contour... Toi seule demeure avec la même netteté devant mes yeux. Plus encore : tu es devenue plus vivante, au point que je crois parfois entendre ta voix et sentir ton souffle sur ma joue...

Deutschmann s'interrompit pour regarder avec irritation la porte qui s'ouvrait en craquant. Le sergent Peter Hefe, surnommé « le Rageur », se précipita à l'intérieur.

— Wiedeck, Schwanecke, le comte Hugo, allez, en route ! on part réparer la ligne !

— Vingt et un, fit Schwanecke.

Il jouait aux cartes avec Wiedeck et le comte Hugo von Siemsburg-Wellhausen, que tout le monde appelait simplement Hugo, et parut alors seulement remarquer l'irruption du sergent.

— Qu'est-ce qui se passe encore ? Qu'est-ce qu'on doit faire ?

— La ligne téléphonique est coupée, répondit Hefe.

— Comme toujours, fit Schwasecke, qui bâilla et s'étira. Je voudrais bien savoir si, dans ce sacré pays, une ligne reste jamais intacte.

La ligne téléphonique avec la 1re compagnie, installée à Babinitchi, était interrompue. Ce fut l'adjudant-chef Krüll qui s'en aperçut.

— Quels sont les idiots qui ont posé cette ligne ? s'écria-t-il, dans la petite pièce d'une maison paysanne, assez bien conservée, où les fourriers avaient établi leur bureau. Ils ne sont pas foutus de faire quelque chose de propre !... La porte, crétin ! hurla-t-il, en sentant un courant d'air glacé sur sa nuque.

Mais il se leva instantanément, car le « crétin » était le lieutenant Obermeier.

— La liaison avec la 1re compagnie est coupée, mon lieutenant, lui annonça-t-il. Ça commence bien !

Obermeier essaya lui-même le téléphone, tourna la manivelle, écouta. Rien.

— Avez-vous pu atteindre le bataillon ?

— Non plus, mon lieutenant.

— D'ailleurs, ce serait inutile. Il faut envoyer une équipe de réparation.

Krüll respira mieux. Une équipe de réparation... le commandement en revenait à un sergent.

Ce fut ainsi que le sergent Hefe et six hommes se mirent en marche sur la route couverte de neige allant de Gorki à Babinitchi.

Schwanecke, le plus robuste, portait les rouleaux de fil sur le dos. Wiedeck s'était chargé du téléphone de contrôle. Le soldat Lingmann, ex-adjudant qui inclinait à trop boire et qui, dans ses soûleries, injuriait le monde entier, y compris ses supérieurs et la « direction du Reich », transportait les deux lourds sacs à outils. En serre-file, venait Hugo, comte von Siemsburg-Wellhausen, camarade silencieux, toujours prêt à rendre service, qui supportait son sort avec équanimité. Les archives du bataillon 999 indiquaient qu'il avait été condamné pour haute trahison et incitation à commettre des actes de sabotage contre le matériel de la Wehrmacht. En réalité, au début de 1943, lors du sacrifice insensé de la 6e armée à Stalingrad, un petit cercle d'officiers s'était constitué autour de lui dans le but d'organiser la résistance contre les maîtres de l'Allemagne, et, si possible, de conclure la paix pendant qu'il en était encore temps. Il devait la vie au fait que son frère, qui vivait en Espagne et travaillait pour l'Abwehr, disposait d'importantes relations à New York, et pouvait raconter bien des choses gênantes si Hugo venait à disparaître...

En tête marchait Peter Hefe, la mitraillette à la main.

La nuit était glacée et noire. Les deux hommes qui exploraient le fil s'arrêtaient de temps à autre pour sautiller afin de réchauffer leurs jambes qui menaçaient de geler, malgré les bottes fourrées. En beaucoup d'endroits, la neige effaçait la route. Seuls des poteaux très espacés indiquaient la direction.

Micha Starobine et Piotr Tartoukine se tenaient dans un groupe de buissons. Ils s'étaient construit un abri contre la neige avec des rameaux entrelacés à la manière des Toungounzes, mâchaient des graines de tournesol et guettaient dans la nuit.

— As-tu bien coupé la ligne ? demanda Tartoukine à voix basse. Ils devraient être ici depuis longtemps. Une compagnie allemande sans téléphone, c'est comme un nourrisson sans sa mère.

— Silence ! Tu entends ?

Ils tendirent l'oreille. Le vent sifflait doucement à travers les buissons et sur la steppe découverte. Micha cracha ses graines et se redressa. Un bruit insolite leur parvint, celui des rouleaux de fil qui s'entrechoquaient sur le dos de Schwanecke, d'abord presque imperceptible, puis de plus en plus fort. Micha Starobine tendit la main derrière lui pour saisir une mitraillette russe.

— D'où viennent-ils ? De Gorki ou de Babinitchi ?

— Je ne les vois pas encore.

— Tu les entends ?

— Oui. Ferme ça !

Tartoukine se glissa dans la neige et y demeura étendu comme un paquet de chiffons. Micha lui passa la seconde mitraillette.

— Les voilà ! murmura Tartoukine. Ils viennent de Gorki.

— Combien sont-ils ?

— Je ne distingue pas.

Tartoukine parlait très bas, comme pour lui-même, comme s'il avait oublié Micha, le froid, le vent, la neige, le ciel bas et noir, comme s'il n'existait rien d'autre au monde que lui-même et ces hommes qu'il haïssait plus qu'il n'avait jamais haï quiconque. Il était là, seul avec sa mitraillette, cette haine et le désir tout-puissant de tuer impitoyablement.

Bientôt ils perçurent les voix. Le sergent Hefe criait vers l'arrière :

— Tout va bien ?

— Tout va bien, répondait Hugo, en serre-file.

Sur le visage glacé de Tartoukine s'amorça un sourire qui se figea en grimace.

Les Allemands étaient tout près de la coupure. Starobine poussa avec précaution sa mitraillette sur un petit monticule de neige tassée, préparé à cet effet, épaula et visa le petit groupe qui venait de s'arrêter.

— Voilà la rupture !

Un des chercheurs leva la main. Schwanecke se débarrassa des rouleaux et s'essuya le visage, car il transpirait malgré le froid.

— Le fil a été coupé ?

— Apparemment.

Lingmann tendit les sacs à outils. Wiedeck s'agenouilla pour connecter le téléphone de contrôle.

— Fais vite, on crève de froid ! dit Hugo.

— Mon vieux, j'ai les doigts gelés, répondit Wiedeck.

— Allons, dépêchez-vous ! fit Peter Hefe.

Schwanecke reniflait comme un taureau. Quelque chose ne lui plaisait pas. L'affaire lui paraissait suspecte.

— Qu'est-ce qu'il a, le fil ? demanda-t-il.

— Ecrasé, dit Wiedeck.

Il avait branché le téléphone. Il tourna la manivelle et écouta, puis fit un signe de satisfaction.

— Alors, vous l'avez trouvée ? Yous y avez mis le temps, bande d'andouilles ! Qu'est-ce qu'il y avait ? dèmandait la voix rageuse de Krüll.

— Le fil était écrabouillé, répondit Wiedeck.

Hefe lui prit l'écouteur des mains.

Tartoukine et Starobine se jetèrent un bref regard.

— Toi, tu balaies de gauche à droite, moi de droite à gauche, dit le premier... On ne peut pas les rater... Vise au milieu, dans le ventre...

Karl Schwanecke s'agenouilla à côté de Wiedeck, leva le fil à la hauteur de ses yeux et le fit courir lentement entre ses doigts. Tout à coup, il se retourna, leva les bras, bondit dans un trou de neige et cria :

— Couchez-vous !

Les autres s'abattirent comme sous l'effet d'un mot magique. Les deux mitraillettes crépitèrent au même instant. En se jetant par terre, Hugo sentit un choc sourd contre son corps et eut l'impression que son épaule gauche devenait insensible. Surpris, il se demanda ce qui lui arrivait. Puis il remarqua qu'un liquide chaud coulait dans son dos et comprit seulement alors qu'il était blessé.

— Je suis touché, nom de Dieu ! gémit-il, toujours avec une nuance de surprise dans la voix.

— Où ? demanda Wiedeck, qui s'enfonçait dans la neige, à côté de lui.

— A l'épaule.

— Qu'est-ce que nous allons faire ? Nous ne pouvons pas riposter, observa Wiedeck, d'un ton désespéré.

Seul le sergent Hefe possédait une mitraillette et il tirait dans la direction d'où paraissaient provenir les balles. Mais Tartoukine et Micha étaient étendus bien à plat derrière leurs petits monticules de neige. Les rafales passaient bien au-dessus d'eux, inoffensives. Ils rouvrirent le feu.

Schwanecke rampa, par mouvements très lents, jusqu'à Peter Hefe.

— Le fil était cisaillé, lui dit-il.

— Sans toi, nous étions foutus.

Le sergent leva un peu la tête, mais la rabaissa précipitamment sous les balles qui sifflaient. Il appuya sur la détente de sa mitraillette, lâchant une longue rafale dans la direction générale des buissons.

— Donne-moi ça, c'est pas ainsi qu'il faut faire, dit Schwanecke.

Il était déjà venu trois fois en Russie et connaissait bien l'adversaire.

Le sergent lui tendit l'arme comme s'il était heureux de s'en débarrasser. Dès que Schwanecke sentit entre ses doigts le froid du métal, une soudaine transformation s'opéra en lui. Il ne fit plus qu'un avec la mitraillette. On eût dit qu'il était né avec elle. Tandis que les autres se regroupaient lentement — Wiedeck tirant Hugo derrière lui — il s'enfonça dans son trou de neige comme une perdrix blanche qui sent le danger. Sans viser bien longtemps, il arrosa le buisson, changea le chargeur et rouvrit le feu. Il se trouvait dans son élément, autant que Tartoukine et Micha. Ses sens réagissaient à la manière de ceux d'un animal, avec la rapidité de l'éclair et une sûreté mortelle. Il ne pensait pas au péril. Lui aussi avait soif de tuer.

Il cessa de tirer, ne distinguant aucun but. La route couverte de neige s'étendait toujours à travers l'immense plaine, comme si rien ne venait d'arriver. La forêt barrait l'horizon de sa muraille mystérieuse et menaçante.

Tartoukine et Micha attendaient aussi, retenant presque leur respiration. Tartoukine tourna la tête vers son compagnon. Les dernières rafales avaient été beaucoup plus précises. Manifestement, le tireur avait changé.

— Le type s'est déjà battu contre nous, dit-il, reconnaissant le danger avec l'instinct d'un homme de la nature. Ils vont recevoir du renfort : Replions-nous.

Dans le silence de la nuit, la sonnerie du téléphone retentit, semblant rompre la tension, devenue presque intolérable. Tartoukine leva la tête pour repérer la direction du bruit.

Erich Wiedeck, couché auprès de l'appareil, décrocha l'écouteur. La voix furieuse de Krüll lui parvint :

— Alors, tas d'idiots ! A quand cette liaison avec la première compagnie ?

— Nous sommes sous le feu de partisans. Le soldat Siemsburg est blessé...

Tartoukine tira. Wiedeck posa l'écouteur dans la neige et se fit aussi petit que possible.

A l'autre bout, l'adjudant-chef Krüll, assis sur une caisse, ne parvenait pas à comprendre ce qui se passait. Puis, lentement, très lentement, il prit conscience qu'il se trouvait dans ce maudit pays dont il avait plus peur que de l'enfer, une prise de conscience qu'il avait délibérément écartée jusque-là, à laquelle il se refusait pour ne pas devenir une loque humaine, tremblant d'épouvante.

— Ils tirent ! balbutia-t-il.

Dans l'écouteur, il entendait les coups de feu. Puis il y eut un craquement dans l'appareil et la communication s'interrompit.

— Touché !

Il jeta l'écouteur, comme si une balle pouvait lui entrer dans l'oreille en suivant le fil. Il était blême et ne s'aperçut pas qu'il tremblait.

— Les partisans tirent sur eux... Siemsburg est blessé.

— C'est la guerre, adjudant, fit Obermeier. — Il fit un signe au sergent Kentrop. — Partez vite avec douze hommes, Kentrop. Soyez prudent. Pas de pertes inutiles. Emportez des grenades. Emmenez aussi Deutschmann, l'infirmier.

— Le salaud ! Le sacré salaud ! jurait Schwanecke. Agenouillé dans un creux de neige, il tirait sur deux ombres imprécises qui, de temps en temps, apparaissaient, l'espace d'une seconde, entre les buissons et la forêt.

Micha haletait derrière le rapide Tartoukine. Le crépitement de la mitraillette allemande l'angoissait. Il se jeta à travers les broussailles, se déchira le visage aux rameaux glacés et s'affala dans la neige, respirant lourdement.

— Sainte Bonne Vierge de Kazan, murmura-t-il, c'était le diable en personne !

Le petit Asiatique ne répondit pas. Défaisant un paquet de pansement avec les dents, il enveloppa sa main gauche. Micha le regarda avec stupéfaction.

— Il t'a touché ?

Cette fois encore, Tartoukine ne répondit rien. La haine brûlait dans ses yeux bridés. Cette haine l'empêcha de sentir la douleur qui envahissait tout son bras.

— Je le tuerai, siffla-t-il, enfin. C'est le seul qui m'ait touché jusqu'ici, moi... moi... Il n'y aura pas de trêve avant qu'un de nous deux soit mort ! Ce sera lui ou moi !

— J'AI l'impression que vous n'êtes pas sortie depuis longtemps. Est-ce que je me trompe ? demanda le Dr Kukill.

— Non, fit Julia.

— Oh !... Vous avez sûrement remarqué que la soirée est très belle... Connaissez-vous le « Caveau bosniaque » ?

— Non.

— Il n'est pas très grand, mais fort agréable, expliqua-t-il tout en conduisant sa voiture à travers le trafic très réduit. J'y ai retenu une table, parce que, ai-je pensé, vous n'aimeriez pas beaucoup aller dîner dans un grand restaurant, où fourmillent les uniformes. Est-ce exact ?

Julia acquiesça.

— Je connais bien le propriétaire. Nous sommes pour ainsi dire des amis... autant qu'on peut l'être avec le directeur d'un tel établissement. Il paraît posséder d'excellentes relations... c'est un Balkanique. Chez lui on trouve même ce qui n'existe plus ailleurs, là où fréquentent les « gens de la haute ». C'est réservé à ses amis, bien entendu. Vous verrez, c'est un original.

Les mots sortaient de ses lèvres juste assez haut pour qu'ils fussent perceptibles par-dessus le bruit du moteur. De temps à autre, il se tournait vers Julia et lui souriait. Les rares lampes bleues de l'éclairage public se reflétaient dans ses lunettes.

Julia, enfoncée dans son coin, entendait à peine. Les mots ne pénétraient pas sa conscience, faisant à ses oreilles un bruit comparable au murmure d'un ruisseau près duquel on est assis depuis longtemps. Au cours des jours passés, Kukill lui avait fréquemment téléphoné, souvent deux fois dans la même journée, et elle s'était, chaque fois, précipitée vers l'appareil. Pas à cause de Kukill, mais poussée par l'espoir qu'il s'agissait d'Ernst ou de quelqu'un parlant au nom de celui-ci. Cet espoir, elle le savait bien, était vain, mais l'esprit humain est ainsi fait qu'il continue à s'en nourrir même dans les circonstances les plus insensées, les plus désespérées.

Elle vivait dans une attente perpétuelle. Quelque chose devait se passer, cela ne pouvait continuer indéfiniment ainsi ; un mot sauveur lui parviendrait pour soulager cette tension intolérable.

Mais personne d'autre que Kukill ne téléphona. On eût dit que personne ne fut jamais venu chez eux avant la condamnation d'Ernst, qu'ils n'eussent jamais eu d'amis. Des amis... Chaque fois qu'elle pensait à ce mot, un sourire amer venait à ses lèvres... Oui, c'était bien vrai : un homme frappé par le malheur, ou pis, brusquement inscrit sur la liste des ennemis du tout-puissant régime, n'avait plus d'amis. Elle s'était toujours, jusqu'alors, refusée à le croire. sans doute parce qu'elle-même et Ernst fussent demeurés fidèles aux leurs en pareille circonstance. Mais ces « amis » pensaient autrement, il fallait bien le constater ; elle en éprouvait beaucoup d'amertume et de tristesse.

Le Dr Kukill l'avait longuement pressée de sortir avec lui.

— Il faut absolument vous changer les idées, chère madame, répétait-il au téléphone. Vous ne pouvez pas toujours rester entre vos quatre murs... pas toujours penser à des choses auxquelles vous ne pouvez rien changer. Vous allez vous ruiner l'esprit et la santé, croyez-moi.

Elle avait fini par accepter. Assurément, le Dr Kukill était bien le dernier avec qui il lui plaisait de « sortir de ses quatre murs ». Mais, se disait-elle, il fallait surmonter l'antipathie, l'hostilité qu'elle ressentait pour lui, car, en définitive, il était seul à pouvoir obtenir une révision du procès et la réhabilitation d'Ernst. Aussi ne devait-elle pas le rebuter... pas trop. Mais jusqu'où aller ? Au début, sa présence lui était désagréable, lui causait une sorte de malaise physique. Pourtant, elle l'admettait avec quelque surprise, depuis un certain temps, elle attendait presque ses appels. Non que son attitude envers lui eût changé. Au contraire, la crainte s'était ajoutée à la répulsion, car, elle le comprenait bien, le Dr Kukill n'agissait pas par une sympathie complètement désintéressée. Il la désirait ; elle était trop femme pour ne pas s'en apercevoir. Le moment viendrait même où il le lui dirait...

Le Dr Kukill gara sa voiture dans une rue latérale de la Kurfürstendamm, devant une maison sans grande apparence. Sur le trottoir se hâtaient des gens emmitouflés, pauvrement vêtus, moroses. Berlin, après quatre années de guerre. La ville joyeuse, légère, inondée de lumière, de naguère, paraissait n'avoir jamais existé.

La dame du vestiaire semblait bien connaître le Dr Kukill. Elle se montra empressée, aimable, qualités qui se faisaient de plus en plus rares. Il en fut de même avec le vieux maître d'hôtel qui les accueillit dans une première pièce, mal éclairée, et les conduisit, par un long corridor, à une autre, manifestement réservée aux amis de la maison. Elle n'était pas très grande. Des tapis de couleurs gaies étaient accrochés aux murs. Des nappes d'une blancheur de neige couvraient les tables, de deux couverts pour la plupart. Il y avait même des serviettes.

— Occupons-nous tout d'abord de notre appétit, dit le Dr Kukill en faisant un signe au garçon qui devait les servir.

Aussitôt, sans autre indication, celui-ci apporta deux verres renflés, contenant une liqueur dorée, du slinovitch, comme s'il connût avec précision ce que désirait le médecin.

— Ce n'est pas de l'alcool, chère madame, tout au moins pas de l'alcool ordinaire, expliqua Kukill en portant d'abord le verre devant ses narines. Les paysans balkaniques qui le produisent semblent avoir trouvé le moyen d'y enclore la couleur du soleil, l'odeur de la terre chaude, de l'herbe et de leurs prunes. Comment trouvez-vous ça ?

Son visage avait perdu sa dureté habituelle ; il paraissait détendu, heureux. Jusque-là, il n'avait pas prononcé un seul mot sur Ernst, sur le travail de Julia, sur la volonté de celle-ci de poursuivre l'œuvre de son mari et de pratiquer une expérience sur elle-même, ce qu'il considérait comme un suicide. Mais elle savait qu'il ferait tout ce qui serait en son pouvoir pour l'en empêcher. Elle se disait aussi que cet homme, devant elle, ne reculerait devant rien pour atteindre ce qu'il désirait. De quoi n'était-il pas capable ? Elle devait donc se dépêcher... et elle se trouvait auprès de lui, écoutant ses propos sur les vertus du slivovitch, sur l'aptitude des Bosniasques à y enfermer le soleil !

Elle faisait un grand effort sur elle-même pour dissimuler son impatience, mais il s'en apercevait bien et souriait intérieurement. « La voilà buvant avec moi, pensait-il. Déjà, elle ne voit plus en moi un monstre, comme il y a seulement quelques jours. Je la conduirai plus loin encore. Je finirai par chasser ce maudit Deutschmann de son esprit. Elle est très jolie, quoiqu'elle ait maigri, ou peut-être même à cause de cela, à cause de la tristesse de son expression et de son sourire... »

— Essayez d'oublier, dit-il. Tout au moins pour un

bref instant. Et ne croyez pas que je veuille vous dissuader de ce que vous vous êtes mis dans la tête...

— C'est pourtant ce que vous essayez constamment de faire...

— Plus maintenant. Ce que je veux simplement vous dire, c'est que vous travaillerez mieux en oubliant toutes vos préoccupations pour quelques heures. Vous en tirerez de nouvelles forces.

— Peut-être avez-vous raison. Peut-être devrais-je essayer, en effet.

— Bravo ! Buvez, cela vous plaira certainement. Ensuite, nous dînerons. Nous mangerons ce que nous voudrons, sans tickets ni autres stupidités de ce genre. Puis... accepteriez-vous de danser ?

— Danser ? Comment, danser ? Je croyais que...

— Oui, c'est officiellement interdit, mais on le peut encore. Cela vous plairait-il ?

— Non, je ne crois pas.

— A votre santé ! Peut-être réfléchirez-vous...

Le soldat Hugo Siemsburg fut envoyé à l'hôpital de campagne d'Orcha en tant que premier blessé du bataillon 999. La balle avait fracassé l'omoplate gauche. Siemsburg aurait désormais une épaule de travers ; il devenait incapable de porter un sac...

— Exactement ce qu'il faut pour être rapatrié, commenta l'adjudant-chef Krüll. A peine a-t-il sorti le nez et... boum !... le voilà de retour en Allemagne !

— La prochaine fois, tu pourras venir avec nous, observa le sergent Hefe, avec ironie. Je pourrai te procurer une blessure semblable n'importe quand.

En Russie, la discipline rigoureuse, inhumaine, du bataillon semblait s'être quelque peu relâchée. Le fait n'était pas particulier au 999. Il se produisait dans toutes les unités de l'armée. La discipline cédait la place à un sentiment profond de solidarité, d'association, que peut seule faire naître la menace permanente de la mort, mais aussi parfois, elle était supplantée par l'esprit d'insubordination, l'égoïsme, où chacun ne pensait plus qu'aux moyens de survivre individuellement à cette effroyable époque.

Deutschmann entra pour la première fois en action à cette occasion. L'adjudant-chef Krüll le regarda, d'un œil méfiant, panser de son mieux la blessure de Hugo, qui n'avait pu être soignée que provisoirement sur la route enneigée. Puis, adroitement, il l'enveloppa de quatre bandes, qu'il assujettit par une pince. Krüll plissa la bouche. Il se sentait sans importance auprès de Deutschmann.

— Quatre bandes ? fit-il. Est-ce que ce n'est pas du gaspillage ?

— Si vous êtes pareillement blessé, je ne vous en mettrai que deux, mon adjudant, répondit Deutschmann en faisant à Hugo une piqûre antitétanique.

Krüll s'éloigna en grommelant.

La 2e compagnie vécut dans l'improvisation pendant ces deux premiers jours, juste en arrière du front. Elle cantonnait en bordure de Gorki, ignorant ce qu'elle était venue y faire. Le front lui-même passait à sept kilomètres plus à l'est, en avant de la forêt. Il était alors calme, comme si le froid y eût gelé les hommes et, avec eux, la guerre. Le commandant du bataillon d'infanterie en ligne vint faire visite à Obermeier et se montra très amical jusqu'au moment où il apprit qu'il s'agissait d'une unité disciplinaire. Il changea aussitôt d'attitude et prit congé au plus vite.

— Comme si nous avions la gale ! commenta Kentrop.

La nouvelle de l'arrivée dans le secteur de l'étrange bataillon se répandit rapidement. Des gens de plus en plus nombreux — officiers, intendants, adjudants, voire un colonel, commandant de la 26e D. I. qui passait par Orcha — vinrent jeter un coup d'œil sur ce qui se passait à l'intérieur de cette « bande de condamnés à mort ». Ils furent déçus tout d'abord. La compagnie — comme la 1re à Babinitchi, où le lieutenant Wernher, morose, pensait à sa veuve de Mourovana — accomplissait un service routinier, consistant à faire la propreté de son cantonnement, à dégager, à la pelle, les voies d'accès, et, le reste du temps, somnolait. Elle attendait des ordres. On ne l'avait évidemment pas envoyée sur le Dniepr pour qu'elle y paressât. Quelque chose se préparait. Schwanecke, plus que quiconque, le sentait.

— Ce calme est de mauvais augure, dit-il, une fois, à Deutschmann. On doit nous mijoter un sale coup. Et alors, ça ira mal, c'est moi qui te le dis. Il est temps que nous fassions quelque chose...

Le soldat Siemsburg fut transporté à Orcha sur un traîneau. Deutschmann reçut mission de l'accompagner et on le chargea de ramener des papiers importants que lui remettrait le capitaine Barth. La mission aurait dû être effectuée par Peter Hefe, mais Barth, averti de la venue de Deutschmann, déclara au téléphone :

— Pourquoi un infirmier ne jouerait-il pas le rôle de courrier ?

— Fichez le camp, lui dit Krüll. Si ça claque en cours de route, ramassez votre pomme, ça vaudra mieux pour vous et pour moi !

Le voyage avec le traîneau à moteur s'effectua sans incident. Ici et là parurent bien des paysans russes, déguenillés, mais le sergent qui conduisait le véhicule déclara :

— De pauvres diables qui essayent de sauver leur ferme... comme s'il y avait encore quelque chose à sauver ! Tous ont été contrôlés. Il sont heureux de ne plus travailler dans leur kolkhoze. Beaucoup sont des Hiwis, c'est-à-dire nos auxiliaires, et ils assurent notre ravitaillement. Les partisans n'ont pas la même gueule !

Quand ils entrèrent à Babinitchi, un homme en haillons, près de la route, fit un signe amical.

— Bonjour, petit père ! cria le sergent.

Le lieutenant Sergeï Petrovitch Denkov eut un large sourire.

— Bonjour, petit frère, répondit-il, avec un nouveau geste.

Puis il poursuivit son chemin, passant devant le PC du lieutenant Wernher pour gagner la campagne à l'horizon de laquelle se dressait la sombre forêt...

A Orcha, le capitaine Barth remit un dossier assez épais à Deutschmann.

— Les ordres d'opération. Veillez bien sur eux !

Deutschmann salua et s'en alla. Il avait appris que le prochain traîneau partirait seulement à la tombée de la nuit. Aussi avait-il tout son temps. Tout d'abord, il se rendit à l'hôpital de campagne, installé dans un des rares bâtiments de la localité demeurés intacts, une ancienne école, afin d'y voir le comte von Siemsburg. Celui-ci devait partir pour Borrisov par le train suivant. A Orcha, on ne pouvait le radiographier.

— Si j'ai de la veine, on pourra me rafistoler l'omoplate, dit Hugo en souriant. Tout dépend du chirurgien sous la patte duquel je tomberai. On raconte ici qu'il existe un médecin formidable à Sokolov, ancien directeur d'une clinique universitaire. Mais on ne lui conduira pas un homme du 999...

— Même s'il s'agit d'un comte ? demanda Deutschmann, en souriant aussi.

Siemsburg bâilla. Il venait de recevoir une piqûre ; la douleur s'apaisait, il se sentait las.

— Le temps des comtes est passé, murmura-t-il. Mais, dis donc, tu es toi-même médecin. Crois-tu qu'on puisse me rafistoler à peu près ?

— Je n'entends pas grand-chose à la chirurgie, mais je crois, en effet, que cela peut s'arranger au point que tu ne te souviendras plus d'avoir été blessé.

— Espérons-le ! Est-ce qu'il faut que tu partes ? Peut-être nous reverrons-nous un jour, quelque part...

A travers les rues, rendues presque infranchissables par la neige, Deutschmann gagna lentement le Dniepr et s'arrêta près du pont de bois, où il devait rencontrer, plus tard, le sergent et le traîneau. Le fleuve charriait d'énormes glaçons qui se brisaient contre les grands pieux métalliques avec lesquels les sapeurs avaient protégé l'ouvrage.

Une jeune fille arrivait avec un grand panier, empli de bois, qu'elle posait sur la neige de temps à autre pour s'essuyer le visage. Elle avançait ainsi vers une maisonnette de paysan, à moitié ensevelie par la neige, près de la rive.

Deutschmann l'observa pendant un moment, puis la rejoignit pour l'aider. Il s'arrêta derrière elle. Sous le soleil, ses cheveux brillaient comme de la laque. Elle ne l'avait pas entendu venir. Avec un soupir, elle se pencha pour soulever le panier une nouvelle fois. Deutschmann lui mit la main sur le bras.

Elle se retourna, les yeux remplis d'épouvante. Les pommettes, légèrement saillantes, rosirent. Elle pressa les bras contre sa poitrine.

— Tu as peur ? lui demanda-t-il. Ce panier est bien trop lourd pour toi. Je vais le porter jusqu'à ta maison.

— Niet ! fit-elle en secouant la tête, tandis que la terreur s'effaçait de son regard et qu'un sourire naissait aux lèvres. Je peux le porter toute seule.

— Tu parles allemand ?

— Un petit peu.

En le regardant, elle vit qu'il n'avait pas de patte d'épaule. Que disait donc Sergeï ? Ils devaient essayer une arme secrète. Son esprit travaillait fébrilement. Que faire ? Le retenir, l'interroger...

— Tu es depuis longtemps à Orcha ? demanda-t-elle.

Deutschmann se baissa et souleva le lourd panier.

— Va devant pour me montrer le chemin, dit-il.

— Merci, soldatte...

En marchant, son corps se balançait légèrement. Elle était svelte et avait une taille d'une minceur incroyable. Deutschmann s'était fait jusqu'alors une tout autre idée des Russes. Comme presque tous ses camarades, il les croyait petites, épaisses et rondes. Ce n'était assurément pas le cas pour celle-ci...

— Trrrès lourrrd ? demanda-t-elle.

— Pas très.

— Pas pourr un homme ! fit-elle en découvrant des dents blanches comme la neige environnante.

La pensée de Julia traversa rapidement l'esprit de Deutschmann. Il la vit très distinctement devant lui... puis elle s'effaça. Le panier lui faisait mal à l'épaule ; il n'était pas habitué à porter des fardeaux.

La jeune fille ouvrit la porte de la maisonnette. Deutschmann entra et, un peu haletant, déposa le panier auprès de l'âtre où des flammes crépitaient joyeusement.

— Il ne faut pas regarder, dit-elle doucement. C'est la guerre, et la guerre est sale.

Deutschmann écouta avec ravissement sa voix mélodieuse que son fort accent slave rendait encore plus séduisante. On lui avait dit qu'il était charmant d'entendre des Russes parler l'allemand. Il le constatait lui-même. S'asseyant sur la chaise que Sergeï avait précédemment occupée, il regarda une icône, noircie par la fumée et par le temps, accrochée près du foyer.

— La Sainte Mère de Kazan, fit-il.

— Tu la connais, soldatte ?

Deutschmann sourit.

— Quel âge as-tu ? demanda-t-il, en russe.

Elle se retourna brusquement, de nouveau angoissée.

— Vingt ans, répondit-elle, également en russe.

— Tu es très jeune... et très jolie.

Une sorte de frivolité, jamais ressentie jusque-là, le faisait s'interroger avec curiosité sur le tour que prendrait l'aventure.

— Tu parles russe ? fit-elle.

— Autant que toi l'allemand... Qui es-tu ? Comment t'appelles-tu ?

— Tania.

— Tania ?... C'est très joli. Que fais-tu ici ? Tu vis seule ?

— Oui.

— Tu n'as pas peur de la guerre ?... De nous ?

— Si, j'ai peur. De la guerre et de vous. Pourquoi as-tu porté mon panier ?

— Pour t'aider. Parce qu'il était trop lourd pour toi. — Il se leva. — Et maintenant, Tania... Taniouchka, comme vous dites... il faut que je m'en aille.

— Où ça ? Rejoindre mes camarades.

— Près de la forêt de Gorki ?

Ce fut au tour de Deutschmann de se retourner et de la regarder avec méfiance. Mais elle lui souriait comme une enfant innocente. Elle avait un visage très doux. La lueur du feu jouait sur ses cheveux, y allumant des reflets roux.

— Comment le sais-tu ?

— Tout le monde le sait. Toutes les troupes qui passent par ici vont à Babinitchi et à Gorki.

— Tu n'es pas d'Orcha ?

— Pourquoi ?

— Tu n'as pas un visage de par ici. D'où viens-tu ?

— De la Volga... Tu connais la Volga ?

— Non.

— Tu ne l'oublierais jamais. Elle est merveilleuse. Elle est...

— C'est toi qui es merveilleuse, interrompit Deutschmann.

— Veux-tu manger ? demanda-t-elle.

— Tu n'as rien, même pour toi. D'ailleurs, je n'ai pas faim.

— C'est une coutume russe. Tu es en Russie et mon hôte... J'ai de la viande et du pain.

Deutschmann acquiesça de la tête, incapable de parler. Il lui semblait vivre un rêve d'où il craignait de s'éveiller. Tania s'approcha d'un petit pas rapide et lui passa le bout des doigts sur le visage. Il prit sa main et l'embrassa. Cette main était petite, étroite et détonnait dans cette masure, tout comme la jeune fille elle-même. Mais il ne se posa pas de questions. Il vivait un miracle, elle était un miracle, sa main était un miracle, et aussi ces doigts, sous ses lèvres.

— Comment t'appelles-tu ? demanda-t-elle.

— Deutschmann (Allemand)...

— Oh !... quel vilain nom ! Un nom méchant ! Je veux l'oublier. Tu es Michel, le grand héros Michel, rayonnant...

— Oui... fit-il, en frissonnant.

Il ressentait une faiblesse contre laquelle il se défendait vainement ; un charme l'enveloppait, et jamais, il le savait, il ne parviendrait à vaincre cette faiblesse, ce charme.

— Tu es belle, merveilleusement belle... murmura-t-il.

Deutschmann mangea la viande, le pain, les œufs et le beurre que Tania lui servit. Ces œufs, elle les fit frire dans une grande poêle en cuivre. Au-dehors, la nuit tombait sur le Dniepr. La glace se brisait contre les piles du pont. Un bruit d'explosions, provoquées par les sapeurs, se faisait entendre à l'arrière-plan.

Tania, assise auprès de lui, regardait le fleuve par la fenêtre. Il avait passé un bras autour de ses épaules. Elle se serrait contre lui, comme pour chercher protection auprès de cet homme grand, étranger, curieux, si différent de Sergeï et des autres hommes qu'elle avait connus jusque-là, des soldats allemands qu'elle rencontrait chaque jour. La tête aux cheveux noirs s'appuyait contre la joue de Deutschmann.

— Il faut que je parte, fit-il soudain, rompant le silence.

— Embrasse-moi, lui dit-elle d'une voix presque inaudible.

Il sentit que ses lèvres étaient douces et fraîches.

— Tania... murmura-t-il..., Tania...

Que lui arrivait-il ? Etait-ce possible ? Au cœur de la Russie il tenait, entre ses bras, un jeune corps chaud, souple, légèrement frémissant et, dans ce silence tendre et complice, il n'y avait plus que cette jeune fille et lui.

Du pont, des projecteurs balayaient le fleuve. Une colonne automobile, moteurs vrombissant, roulait à grand bruit sur les traverses de bois. Il lui fallait partir, s'arracher à elle. Non, ce n'était pas possible... Julia...

Il se redressa d'une secousse.

— Au revoir, dit-il ardemment.

— Au revoir, Michel...

Elle l'accompagna de ses yeux anxieux et tristes pendant qu'il s'enfonçait dans l'obscurité.

Le traîneau l'attendait. Sans mot dire, il se hissa sur le siège incommode, à côté du sergent qui jurait. Mais il ne l'entendait pas. Son regard était vide, absent. Il ne sentait pas le froid glacial, les cahots de la route. Il pensait à Tania... à Julia... à Tania de nouveau...

Entre Gorki et Babinitchi, ils rattrapèrent un vieux traîneau de paysan. Le petit cheval hirsute trottait comme s'il n'eût jamais connu autre chose que les tempêtes de neige et les vastes solitudes.

Sergeï Denkow leur fit encore un geste amical et poli. Deutschmann ne le remarqua pas. Il voyait les yeux noirs de Tania, il entendait sa voix mélodieuse. Le vent du sud avait-il le même accent en caressant les eaux de la Volga ?

Le lieutenant Obermeier lisait les ordres rapportés d'Orcha par Deutschmann. Il lut trois fois avant de se rendre au téléphone pour demander la communication avec le bataillon, à Orcha, par l'intermédiaire de la 1re compagnie. Mais, au préalable, il jeta l'adjudant Krüll hors de la pièce :

— Allez voir ce que prépare la cuisine, et ne revenez pas avant une demi-heure.

Krüll, vexé, quitta le « bureau ».

La communication fut vite établie.

— Salut, Obermeier, dit gaiement la voix de Barth. Qu'y a-t-il ?

Obermeier s'éclaircit la voix. Avec Barth, on ne savait jamais si son amabilité était réelle ou feinte.

— Je viens de recevoir les ordres, mon capitaine, dit-il.

— Très bien. Vous plaisent-ils ?

— Me plaire... ce n'est pas le mot exact. Qu'est-ce que ça veut dire : creuser un système de tranchées entre Gorki et Babinitchi conformément au plan ci-joint ? Il s'agit de fortifications de campagne. Vous m'aviez dit que nous devions faire autre chose...

— Tout est périmé, Obermeier. Vous savez bien comment vont les choses : aujourd'hui ceci, demain le contraire. La main droite ignore ce que fait la main gauche. Autant de têtes, autant de plans. Voulez-vous d'autres aphorismes ?

— Quand devons-nous commencer ?

— Demain.

— La terre est gelée comme du roc sur un mètre de profondeur. En outre, environ soixante-dix centimètres de neige la recouvrent.

— Qu'est-ce que cela peut bien faire ? Il y a des pics et, pour les endroits plus durs, des explosifs.

— Par surcroît, sur plus d'un kilomètre et demi, derrière Gorki, le terrain est à la vue de l'ennemi. Faut-il donc creuser sous les yeux des Russes ?

— Ecoutez, Obermeier. — La voix devint sèche et dure. — Vous pensez et vous parlez trop. L'ordre dit : creuser un système de tranchées entre Gorki et Babinitchi. Cela vaut également pour la partie exposée aux vues de l'ennemi ! Dans cette partie, on creusera de nuit ou au petit matin. Le haut commandement prévoit que, dès la fin de la période très froide, c'est-à-dire dès la fin de février, le Russe lancera une grande offensive pour faire disparaître le saillant qui pointe toujours vers Smolensk. Witebsk est menacé. Là, il n'y a presque pas de neige et les pistes, ordinairement fangeuses, sont gelées. C'est un terrain idéal pour les blindés soviétiques. Au sud — autour de Kiev — les Russes poussent déjà, de la grande boucle du Dniepr, pour nous envelopper. Tout le front est en danger, Obermeier. Il faut construire ici une position de repli. Beaucoup de choses en dépendent et le seul fait qu'elle soit si rapprochée du front vous l'indique. Il y va de la grande voie de ravitaillement, mon cher. Les troupes refoulées de Smolensk doivent trouver ici une position préparée. C'est pourquoi il faut creuser en diable ! Même à la vue de l'ennemi...

— Nous y laisserons la moitié de la compagnie, dit Obermeier d'un ton ému.

— Dites plutôt les trois quarts. Sur le front, il existe des bataillons composés d'un sous-lieutenant et de vingt à trente hommes. Par ailleurs, vous ne me semblez pas avoir bien saisi le sens de l'affaire.

— Autrement dit... il s'agit d'une condamnation à mort sous condition, fit Obermeier, d'une voix qui voulait être ironique mais était seulement anxieuse et désespérée.

— Une condamnation à mort ! Vous êtes vraiment trop romanesque ! Renoncez donc une bonne fois à ces grands mots. Vous avez reçu un ordre précis, rien de plus. Ne croyez pas que Wernher soit logé à meilleure enseigne. Avec sa compagnie, il doit construire une barrière en troncs d'arbre le long de la route d'Orcha, pour empêcher le vent d'accumuler la neige sur cette route. Chaque nuit, les partisans défont ce qu'il a fait dans la journée. Hier soir, on a tiré sur lui. Il a eu quatorze tués et trente-quatre blessés. Un groupe de partisans, remarquablement commandé au demeurant, lui a livré une véritable bataille avec mitrailleuses et mortiers. Avez-vous besoin d'autres renseignements, Obermeier ?

— Non, mon capitaine.

Le lieutenant raccrocha et regarda fixement les bougies, collées sur une caisse en fer-blanc, dans la pièce à demi ténébreuse.

Au-dehors, Krüll tempêtait. Il venait de surprendre Schwanecke, Wiedeck et Deutschmann qui faisaient cuire un bouillon Kub sur un petit feu de bois.

— C'est un colis que m'a envoyé ma fiancée, expliqua Schwanecke.

Il savait aussi bien que l'adjudant qu'il n'avait reçu aucun colis. Ce paquet, il l'avait volé à un centre de la Croix-Rouge, lors d'un séjour de deux heures à Orcha.

— Vous êtes une bande de crapules ! s'écria Krüll, hors de lui. Votre mort au champ d'honneur sera un soulagement pour moi !

Obermeier sortit du bureau et appela l'adjudant.

— Vingt-cinq hommes devront se rendre ce soir à Babinitchi pour prendre du matériel, lui dit-il. Trois traîneaux suffiront. Nous commencerons à creuser dès demain.

— A creuser ? demanda Krüll, ahuri. Où ça ? Ici ?

— Où voulez-vous le faire ?

— Nom de Dieu ! Pas possible ?

— Je vous dispense de ces exclamations saugrenues, adjudant ! Jusqu'ici vous ne vous êtes occupé d'aucune corvée de travail, vous continuerez à le faire. Ménagez votre grande gueule !

Le soir, un détachement de vingt-cinq hommes, aux ordres des sergents Kentrop et Bortke, partit avec trois traîneaux pour Babinitchi afin de prendre les outils apportés en cet endroit par une unité de transport d'Orcha.

Sur le premier de ces traîneaux, derrière une mitrailleuse 42, Schwanecke surveillait attentivement les buissons pour y découvrir le moindre mouvement suspect. Ils passèrent, sans les voir, devant le lieutenant Sergeï Denkov, caché dans un fourré, et, à côté de lui, Tartoukine, dont la main, lourdement bandée, reposait sur une écharpe.

Les trois traîneaux atteignirent sans encombre Babinitchi, où la 1re compagnie ressemblait à un camp de bûcherons. Des troncs de sapin entiers s'entassaient au bord de la route et des tracteurs les tiraient à travers la neige. Quelques hommes les dressaient alors dans des trous, creusés au pic au préalable, et en posaient d'autres horizontalement, construisant ainsi une barrière contre la tempête pour empêcher celle-ci de recouvrir la route à peine déblayée.

Dans la maison de paysan qui lui servait de PC, le lieutenant Wernher dressait la liste des pertes de la nuit précédente. Il écrivit même aux parents de certains des tués, y voyant un devoir de courtoisie. Il y avait, parmi eux, un ex-major, deux juristes réputés et un écrivain dont les œuvres étaient proscrites par Gœbbels. Toutefois, il éprouva de la gêne à inscrire la formule « Mort pour la Grande Allemagne » et il termina par cette phrase : « La mort leur fut miséricordieuse, il faut y voir une consolation. » Oui, c'était le mot juste : une consolation. « Ils avaient échappé au pire », pensa Wernher.

Le matériel chargé, les traîneaux repartirent vers Gorki. Ils repassèrent comme des spectres, avec un long panache de neige derrière eux, devant Sergeï et Tartoukine, qui les guettaient dans leur fourré.

— C'est le moment ! dit le second avec un sourire cruel, en les entendant venir.

Tous deux concentrèrent leurs regards sur un point précis de la route. Le premier traîneau le franchit... le second...

— Nom de Dieu ! siffla Tartoukine, et Sergeï serra les dents.

Le troisième passa à son tour... Toujours rien. Tartoukine, le visage convulsé de fureur, assena un coup de poing dans la neige.

Broum !... Assez loin derrière le troisième traîneau, une flamme jaillit, une puissante détonation rompit le silence nocturne, toute une partie de la route se souleva comme un geyser et retomba en cascades solides.

— Un retard du détonateur ! fit Sergeï, qui cracha de dégoût.

Pendant un instant l'enfer sembla se déchaîner, puis, très vite, le paysage retrouva sa paix, la neige et le gel étouffant les bruits. Le dernier traîneau, sur lequel se trouvait Kentrop, reçut des morceaux de terre et le souffle le projeta en avant.

Les vingt-cinq soldats sautèrent des véhicules et se couchèrent, pour ne pas offrir de cible à l'invisible ennemi. Le sergent Bortke rampa jusqu'à Schwanecke, qui portait la mitrailleuse légère.

— Une mine, fit-il.

— Et quelle mine !

Ils explorèrent du regard les environs, les fourrés, les bosquets, la plaine qui s'étendait jusqu'à la forêt de Gorki.

— Attendez.

Schwanecke examina attentivement le groupe de buissons, flairant le danger comme une bête sauvage traquée. Son instinct lui disait que ceux qui avaient posé la mine se trouvaient toujours là. Lentement, il épaula la mitrailleuse, tira une brève rafale sur les buissons, puis abaissa son tir au ras du sol. Le crépitement de l'arme fut comme un soulagement. Ici et là, une tête se souleva de la neige et les hommes se rassemblèrent en rampant.

Tartoukine et Sergeï, enfoncés dans la neige, entendirent siffler les balles à quelques centimètres au-dessus d'eux. Le Mongol plissa les yeux.

— C'est encore lui, je le sens, fit-il. Lui seul peut tirer ainsi.

Les balles coupaient les rameaux et le couvraient d'éclats de givre.

— Il n'y a plus personne, s'écria Bortke. Je vous l'ai déjà dit : ils ont foutu le camp... Rassemblement ! Aux traîneaux !

Des ombres se relevèrent et coururent vers les véhicules dont les moteurs vrombirent presque aussitôt. Kentrop et Schwanecke, ce dernier prêt à ouvrir immédiatement le feu, franchirent les quelques mètres qui les séparaient de l'entonnoir qui s'ouvrait sur toute la largeur de la route.

— On a eu une sacrée veine ! commenta Kentrop.

Tartoukine regardait le porteur de la mitrailleuse. Sergeï sentit qu'il frissonnait et lui mit la main sur l'épaule.

— Du calme !... Tiens-toi tranquille !

— C'est lui, camarade lieutenant !

— Nous l'aurons, Piotr, j'en donnerais ma main à couper !

Les traîneaux s'éloignèrent et le bruit des moteurs mourut peu à peu.

— Je retourne à Orcha, dit Sergeï. Dis aux camarades de la forêt de se mettre au repos. Je reviendrai dans trois jours avec de nouveaux ordres. Je vais voir le camarade général.

— Où te coucher dans l'intervalle ?

— Chez Tania.

Tartoukine sourit et imita, avec les lèvres, le bruit d'un baiser. Sergeï le regarda d'un air furieux, mais ne parla pas. Rampant hors du fourré, il se releva et agita les bras pour se réchauffer.

L'aube pointait déjà au-dessus de la forêt.

Sergeï alla jusqu'à l'entonnoir, le regarda pendant un instant, puis haussa les épaules.

— Nitchevo ! Ce sera pour une autre fois.

Puis il avança vers Babinitchi. Un traîneau rustique cahotait à travers la plaine. Le sergent Fédia, qui jouait le rôle d'un pauvre paysan, fit un signe à Sergeï.

— Rien de nouveau ? demanda celui-ci en montant dans le traîneau.

— Niet, starchi lieutenant.

— Conduis-moi à Orcha, en contournant Babinitchi.

Ils atteignirent le Dniepr sans rencontrer un soldat allemand. Sergeï sourit.

— L'espace est leur mort, dit-il. Comment un bateau, sur une mer, peut-il croire que cette mer lui appartient ?

A Babinitchi, Wernher n'en crut pas ses yeux en voyant paraître dans sa maison, où il était couché, le lieutenant Fritz Bevern, qui lui parut sortir d'un autre monde.

— Bonjour, monsieur Wernher ! dit Bevern, en saluant réglementairement.

Wernher consulta sa montre et vit qu'il était quatre heures du matin.

— Salut, répondit-il maussadement, en envoyant intérieurement à tous les diables ce visiteur importun.

Que pouvait-il bien venir faire en pleine nuit ? Wernher se leva et passa son uniforme.

— Je viens de la part du chef de bataillon, dit Bevern. Il m'a chargé d'inspecter votre secteur.

— Alors, vous tombez bien !... A une heure du matin, nous avions trois morts et sept blessés. J'ignore encore quel peut être le chiffre actuel.

— Des partisans ?

— Non, pas cette fois. Si cela avait été des partisans, vous ne m'auriez certainement pas trouvé au lit. — Il versa du thé bien chaud dans des tasses. — C'étaient des troupes régulières. Mes hommes opèrent sur plusieurs kilomètres à la vue de l'ennemi. Cette activité a dû ennuyer les Rouskis. A deux ou trois reprises, ils nous ont canonnés. Une manière de se rappeler à notre bon souvenir.

— C'est désagréable, fit le lieutenant Bevern. Vous devez bien avoir une carte de votre secteur ?

— Bien sûr. Mais à quoi bon une carte ? Allons voir tout simplement. Il ne va pas tarder à faire jour.

— A la vue de l'ennemi ?

— Pourquoi pas ? Puisque mes hommes y travaillent, nous pouvons aller y jeter un coup d'œil !

— N'oubliez pas que ces... gens ont été justement condamnés.

— Mais nous sommes leurs officiers et devons leur donner l'exemple. Allons-y, je vous en prie.

Ils sortirent de Babinitchi et, avec des jumelles pour vision nocturne, examinèrent le front et les groupes de travailleurs. Ceux-ci portaient des manteaux et des coiffures pris sur les morts russes. Les hommes se disputaient ces manteaux couleur de terre, parce qu'ils leur tenaient chaud et les protégeaient bien contre le vent glacial. Wernher n'alla pas jusqu'aux premières tranchées, voulant éviter que l'artillerie soviétique ne rouvrît le feu en apercevant le mouvement, et ne causât de nouvelles pertes dans la compagnie. Ce ne fut assurément pas par considération pour Bevern.

— Résultats de la journée ? demanda celui-ci, en abaissant ses jumelles.

— Comme prévu.

Wernher serra le col de son manteau. Il frissonnait. Le vent traversait l'étoffe et atteignait la peau.

— Je pense que c'est la même chose, quoique sa situation soit encore plus mauvaise que la mienne. Il a une compagnie de mortiers devant lui et il se trouve sous la portée d'une batterie de campagne. Les Russes ne manquent pas une occasion de le harceler.

Bevern regarda avec satisfaction l'immense plaine neigeuse. C'était donc ça, le front ! Quel merveilleux sentiment de se sentir au front ! En soldat du Führer ! En défenseur de la Grande Allemagne devant les hordes asiatiques !

Le jeune fat ne pouvait savoir qu'il lui restait seulement quelques jours à être soldat du Führer, ni qu'au tout dernier moment ce ne serait pas le Führer qu'il invoquerait, ni la Grande Allemagne, ni la gloire, mais sa mère, la pauvre femme qu'il considérait comme d'esprit bourgeois et qui, à son grand chagrin, ne partageait pas les convictions de son mari et de son fils...

« MON cher Ernsti, écrivait Julia Deutschmann. Voici ma cinquième lettre, la cinquième dans la série que je n'enverrai jamais. Les jeunes filles tiennent un journal romanesque. Si on leur en demande la raison, elles affirment que c'est pour elles seules, que ça les amuse. Quand elles ont un peu d'intelligence, elles prétendent que c'est pour mettre de l'ordre dans leurs idées. Pour toutes, le journal constituerait un but en soi, mais ce n'est pas vrai. Chaque ligne qu'elles écrivent est dédiée à un homme qui peut ne pas avoir de forme précise, au prince charmant qu'elles attendent, qui viendra un jour les prendre pour les emmener dans un monde de félicité.

« Je ne suis plus une jeune fille et je n'attends plus le prince charmant. Ce dernier, tel qu'on se l'imagine à seize ou à dix-sept ans, je sais bien qu'il n'existe pas. J'ai cependant encore quelque chose de commun avec la Julia de dix-sept ans : mon cœur est plein d'attente et d'amour. Mon prince charmant, c'est toi, et mes lettres sont mon journal. A la vérité, tu fus souvent un prince bien négligent, brouillon, souvent de mauvaise humeur, grincheux, revêche... et je ne pense pas que tu t'amélioreras jamais à cet égard. Mais que serait un amour capable de se laisser influencer par de pareilles vétilles ?

« Parlons d'autre chose. Je ne veux pas m'étendre sur ce sujet, car j'ai peur de pleurer, et, au cours de ces dernières semaines, j'ai pleuré trop souvent, même quand je n'avais vraiment pas le temps de le faire. Tu m'as toujours considérée comme une femme énergique et résolue. Fréquemment aussi, je le crains, comme un bas-bleu. D'ailleurs, c'était peut-être vrai, parfois. Actuellement, je suis seulement désemparée et presque toujours remplie d'appréhension et d'angoisse devant aujourd'hui, devant l'heure que je vis, devant celle-là et les suivantes...

« Le Dr Kukill, l'homme qui t'a assené le coup d'assommoir, m'a invitée il y a quelques jours. Il sait, je crois, que je le hais et le méprise. Mais il joue l'aveugle et fait comme si rien ne s'était passé. J'ai pourtant la quasi-certitude que lui aussi se fait des idées sur le rôle qu'il a joué dans ton procès et sur celui qu'il se croit obligé, dit-il, de jouer chaque jour.

« Après un dîner au Caveau bosniaque, il a voulu m'emmener danser. J'ai refusé, bien entendu. Je lui ai même demandé comment il pouvait avoir l'idée de danser avec une femme dont le mari, à cause de lui, devait vivre dans cet affreux bataillon disciplinaire. J'ai parlé sans réfléchir, ne pouvant plus supporter son visage poli ni sa conversation. Je ne pouvais plus souffrir non plus les autres visages autour de nous, d'hommes qui se comportent comme s'il n'existait pas un massacre légal, portant sur des millions d'êtres, ni toutes les horreurs qu'apporte cette guerre. Je n'ai pas considéré non plus qu'il est sans doute le seul à pouvoir encore nous aider tous les deux. C'était stupide, blâmable, je le sais bien, mais je n'ai pu m'empêcher de lui demander comment il parvenait à se conduire comme si nous nous trouvions en pleine paix, comme s'il n'y avait rien de plus important que de boire du vin, parler de choses insignifiantes et faire la cour à une femme dans le but d'étouffer sa haine et de la posséder, alors que, à cause de ses expertises, de nombreux hommes ont été condamnés et assassinés par une justice inhumaine.

« Comme toujours, je n'ai pu lire ses sentiments sur son visage, qui demeura de pierre. Cependant, il m'a dit, d'une voix que je ne lui connaissais pas : « Mes nuits sont très longues, mes rêves et mes pensées rarement agréables... » Pourquoi ? Ressentirait-il enfin sa culpabilité ? L'admet-il ?

« Fait curieux, à ce moment, il m'a presque fait pitié. Les femmes, je crois, ne sont pas des êtres de raison. Dès que nous voyons une tragédie, même simplement de la détresse chez quelqu'un, nous éprouvons aussitôt de la compassion et nos yeux deviennent humides. Alors, nous voulons l'aider, sans nous demander s'il en est digne.

« Je n'arrive pas à comprendre cet homme. Souvent, je me demande s'il est bien aussi plein de lui-même, aussi indépendant qu'il le donne à croire, ou bien si ce n'est qu'un docile instrument de gens plus forts, un homme qui se sent bloqué dans une impasse où l'a conduit son appétit du pouvoir et de l'argent.

« Quoi qu'il en soit, quelles que soient mes propres pensées, je n'oublie jamais l'essentiel, qui est de te sortir de l'enfer où tu te trouves, ne serait-ce qu'en te faisant transférer dans une unité normale. Il n'est pas vrai, comme je me le suis parfois reproché, que j'oublie toutes les femmes dont le mari est au front. Je n'entends pas constituer une exception, quoique, comme toutes ces femmes, je désire qu'il n'y ait pas de guerre et que tu sois près de moi. Ce que je ne veux pas, c'est que tu sois considéré et traité comme un criminel, car je le sais, tu as été condamné seulement parce que tu désirais venir en aide à d'autres hommes.

« J'ai beaucoup travaillé au cours de ces dernières semaines. J'ai repris toutes tes expériences sur la culture des bacilles. Cela est allé très vite, car j'ai pu éviter les pièges et les impasses qui t'avaient alors donné tant de mal. J'ai même réussi à réaliser quelques cultures de microcoques. Je vais maintenant isoler notre « microbicide » secret. Dès que j'aurai suffisamment de « substance actinée », plus que lors du malheureux essai que tu fis sur toi, j'en ferai aussi l'essai sur moi-même. Je suis certaine de réussir cette fois et il faudra dès lors peu de chose pour mettre au point une thérapeutique efficace. J'ai la conviction que tu es parvenu à découvrir un remède sûr contre les germes d'infection dont des dizaines, que dis-je, des centaines de milliers d'hommes meurent en temps de guerre. Je n'y crois pas seulement parce que je t'aime. Ce serait une faute. A cet égard, je suis incorruptible. Mais, plus j'y réfléchis, plus j'aboutis à la conclusion que nous étions sur la bonne voie. Si l'essai que je ferai sur moi réussit, on ne pourra plus maintenir ta condamnation.

« Par ailleurs, rien ne change, ici : bombardements, angoisses, queues interminables devant les magasins d'alimentation, visages affamés, désespoir, et peu, très peu, de cette « volonté de vaincre » dont le « peuple allemand » est, paraît-il, animé. La différence est très grande entre la réalité et ce qu'on entend à la radio ou qu'on lit dans les journaux. En moi aussi, rien de changé : attente, attente passionnée et amour. Ernsti, je pense toujours à toi. Je le veux, car ta pensée me soutient, m'aide par-delà les découragements, les désespérances que j'éprouve si souvent. Si tu étais là, je passerais ma main sur ton visage... Je frotterais même ma joue contre le chaume de ta barbe, ce que je ne voulais jamais faire autrefois parce que c'était affreux, ce menton mal rasé... Tu n'aurais même plus besoin de te raser. Tu pourrais semer tes affaires dans tout l'appartement, laisser les tasses vides sur le plancher, au milieu de la pièce. Tu aurais le droit de faire tout ce qui me déplaisait naguère, si seulement tu étais là... si seulement tu étais là... Bonne nuit, Ernsti ! »

L'ambulance arriva à Orcha huit jours après le bataillon. Jakob Kronenberg, envoyé en avant-garde avec quatre hommes, y chercha tout d'abord Ernst Deutschmann et apprit que celui-ci se trouvait à Gorki, avec la 2e compagnie. Il se présenta alors au capitaine.

— Ah ! voilà enfin les hommes-médecins ! fit Barth. Tant mieux ! L'ambulance s'installera à Barsdovka, sur le Dniepr, où elle pourra recevoir les blessés de tout le bataillon. Jusqu'à maintenant nous avons eu dix-sept morts et trente-six blessés.

L'infirmier repartit du PC dans une humeur qui n'était pas précisément rose. Ainsi donc, l'ambulance allait s'installer dans un coin très exposé. En fait, il ne s'attendait pas à autre chose — pour un bataillon disciplinaire, cela allait de soi — mais, comme toujours, il ressentit un malaise au creux de l'estomac devant le fait accompli. Il fit part de ses appréhensions au Dr Bergen lorsque celui-ci arriva à Orcha par un train sanitaire. Des camions devaient transporter les médicaments, les lits et tout le matériel.

Contrairement à ses craintes, le Dr Bergen avait reçu un adjoint, un très jeune chirurgien qui ne possédait aucune expérience du front et avait servi jusqu'alors dans un hôpital de Varsovie. Ce médecin-lieutenant, à la poitrine étroite, à la stature fragile, avec de très longs cils qui lui donnaient une apparence presque féminine, paraissait assez terne, assez effacé, et la première impression de Bergen fut plutôt défavorable. Le nouveau s'inséra très discrètement dans le service, il ne sortit qu'une fois de cette sorte d'anonymat. Pendant le voyage vers le front, les médecins s'arrêtèrent une journée à Borrisov. Un accident se produisit à un carrefour : une collision entre un camion de munitions et une jeep. Des débris, on retira un sous-lieutenant dont la jambe gauche, sectionnée au-dessus du genou, ne tenait plus que par quelques tendons. Le sang jaillissait à chaque pulsation par l'artère coupée. Le jeune médecin amputa cette jambe sur la route même, près de l'épave de la jeep. A partir de ce jour, le Dr Bergen éprouva une muette considération pour son adjoint à l'apparence efféminée.

Jacob Kronenberg, parti à la recherche des camions, revint à la gare d'Orcha, où le train sanitaire était garé sur une voie secondaire. Le Dr Hansen, l'adjoint, avait installé un poste de secours dans un wagon à bestiaux, afin de traiter quelques hommes accidentés dans l'enceinte de la gare. Le Dr Bergen, pendant ce temps, se lançait à la recherche de l'officier chargé des transports.

— Avez-vous trouvé les voitures ? demanda le Dr Hensen, tout en soignant une main écrasée, à Kronenberg, qui, arrêté au bord de la voie, transpirait, bien que son manteau fourré fût ouvert.

— Elles viendront seulement à la tombée de la nuit, docteur, répondit l'infirmier. Le commandant dit qu'il est impossible de franchir, de jour, les deux ou trois kilomètres qui sont à la vue des Ivan... même avec le pavillon de la Croix-Rouge. Ils tirent sur tout ce qui bouge.

Kronenberg s'assit sur un fût vide et s'épongea le visage.

— Une sacrée saloperie de coin, fit-il avec dégoût.

Un sourire passa sur les traits juvéniles du Dr Hansen.

— Moi qui croyais que vous vous sentiriez à l'aise dès l'arrivée en Russie, Kronenberg !

— Pourquoi ?

— Vous êtes un vieil habitué du front. Combien de fois êtes-vous venu en Russie ?

— C'est la quatrième.

— A ce qu'on raconte, le Landser allemand qui a été une fois au front ne se sent plus bien à l'arrière. Dès qu'il arrive au voisinage des lignes, il renaît à la vie et s'épanouit. Est-ce exact ?

Jakob Kronenberg se ficha une cigarette entre les lèvres. Il regarda le soldat d'un bataillon de travailleurs qui, la main bandée, rejoignait ses camarades occupés à réparer les voies bombardées.

— J'en sais rien, fit-il. Tout le monde a les foies à l'idée de revenir en Russie. Puis, quand on y est, on a l'impression de se retrouver chez soi. Curieux, hein ? Se sentir chez soi en Russie !

— Pourquoi pas ?

— Tout de même !... Dans ce maudit pays, et avec ces types qui, dans la journée, chargent nos munitions sur les camions et qui, dans la nuit, font sauter ces camions !

— Pas tous, mais une quantité. Plus que nous ne croyons... Le commandant a dit qu'on s'installait à Barsdovka, sur le Dniepr, le plus misérable patelin qu'on puisse imaginer dans tout le secteur central !

Il cracha le bout de sa cigarette et se leva de son fût. Une rafale de vent chargé de neige lui fit boutonner son manteau.

— Vous arrivez de Varsovie, docteur, et ne pouvez pas savoir ce que ça signifie... mais vous ne tarderez pas à l'apprendre. Nos gars me font l'effet de pigeons d'argile sur lesquels les Russes apprennent à tirer. C'est pas le boulot qui manquera !

— Mais nous aussi, nous tirons, hein ?

Kronenberg regarda le médecin avec étonnement.

— Bien sûr, répondit-il. C'est pour ça qu'il y a la guerre. Nous voulons détruire les Bolcheviks et les Bolcheviks veulent détruire les Nationaux-Socialistes ; ils affirment, les uns et les autres, qu'ils ont le bon droit pour eux...

— Lesquels ont raison ?

— Nous, naturellement, docteur. Qui voulez-vous que ce soit ? fit Kronenberg qui expectora un long jet de salive.

Le Dr Bergen, escaladant un tas de traverses, approcha du train. Hansen sauta en bas du wagon pour aller à sa rencontre.

— Avez-vous obtenu quelque chose, monsieur le médecin-chef ?

— J'ai pu constater qu'il existe ici une administration modèle, presque comme en temps de paix ! Je veux dire que personne n'est compétent. Une foule d'officiers, une foule de services... et rien à en tirer !

— Le capitaine Barth nous a promis des camions pour ce soir. — Le Dr Hansen rabattit ses protège-oreilles. — Ce vent est bien vif !... Si tout va bien, nous serons prêts à fonctionner après-demain à Barsdovka.

Lorsque les ténèbres eurent envahi le ciel, deux vieux camions stoppèrent près du train sanitaire. Un adjudant-chef se présenta au Dr Bergen.

— C'est avec ces guimbardes que vous voulez nous transporter ? fit celui-ci.

— Pourquoi pas ? Avec ces guimbardes, nous avons transporté bien d'autres choses !

Kronenberg attira l'adjudant à l'écart.

— C'est la première fois qu'il vient en Russie. Boucle-la et fais comme tu l'entends. Au bout du compte, il s'épatera de nous voir arriver à Barsdovka.

— Si nous ne nous faisons pas démolir en cours de route !

— Par des partisans ?

— Exactement. Ça va mal dans le secteur de Gorki.

L'adjudant fit avancer les véhicules jusqu'à une rampe. Les caisses de pansements, de médicaments, le matériel chirurgical et les lits pliants y furent entassés.

— Pendant combien de temps resterez-vous à Barsdovka? demanda-t-il.

— Jusqu'à la victoire finale ! répondit Kronenberg en ricanant.

L'infirmier auxiliaire Ernst Deutschmann et quelques hommes de la 2e compagnie attendaient à Barsdovka. La route traversant le village démoli avait été dégagée de la neige, les fils téléphoniques étaient déjà posés. Une grange assez vaste et une maison de paysan rafistolée allaient abriter l'ambulance. Lorsque la petite colonne émergea de la nuit et atteignit en cliquetant l'entrée du village, un petit Russe aux larges épaules et aux jambes tortues parut devant le premier camion et fit un geste joyeux. Puis il courut devant les voitures pour guider celles-ci jusqu'à Deutschmann, qui avait éclairé la grange tant bien que mal avec des torches électriques et des projecteurs fonctionnant sur accumulateurs.

Kronenberg, frigorifié, descendit et effectua quelques flexions pour rétablir la circulation dans ses membres enkylosés. Le petit Russe leva amicalement la main.

— Bonsoir, fit-il.

— Salut, mal fichu ! répondit Kronenberg. Tu es Hiwi, ici ?

— Da.

— Alors va aider au déchargement. Compris ?

— Da.

— Trotte-toi !

Piotr Tartoukine s'éloigna en souriant pour rejoindre le Dr Bergen, qui faisait approcher les camions de la grange.

Entre Deutschmann et Kronenberg, les effusions furent brèves. Ils se frappèrent mutuellement sur les épaules en riant. Deutschmann ne s'était pas rasé depuis deux jours. De la glace s'attachait au chaume et le froid rosissait son visage.

— Ça ne va pas, la santé ? demanda Kronenberg, un peu inquiet.

Entrouvrant son manteau, il en sortit l'obligatoire bouteille de schnaps.

— Mais si ! L'air russe semble parfaitement me convenir.

— Ça vient de ce qu'il est rempli de vitamines F.

— Comment ça ?

— A cause du Fer !

Ils rirent et burent.

— Et ce salaud de Krüll ?

— Il sort à peine de son trou. Tout le monde s'attend à le voir faire dans sa culotte !

— Et les autres ? Bartlitz, Schwanecke, Wiedeck ?

— Bartlitz est devenu un cuistot parfait et, les autres, ils tiennent le coup mieux qu'on n'aurait pu le penser.

— Obermeier ?

— Un sacré chic type ! s'exclama Deutschmann, enthousiasmé. Toujours en tête sur la route pendant qu'on creuse ! Toujours une bouteille de schnaps qu'il fait circuler, bien que ce soit défendu. Je ne sais pas comment nous nous en tirerions s'il lui arrivait quelque chose...

Le Dr Bergen appela Kronenberg. Celui-ci avala une nouvelle gorgée à la hâte, montra la direction d'où venait l'appel, et dit :

— Tu l'entends ? Quand je suis pas là, il est complètement désemparé !

Le Dr Bergen était arrêté devant une caisse que Tartoukine avait laissé tomber.

— Lourd ! fit le petit Mongol en haussant les épaules dans un geste de regret.

Du coin de l'œil, il regardait ce qui avait roulé dans la neige : paquets de pansements, ouate, sparadrap, plâtre... Et ce qu'il y avait dans les autres caisses !... Tout cela serait bien utile dans la forêt de Gorki où de vieilles chemises déchirées servaient de bandages et où les gens tremblaient de fièvre et gémissaient dans leurs trous.

Kronenberg parut.

— Fiche le camp ! cria-t-il à Tartoukine. Il n'y a rien pour toi là-dedans ! — Puis, s'adressant aux autres : Portez les caisses dans la maison, les lits et les paillasses dans la grange. Attention avec le deuxième camion. Il s'y trouve des choses en verre !

Le déchargement s'effectua à la lueur des torches

électriques. La salle d'opération fut installée dans la maison de paysan. Le Dr Hansen déplia lui-même la table, aida à monter un coffre à instruments et disposa tout pour pouvoir effectuer des opérations légères ou d'importance moyenne. Une grosse lampe fut suspendue au plafond. Des couvertures aveuglèrent les deux fenêtres pour qu'aucune lueur, capable d'attirer les bombardiers légers, ou « machine à coudre », ne filtrât à l'extérieur.

Alors que tout était presque achevé, un bruit de moteur se fit entendre sur la route de Gorki.

— Qu'est-ce que c'est ? Un traîneau ? demanda Kronenberg, qui se tenait à l'entrée de la grange avec Deutschmann et Tartoukine.

— Oui. Un traîneau de la 2e compagnie, dit Deutschmann. Il apporte du bois pour qu'on puisse installer des armoires et des étagères.

Le véhicule émergea de la nuit, semblable à une grosse araignée, contourna les camions et s'arrêta devant la grange. De la cabine du conducteur, une forme emmitouflée, tenant une mitraillette à la main, bondit dans la neige, agita l'arme et courut vers Kronenberg.

— Ah ! cette vieille bourrique !

Kronenberg eut un large sourire.

— Comment, Schwanecke, tu es toujours vivant ?

— On ne me descend pas comme ça, moi !

Tartoukine se tenait un peu à l'écart, adossé à la grange. Un long frisson lui parcourut l'échine. Son visage rond et jaune parut soudain se pétrifier. Il cacha sa main blessée dans la vaste manche de son manteau. Il serrait les dents à se faire mal, mais ne ressentait pas la douleur. A cet instant, on aurait pu le découper en morceaux sans qu'il s'en aperçût.

« Il s'appelle Schwanecke, pensait-il. Lentement, il ferma les yeux. Sainte Bonne Mère de Kazan, c'est comme un vent brûlant qui me coupe le souffle. Il ne faut rien laisser paraître. Je ne pourrai respirer et vivre librement que quand il sera mort. C'est un gros loup affamé. Je le sais : si je le tue, la Russie sera sauvée. » Il sentait ses genoux trembler et, s'il baissait les paupières, c'était de crainte qu'on ne pût lire sa haine ardente dans les yeux. Mais pourquoi éprouvait-il une telle haine ? A cause de la blessure de sa main ou pour une autre raison ?

Un coup de poing dans l'estomac le fit revenir à lui. Tout près de lui, à la lueur de la lampe tenue par Kronenberg, Tartoukine vit le visage de Schwanecke : sauvage, brutal, impitoyable, le visage de la destruction, de petits yeux incisifs dans lesquels il crut se retrouver, un large sourire sans gaieté. Tartoukine respirait lourdement. Il devait faire effort sur lui-même pour ne pas se jeter sur Schwanecke, l'étrangler, faire disparaître ce sourire.

— Ecoute, singe jaune ! disait Schwanecke. Va décharger le bois du traîneau. Et en vitesse !

Saisissant Tartoukine par le col de son manteau, il l'arracha du mur de la grange et, d'un vigoureux coup de pied au derrière, l'envoya rouler de l'autre côté de la route. Le Mongol se releva avec une souplesse féline et, sans dire mot, les paupières à demi closes, se dirigea vers le traîneau. « Je l'aurai, pensait-il, par n'importe quel moyen. S'il existe un Dieu, il me pardonnera. » Jamais il n'avait ressenti pareille rage.

Schwanecke rit bruyamment en voyant le Mongol voler par-dessus la route. Kronenberg éteignit sa torche.

— Celui-là ne sera jamais ton ami, observa-t-il sèchement.

— Un ami. Est-ce que j'en ai ?

Schwanecke déboucha la bouteille que l'infirmier ressortit de son manteau et but une longue gorgée.

— D'ailleurs, d'où vient-il ?

Il regardait Tartoukine sortir les planches du traîneau et les déposer dans la neige. Son instinct détectait l'hostilité, la haine qui rayonnaient du Mongol.

— C'est un Hiwi comme les autres, répondit Deutschmann. Il habite ici dans une vieille cahute ; il maudit Staline et les Soviets autant que nous, et son ambition se limite à un pot de kapousta. Il ignore pourquoi il est au monde, où il ne reçoit que coups de pied au derrière... comme celui que tu viens de lui donner.

— Tu dois le savoir, te voilà maintenant un vieux soldat ! dit Schwanecke, ironiquement. Par ailleurs, je te ramène. Ça ne va pas, chez nous, mon petit docteur.

— Quand ?

— Pas dans la journée. On ne passerait pas.

Schwanecke se présenta aux Dr Bergen et Hansen, puis aida à installer l'ambulance. L'aube pointait, éclairant déjà les cimes des arbres. Impossible de regagner Gorki de jour : sur sept kilomètres, la route se trouvait à la vue de l'ennemi, qui tirait sur tout ce qui y passait. Schwanecke demeura donc à Barsdovka. Avec Kronenberg, il visita les maisons de paysan pour voir s'il n'y découvrirait pas de choses utiles et parvint ainsi à l'endroit où habitait Piotr Tartoukine.

C'était une petite maison basse, avec une grange et un puits à la charpente à moitié pourrie. Schwanecke poussa la porte du pied... et se trouva tout à coup devant Tartoukine, accroupi près du foyer, fumant une cigarette. Le Mongol ne bougea pas devant cette intrusion ; on eût dit qu'il attendait l'Allemand. Celui-ci s'arrêta au milieu de la pièce, son bonnet de fourrure touchant presque le plafond

— Machorka ? demanda-t-il.

— Da.

— Avec *Pravda* ?

— Niet. Pas *Pravda*. Journal allemand. *Pravda* mieux.

Schwanecke referma la porte du talon sans perdre Tartoukine des yeux.

— Journal allemand pas bon, hein ? Allemands pas bons, hein ? Ils vous flanquent des coups de pied dans le derrière, hein ?

Tartoukine leva la main en souriant et, dans ce sourire, Schawanecke crut voir tout le mystère de l'Asie. Son cœur se glaça soudain. « Il sourit, pensa-t-il, bien que je l'aie frappé ! Est-ce possible ? » Puis il lut la haine dans les yeux du Mongol et comprit aussitôt : il ne s'agissait pas de la haine d'un soldat russe pour un soldat allemand, d'un patriote pour les envahisseurs de son pays, mais d'une haine de caractère personnel, mortelle, implacable, que seule la mort de l'un ou de l'autre éteindrait. La mort de ce Mongol à face jaune, ou la sienne, à lui, Schwanecke...

Involontairement, il fit un pas en arrière et se courba, comme s'il allait bondir.

— Tu comprends ? demanda Tartoukine.

— Oui.

— Allons, vas-y ! Je sais ce que tu veux, siffla Schwanecke.

— Pas comme ça. Niet. Maintenant... tu me tuerais.

— C'est ce que je vais faire.

Tartoukine sourit. Ce sourire paraissait sculpté dans ses traits comme dans ceux d'une vieille divinité chinoise.

— Pourquoi, petit frère ? demanda-t-il doucement. Je suis pauvre, je suis fatigué, je ne suis rien...

— Oui, tu es pauvre, tu es fatigué, tu es une saleté, mais tu n'es pas rien.

Tartoukine se leva de son banc et avança à petits pas. Schwanecke abaissa sa mitraillette. « C'est le moment, pensa-t-il. Je peux le tuer. Si quelqu'un me demande pourquoi, je dirai qu'il m'a attaqué, qu'il s'est jeté sur moi, que j'étais en état de légitime défense. Mais personne ne me demandera rien. Un partisan de moins, car, j'en suis certain, c'en est un ! Très bien, Schwanecke, me dira-t-on. Bravo, Schwanecke. Tuez encore beaucoup de ces chiens, Schwanecke ! »

Tartoukine parvint près de la table, y prit une blague à tabac, et la tendit à Schwanecke.

— Pourquoi ne tires-tu pas ? demanda-t-il.

Schwanecke ne répondit rien.

— Du tabac ?

— Passe-moi ça.

Précautionneusement, sans quitter le Mongol du regard, Schwanecke se roula une cigarette dans du papier journal. Puis il jeta la blague à Tartoukine et attendit que celui-ci eût fait de même. La table se dressait entre eux comme une barricade.

Ils fumèrent.

Le silence persista dans la misérable chaumière qu'emplissait alors la fumée et l'odeur de papier brûlé. « Pourquoi est-ce que je ne tire pas sur lui, nom de Dieu ? se disait Schwanecke. Si je ne le fais pas aujourd'hui, c'est lui qui tirera un jour sur moi. Et il doit bien viser. Pourquoi est-ce que je ne tue pas ce fils de chien ? »

Cet homme, il le sentait, était son ennemi mortel. L'un d'eux — ou tous les deux — devait disparaître. Tant que ce petit Mongol aux yeux bridés vivrait, il ne serait plus une seule minute en sécurité, tout au moins tant qu'il resterait dans la région. Pourtant il ne tira pas ! Quelque chose d'inexplicable l'en empêcha. Fût-ce l'indifférence, réelle ou affectée, de Tartoukine devant la menace de la mort, le fatalisme qui rayonnait de lui ? Non, il ne tira pas alors qu'il était si facile d'appuyer sur la détente et de faire disparaître définitivement ce Mongol. Soudain, il constata que sa main, qui tenait la cigarette, tremblait. Furieux contre lui-même, contre cette paralysie incompréhensible, contre cette main qui tremblait, il arracha la cigarette et la jeta dans le foyer.

— Va-t'en ! dit-il d'une voix dure à Tartoukine.

— Où ? demanda celui-ci, dont les yeux, jusque-là sans vie, s'animèrent.

— Comment veux-tu que je le sache ? Disparais ! Retourne d'où tu viens, chez les tiens...

— Chez les miens ?

— Ne fais pas l'imbécile ! Crois-tu que je ne sache pas qui tu es et à qui tu appartiens ?

— Tu sais ? Alors pourquoi tu ne me tues pas ?

— Je te tuerai, nom de Dieu ! Mais pas ici. Tendant le bras avec la rapidité de l'éclair, Schwanecke saisit Tartoukine à la poitrine, le fit passer par-dessus la table avec une force surhumaine et le jeta contre la porte.

— Fous le camp ! Tu m'entends ? Nous nous retrouverons ! Fous le camp !

Le Mongol se releva sans regarder l'Allemand, ouvrit la porte et sortit dans la neige. Un vent glacé frappa Schwanecke au visage. Il eut le temps de voir Tartoukine fixer à ses bottes des protège-neige, tissés, larges, presque ronds, comme en utilisent les habitants de l'Asie centrale quand la tempête fait rage sur les steppes, descendant de l'Himalaya ou du Pamir. Puis il entendit les pas s'éloigner.

L'arrivée de Kronenberg parut le sortir d'un rêve. L'infirmier entra, traînant un sac de pommes de terre, trouvé chez un paysan.

— Qu'est-ce qui se passe, Karl, cria-t-il. Qu'as-tu fait à Ivan ? Il est passé devant moi comme un cinglé, sans me répondre, et il file comme s'il était en route pour Moscou !

Il déposa le sac près de la porte et sentit alors l'odeur de papier et de tabac qui imprégnait l'air.

— Vous avez fumé ? Le calumet de la paix, hein ?

Schwanecke passa devant Kronenberg sans mot dire, écarta le sac d'un coup de pied et se trouva dehors sous le pâle soleil de l'après-midi. La neige l'éblouit. Il ferma presque les paupières, ne regardant plus qu'à travers les cils, et cette neige, alors, lui parut bleue. Au village, les camions étaient parqués derrière la grange. Un traîneau à moteur approchait sur la route. Probablement des blessés pour la nouvelle ambulance.

Kronenberg, tirant toujours son sac de pommes de terre derrière lui, essaya de rattraper Schwanecke.

— Qu'est-ce qui t'arrive ? demanda-t-il. Un coup de cafard ?

Sans se retourner, Schwanecke lâcha un mot très énergique, allongea le pas et disparut derrière une chaumière.

— C'est tout de même un chic gars, dit Kronenberg.

tout haut. Même quand il répète des mots historiques...

Le Dr Hansen opérait, aidé par Deutschmann. Ils travaillaient vite, en silence, comme s'ils eussent formé équipe depuis longtemps. Le dernier blessé soigné, — une profonde entaille à la cuisse, faite par un éclat de mortier — ils s'assirent sur des coussins, les jambes étendues, pour fumer une cigarette.

Le Dr Hansen parut, à deux ou trois reprises, vouloir demander quelque chose à son compagnon plus âgé, mais ne parvint pas à surmonter sa timidité naturelle.

Deutschmann, voyant son embarras, l'aida en souriant :

— Désireriez-vous savoir quelque chose, docteur ?

— Oui... euh... Vous êtes bien...

— Médecin, oui.

— Et... euh... comment êtes-vous venu ici ?

— Me donnez-vous l'ordre de répondre ?

— Non... naturellement non...

— Alors, bornons-nous au simple fait que je sois là, docteur.

Un silence.

— Vous êtes... infirmier auxiliaire... reprit Hansen.

— Oui.

— Si vous vouliez... je crois que ça serait mieux pour nous, pour l'ambulance... je pourrais parler au Dr Bergen... Vous m'avez admirablement assisté... Qu'en dites-vous ? — Le ton était presque suppliant. — Vous rendriez certainement plus de service ici qu'à l'avant... Personnellement, je serais ravi...

— Je vous remercie, docteur, répondit lentement Deutschmann, mais je crois préférable de rester où je suis. Ne m'en veuillez pas. Je ne suis pas chirurgien. Kronenberg est certainement assez capable... Je crois que ma place est là-bas...

Il eut un geste de la tête vers la fenêtre aux vitres sales et, au-delà, la lointaine canonnade de l'artillerie russe. Il parlait d'un ton ferme, ignorant lui-même pourquoi il refusait cette offre. Assurément, à l'ambulance, il avait beaucoup plus de chance de survivre qu'à l'avant, mais, soudain, cela lui semblait indifférent. Il se demanda avec étonnement ce qui lui inspirait ce refus. Accepter eût été tout naturel. Et pourtant...

— Non, merci, reprit-il. J'ai probablement tort, mais pas tout à fait. Mes camarades sont là... Pourtant ce n'est pas seulement à cause d'eux...

Il cherchait ses mots, ne trouvant pas ceux qui convenaient.

— Je crois vous comprendre, dit pensivement le Dr Hansen.

— Alors, tout est bien.

Deutschmann sentit qu'il venait de trouver un nouvel ami sûr. Il se leva et commença à faire le ménage de la « salle d'opération ».

Dehors, dans la neige, à la lisière de Barsdovka, Schwanecke regardait un point noir qui s'éloignait en direction de la forêt et commençait à s'effacer sous le crépuscule : Tartoukine. Ce point disparut finalement dans une ondulation de terrain. Schwanecke cracha et revint vers le village. Il était temps de songer au départ.

Devant la maison où était installée la « salle d'opération », il rencontra Deutschmann, appuyé contre la porte, pâle, l'air absent et paraissant ne pas sentir le froid, bien qu'il n'eût pas de manteau.

— Il va falloir se tailler, dit-il.

Deutschmann acquiesça de la tête, mais ne bougea pas.

— Il est arrivé quelque chose ? demanda Schwanecke.

— Non.

— Tu réfléchis trop, mon pote, beaucoup trop. C'est mauvais pour toi.

— Trois viennent de claquer et il faut couper les jambes à deux autres.

Schwanecke haussa les épaules.

— Et alors ? A l'assaut d'Orel, un éclat d'obus arracha la moitié de la tronche du gars qui se trouvait à côté de moi. Il continuait à courir en hurlant « Hourra ! » alors que la cervelle et le sang jaillissaient de tous les côtés. Il était déjà clamsé, tu piges, mais il courait toujours. Nous n'avions pas le temps de dégueuler. Toi non plus, tu n'as pas le temps de réfléchir. Coupe le courant, mon pote !

— Est-ce que c'est possible ?

— Ecoute bien ce que je dis. Tu n'es encore jamais venu au front et tout ça te tape sur le ciboulot, alors que tu devrais être habitué puisque tu es toubib. Mais ici, c'est pas la même chose que dans un hosto, ça je le comprends. Seulement, crois-moi, si je me mettais à réfléchir, je me ferais sauter la trombine. J'ai bien failli le faire il y a quelques minutes. C'était pis que le pire des barrages roulants. Mais je me suis imposé de ne jamais réfléchir. Allez, mon pote, arrive. Faut qu'on se taille, qu'on rentre chez nous, pour ainsi dire...

Il se dirigea vers son traîneau, trapu, large d'épaules, paraissant encore plus massif dans son manteau fourré. Deutschmann le suivit des yeux et un sourire, aussi, joua sur ses lèvres. « Chez nous... pensait-il. Quand j'allais retrouver Julia, je disais que je rentrais chez nous. Maintenant, c'est Krüll que je vais retrouver, et je dis encore chez nous. Ne pas trop réfléchir... Couper le courant. Comment peut-on le faire ? Un homme court avec la tête à moitié emportée et crie « Hourra ! » Schwanecke a réfléchi, et c'était pis qu'un barrage roulant. Comment des gens peuvent-ils vivre sans jambes ? Comment peut-on vivre si on ne peut aller où l'on veut ? Rentrer chez soi, près de Julia, près de Krüll. Quelle sottise ! »

Il rentra dans la maison pour se préparer au départ.

L'adjudant Krüll était en plein travail.

Il avait devant lui le plan des tranchées à creuser et marquait en rouge celles qui étaient déjà achevées. Sur la carte au 1/2000e, il venait de calculer que la 2e compagnie était en retard de plus de cinquante mètres sur les prévisions, malgré les pics, les explosifs et dix heures de travail par jour. Pour lui, c'était une grave faute militaire dont on lui imputerait très certainement toute la responsabilité. Cinquante mètres de moins ! Il calcula de nouveau, mais arriva au même résultat. Assurément le lieutenant Obermeier l'ignorait encore. Krüll se demandait comment lui annoncer ce désastre.

Tout d'abord, il recourut à la méthode habituelle à tous les adjudants, en convoquant les chefs de groupe. Et, comme il entendait également réagir contre le relâchement de la discipline, il leur ordonna de se présenter en tenue de service, avec casque et ceinturon.

Avant d'entrer avec Kentrop et Bortke, le sergent Peter Hefe se frappa le front d'un air significatif.

— Qu'est-ce qu'il a encore imaginé ? Attention, les gars, il nous prépare un sale coup.

Ils entrèrent dans le bureau, se mirent au garde-à-vous et regardèrent Krüll, qui s'absorbait devant sa carte.

— Hem ! fit Kentrop.

Krüll se leva.

— Ah ! vous voilà ! La 2e compagnie serait-elle devenue un asile pour retraités ramollis ? Ça ne va pas du tout ! Les Russes n'attendront pas que ces messieurs aient bien voulu terminer. Je viens de calculer... — il donna un coup de poing sur la table — ... que nous sommes en retard de cinquante mètres !

— Tu ne t'es pas trompé dans tes calculs ? demanda Bortke, légèrement.

Krüll rougit.

— Sergent Bortke, nous sommes en service ! J'exige...

— Fous-nous la paix ! dit Peter Hefe, qui enleva son casque, s'assit sur une caisse et prit la carte sur la table de l'adjudant. C'est la portion que nous devons creuser de nuit. Dans la journée, une souris ne peut pas y courir sans que les Russes la voient.

— Et alors ? fit Krüll, en lui arrachant la carte des mains. En première ligne, les autres aussi sont à la vue de l'ennemi ; ils ne font pas dans leur culotte pour ça !

— Eux, ils sont dans la terre. Nous, nous sommes au-dessus, pour creuser.

— Nous ne sommes pas des joueurs de dominos !

— Non, mais des pipes dans un tir forain, quand nous travaillons de jour, dit Bortke en enlevant son casque comme Hefe. Dis donc, si tu venais un peu avec nous pour voir comment ça se passe ?

— Comment ? C'est aux chefs de groupe qu'incombe la responsabilité, dit l'adjudant d'une voix moins revêche, car la réflexion de Bortke le rendait plus prudent. Quand le bataillon apprendra que nous sommes en retard, il nous passera un de ces savons !

— Que le bataillon vienne donc voir, lui aussi, lança Hefe.

— Tout ça, ce sont des sottises, observa Kentrop. Quand est-ce qu'un chef de bataillon est venu voir des choses comme ça par lui-même. Qu'est-ce que tu as à proposer ?

Kentrop était le seul à avoir conservé son casque et à rester debout. Il regardait tranquillement l'adjudant, à qui cette attitude correcte et calme en imposait. Aussi fût-ce à Hefe que Krüll adressa sa réponse :

— Il faut essayer de creuser aussi dans la journée. Ces cinquante mètres, nous devons les rattraper. Nos camarades risquent leur peau en première ligne, nous ne pouvons pas jouer à cache-cache ici.

— Bien parlé ! dit le lieutenant Obermeier, qui venait d'entrer par la seconde porte.

Les sous-officiers voulurent bondir sur leurs pieds ; il les arrêta d'un geste, avança vers la table et prit la carte.

— Du beau travail, adjudant !

— A l'échelle, mon lieutenant. Nous pouvons suivre chaque jour la progression des travaux.

— Vraiment ?

— Mais oui, mon lieutenant.

— De ce bureau ? demanda Obermeier en reposant

la carte devant Krüll. Vous n'avez pas dressé cette carte sur place. Comment pouvez-vous être sûr que les cinquante mètres ne proviennent pas d'une erreur de relevé ? Le mieux serait que vous alliez vérifier vous-même, dès demain, que vos calculs sont bien exacts. Partez avec la compagnie et mesurez les tranchées au décamètre. Vous obtiendrez ainsi une certitude. L'endroit qui est à la vue de l'ennemi offre un intérêt tout particulier, bien entendu.

Krüll n'osa répondre. Il ne s'attendait pas à cela. Son cœur battit plus vite. Il se sentit blêmir. Les sergents le regardèrent en ricanant ouvertement.

— Nous sommes bien d'accord, adjudant ?

— Oui, mon lieutenant.

Krüll respira lourdement. La frousse qu'il éprouvait ne pouvait vaincre la discipline.

— Vous irez donc demain matin. A quel moment part votre groupe, Hefe ?

— A cinq heures et demie, mon lieutenant.

— Vous emmènerez l'adjudant.

— Avec plaisir.

— Dispensez-vous de ces observations ridicules. La guerre n'est pas un plaisir, elle ne l'a jamais été ! Imaginez que vous soyez canonnés et qu'il arrive quelque chose à l'adjudant. Pouvez-vous me garantir qu'il ne lui arrivera rien ?

— Non, mon lieutenant.

— Vous voyez bien !

Krüll avait entendu ces répliques comme dans le lointain, sans en comprendre tout à fait le sens. Sentant une faiblesse dans ses jambes, il s'appuya au bord de la table et regarda la carte sans la voir. Puis il perçut la voix de Kentrop.

— Soyez assuré, mon lieutenant, que nous risquerons tous notre vie pour ramener l'adjudant-chef s'il lui arrivait quelque chose. Au cas où nous n'y réussirions pas immédiatement, il lui faudrait tout au plus attendre la nuit.

Obermeier ne répondit pas et alla au téléphone pour

appeler la 1re compagnie. Krüll releva lentement les yeux et rencontra le sourire ironique des sergents.

— C'est bon, dit-il. Je sortirai cette nuit avec vous. Je mesurerai les positions demain, au jour... et vous le sentirez passer s'il manque réellement cinquante mètres !

Sur ce, il sortit rapidement du bureau. Hefe regarda ses camarades. Tous trois étaient fort étonnés. Sous leurs yeux, Krüll venait, pour la première fois, de se livrer un combat à lui-même... et de le gagner. Il l'avait emporté sur leur mépris.

— Qu'est-ce que vous faites encore ici ? fit Obermeier, en se retournant. De nouvelles planches pour les coffrages arrivent de Babinitchi...

Les sergents, en sortant, aperçurent Krüll en train de houspiller des soldats qui déchargeaient un traîneau trop lentement à son gré.

— Le voilà redevenu comme autrefois, observa Hefe.

— J'aurais pas cru ça de lui, mon vieux, fit Bortke.

— Ne crânez pas, dit Kentrop. Oseriez-vous affirmer que vous n'avez jamais la trouille ?

— Personne ne peut l'affirmer, répondit Hefe. Tout le monde fait plus ou moins dans sa culotte. Seulement, chez Krüll, ça puait plus fort que chez les autres. On va bien voir s'il a changé.

Erich Wiedeck et le soldat Katzorki, l'homme à la face de rat, travaillaient à coffrer un des abris aménagés tous les cinquante mètres dans le système de tranchées, quand Ernst Deutschmann arriva en courant, courbé en deux, et haletant, s'appuya contre la terre gelée, près d'eux.

— Fichtre !... Un visiteur de marque ! observa la face de rat avec un sourire qui découvrit ses chicots noircis.

— Y a quelque chose cassé ? demanda Wiedeck.

— Non, répondit Deutschmann, en haussant les épaules. Je dois attendre qu'il se passe quelque chose.

— Ça ne durera pas longtemps, fit la face de rat.

Les planches de coffrage avaient été traînées à travers la neige pendant la nuit, on les mettait en place à l'aube. Cependant, seul un tiers de la compagnie restait alors dans les tranchées.

De temps à autre, la terre tremblait, secouant les hommes. A de brefs intervalles, un sifflement se faisait entendre dans l'air glacé. Ils se jetaient contre le mur de la tranchée, s'enfouissaient la tête dans la neige et, grimaçant de peur, attendaient les explosions. Cette fois il y en eut douze. Le souffle les écrasa contre le sol ou, au contraire, les souleva, tandis que des trombes de pierre et de glace s'abattaient sur eux, et que des éclats brûlants s'enfonçaient avec une sorte de grésillement dans la neige.

— C'était sacrément près ! observa Wiedeck.

— Espérons que ça ne se rapprochera pas encore, répliqua la face de rat.

Dès la fin de la rafale, ils se relevèrent et coururent vers l'abri le plus voisin, descendirent les marches en haletant et s'assirent sur le tas de planches. Wiedeck alluma une cigarette et tendit le paquet à Deutschmann. Face de rat ne fuma pas ; il échangeait ses cigarettes contre du pain et du beurre.

— Si ça continue, ils vont démolir la position avant qu'elle soit achevée, dit Wiedeck.

— Tout à fait comme cette brodeuse idiote qui défaisait la nuit ce qu'elle avait fait dans la journée, lança la face de rat.

— Pas tout à fait, observa Deutschmann.

— Ou comme ce vieil Allemand qui s'acharnait à remonter une pierre sur une montagne, continua la face de rat.

— C'était un roi de Corinthe et il s'appelait Sisyphe.

— T'en as appris des choses à l'école !

Deutschmann s'appuya contre la paroi de l'abri. Son visage, non rasé, semblait encore plus allongé. Il ne portait pas le brassard de la Croix-Rouge : ce n'était pas l'habitude en Russie où, des deux côtés.

on tirait sans scrupules sur les infirmiers, avec ou sans brassard.

— C'est plus à l'ouest qu'on devrait creuser ces tranchées, dit-il. A quoi ça sert une position de repli située à peine à un kilomètre derrière la première ligne ? Dans une offensive, mille mètres n'ont absolument aucune importance.

— Tu aurais dû être général !

Wiedeck fumait par inspirations profondes, hâtives. Il n'avait jamais reçu de nouvelles de sa femme depuis la naissance de l'enfant. Ses lettres étaient demeurées sans réponse. Avaient-elles même été envoyées ? Ils n'avaient droit à rien, pas plus à écrire qu'à recevoir des missives, des cartes, des colis, ni à accéder aux cantines où les autres soldats pouvaient effectuer des achats. Eux, ils étaient des réprouvés, des criminels voués à la mort, autorisés à vivre seulement tant qu'ils restaient capables de rendre des services. Personne n'y pouvait rien changer, pas plus le lieutenant Obermeier que le capitaine Barth. Un jour, le premier avait téléphoné au second pour s'enquérir du courrier.

— Du courrier ? s'étonna Barth. Vous attendez du courrier ?

— Pas moi seulement. Mes hommes ne savent rien de ce qui se passe en Allemagne. C'est particulièrement pénible pour ceux qui sont mariés.

— Les veinards ! Dites-leur qu'ils devraient être heureux de ne pas savoir ce qui se passe en Allemagne. Par ailleurs, le courrier passe par le dépôt de Posen. C'est un certain major Kratzner qui le commande. Il possède l'insigne d'or du Parti, me suis-je laissé dire. Précédemment, il était professeur dans un établissement d'éducation national-socialiste. Il fait encore assez froid à Posen. Sans doute utilise-t-il les lettres pour chauffer son poêle !

« Attendez », avait dit Obermeier à Wiedeck. Peu à peu, celui-ci sombrait dans le même fatalisme que les autres. Rien ne pouvait plus l'émouvoir. Un bombardement d'artillerie ? Bah ! Des morts ? A la guerre, il y en a toujours. Le travail ? J'y suis habitué. La vie ? Elle est à vomir.

— Que ce soit mille ou dix mille mètres, qu'est-ce que ça fiche ? Nous creusons, dit-il alors.

— Amen, fit la face de rat.

— Nous y passerons tous, reprit Wiedeck.

— Impossible, dit Deutschmann.

— Tu crois ? Tu crois vraiment à la réhabilitation au front ? A des mesures de grâce ? Peut-être pour Schwanecke et pour celui-là — il désigna la face de rat d'un geste du menton — Ce sont des criminels ordinaires...

— Dis donc, tu vas fort ! intervint la face de rat.

— ... Ceux-là on les graciera peut-être pour les pendre plus tard. Moi aussi, j'ai peut-être une petite chance, parce que je suis un simple péquenot. Mais toi, ou bien le colonel Bartlitz et les autres politiques ? On vous graciera quand vous boufferez les pissenlits par la racine !

— Moi, je me débinerai bientôt, affirma la face de rat.

— Personne ne se débinera.

— Fous-nous la paix avec ton baratin, fit la face de rat, en se dirigeant vers la sortie de l'abri. Je me débinerai, c'est moi qui te le dis. Ça ne durera pas longtemps avant que je me retrouve à Berlin. Tu paries ? Quand j'irai prendre un vrai café chez Kranzler, je vous enverrai une carte postale.

Il sourit par-dessus son épaule et monta dans la tranchée.

— Il finirait par me le faire croire, observa Wiedeck.

Deutschmann regardait le petit espace de neige à travers l'ouverture. Des obus d'artillerie légère s'y abattaient. Un tir de harcèlement.

— As-tu déjà trompé ta femme ? demanda-t-il, en hésitant.

— Quoi ? fit Wiedeck, stupéfait.

— As-tu déjà trompé ta femme ?

— Drôle de question ! Pourquoi l'aurais-je trompée ?
— L'as-tu fait ?
— Non.
— Même pas en pensée ?
— Idiot ! Tout le monde le fait ! Pourquoi me demandes-tu ça ?
— Pour rien.
— Et toi ?
— Pas même en pensée jusqu'à il y a peu de temps.
— Ben, mon vieux... tu as de la constance !
— Mais, depuis, je l'ai trompée.
— Trompée ? Comment ça ? Avec qui ? Serait-ce avec... une Russe ? Où l'as-tu dénichée ?
— A Orcha.
— Vrai ? Je croyais que c'était des bobards !
— C'est vrai. Elle dit que je devrais rester ici ne pas rentrer en Allemagne, et je ne sais plus ce que je dois faire, si... si...

Il eut un geste de la main, comme s'il ignorait lui-même ce que signifiait ce « si ». Si la paix survenait brusquement, s'il était possible de s'installer où l'on voudrait, s'il pouvait voir clair en lui, décider entre Julia et Tania, si...

— Cette trahison, je l'ai commise, reprit-il. Que faire, maintenant ? Que faire ?... Le bataillon, Julia, Tania, mes souvenirs... Je n'ai jamais eu un très bon sommeil, mais je n'arrive plus à dormir.

Des mitrailleuses crépitaient au-dehors. Des mortiers tiraient également.

— Ça recommence, fit Wiedeck... Mais enfin, si tu étais bien fatigué, tu pourrais dormir.

Une rafale d'obus s'abattit tout près. Deutschmann se retrouva sur le sol, tandis que les morceaux de terre retombaient sur son dos. A travers le vacarme, il perçut soudain un cri inhumain, au-dehors un cri de bête, exprimant une terreur infinie, une souffrance indicible, puis une voix se fit entendre.

— Jésus Marie ! disait-elle, gémissante et hurlante à la fois. Quoi ?... Quoi ?... Jésus Marie !...

— C'est la face de rat, s'exclama Wiedeck, qui sauta par-dessus Deutschmann et se précipita vers la sortie.

Deutschmann vit distinctement la semelle de ses bottes et remarqua que plusieurs clous y manquaient. Il se releva lui-même, courut aussi vers la sortie, tomba à genoux et rampa vers l'extérieur. Sa trousse le gênait : par un violent effort, il la rétablit sur son dos et parvint enfin au-dehors.

Face de rat s'appuyait contre la paroi de la tranchée. Il avait le visage blême, son nez paraissait pointu et jaune. Les lèvres s'écartaient des chicots noircis, comme dans une crampe, et, sans qu'elles remuassent, laissaient sortir le gémissement :

— Jésus Marie... Jésus Marie...

Les yeux de la face de rat demeuraient rivés sur quelque chose de sanglant, devant lui. Deutschmann regarda aussi et constata qu'il s'agissait de son bras gauche, tranché à l'attache. Le sang jaillissait de l'énorme blessure, coulant sur l'uniforme, teintant la neige autour des bottes en une tache qui s'élargissait. Puis les genoux cédèrent et la face de rat s'écroula, continuant à contempler le bras coupé et la paume de la main, avec les doigts recourbés. Il leva le bras droit comme pour essayer de saisir un appui, mais le membre retomba sans force. Face de rat roula sur le côté, et toujours il répétait :

— Jésus Marie... Jésus Marie...

Deutschmann écarta Wiedeck, figé et blême, et se pencha sur le blessé. Rapidement, il ouvrit sa trousse, cherchant un pansement à l'aveuglettte, car il ne quittait pas des yeux le visage de la face de rat, puis il s'arrêta, comprenant que tout était inutile, qu'il n'avait plus qu'un mort devant lui.

Le soldat Werner Katzorki dit la face de rat, fut enterré derrière une chaumine, près du PC de la 2e compagnie, au voisinage d'une rangée de bouleaux. Le jour même où il mourut, un obus égaré creusa la terre en cet endroit, apportant une aide précieuse aux deux Hiwis qui tenaient le rôle de fossoyeurs.

L'enterrement se fit sans grande cérémonie. Il eut lieu de nuit. La compagnie était au travail. Seuls quelques camarades, qui travaillaient de jour, y assistèrent. Le corps, déjà gelé, la bouche ouverte, ricanante, reposait sur une toile de tente, à côté du trou. Le bras coupé avait été posé sur le ventre. Sous la couche de givre, l'énorme blessure paraissait rose.

— Allez-y, dit Wiedeck aux deux Hiwis.

Ceux-ci saisirent la toile du même bord et firent rouler le corps dans le trou. Il était interdit d'enterrer avec des tentes, car elles se faisaient rares ; les vivants en avaient besoin, pas les morts. Un des Hiwis descendit dans la tombe pour coucher la face de rat sur le dos, le visage vers le ciel noir. Puis il remonta et, avec son camarade, combla la fosse.

Il n'y eut pas de discours, par de salve d'adieu. Les soldats s'éloignèrent avant que le corps eût été complètement recouvert. Deutschmann avait fait tout ce qui pouvait encore l'être. Sur une planchette, clouée contre un bouleau, il avait écrit :

Soldat Werner Katzorki
1912-1943

Puis, au-dessous, en caractères plus petits :

Sans doute est-il mieux là

-:-

Le lieutenant Bevern fit une nouvelle apparition à Babinitchi. Que venait-il faire ? Ni Wernher ni Obermeier, à qui Wernher téléphona aussitôt la nouvelle, ne le savaient.

Bevern descendit de son traîneau, fit une observation au sous-officier qui le reçut, parce que celui-ci ne portait pas son casque et regarda Wanda, l'interprète de Wernher, qui passait. Impossible, malgré l'épais manteau et les bottes feutrées qu'elle portait, de ne pas s'apercevoir qu'elle était diantrement jolie.

— Une guenon ! grogna l'adjoint au chef de bataillon, furieux.

Il pensa aussitôt à la conférence qu'il devait prochainement faire devant la troupe sur le sujet : Perversion du moral des soldats allemands par les femmes russes.

Wernher raccrocha le téléphone, regarda Bevern par la fenêtre et sourit.

— Il dormira mal ce soir, dit-il à son adjudant. S'il n'est pas de bois, Wanda lui aura sûrement produit de l'effet !

— Ce n'est guère à supposer, mon lieutenant, répondit l'adjudant.

Celui-ci portait des lunettes, ressemblait à un intellectuel et — quand il n'était pas furieux — s'exprimait toujours avec la plus grande correction de langage. Il sortit quand Bevern entra.

Les deux lieutenants se serrèrent la main.

— Me revoilà, monsieur Wernher, dit Bevern. N'en êtes-vous pas étonné ?

— Etonné ? Non... pourquoi ? fit Wernher en haussant les épaules. A la guerre, il faut toujours s'attendre à des surprises désagréables.

— Merci, répondit Bevern d'un ton pincé.

Il pensa cependant qu'il lui fallait faire le premier pas, non pas vers une réconciliation, car il ne s'était jamais disputé avec Wernher, mais pour rétablir la bonne entente. Les officiers devaient se tenir entre eux, surtout dans les périodes difficiles.

— Pourquoi me manifestez-vous cette hostilité ? demanda-t-il. Vous semblez croire que je suis sur la terre uniquement pour vous causer des ennuis. Nous devrions pourtant nous entendre. Après tout, nous sommes embarqués sur le même bateau !

— Oui, mais vous ramez à contresens, observa Wernher.

— Vous êtes injuste. Je fais seulement mon devoir.

— Ah ? Uniquement votre devoir ? Très bien. Par exemple, il y a trois jours, vous avez rassemblé à Orcha les évacués de l'hôpital et de l'ambulance pour leur faire exécuter une marche militaire. C'était votre... devoir, n'est-ce pas, monsieur Bevern ? Des blessés qui, dans toute unité normale, eussent été envoyés chez eux pour six semaines. Oui, je sais, je sais... nous ne sommes pas une unité normale ; chez nous, il n'y a pas de permissionnaires. Il y a tout au plus une convalescence à l'arrière. Une convalescence à Orcha ! Laissez-moi rire ! Et là, ces convalescents, qui tiennent à peine sur leurs jambes, dont beaucoup ont des blessures non encore fermées, vous les avez fait pivoter comme dans une cour de caserne, école du soldat, défilé au pas de parade, marche de nuit... trois-quatre, une chanson !

Le lieutenant Bevern regardait par la fenêtre, le visage fermé, dédaigneux.

— De l'endurcissement, dit-il enfin. La guerre n'est pas un jeu d'enfants et le mouvement n'a jamais fait de mal à personne.

— Renseignez-vous donc auprès de quelqu'un de qualifié. D'un médecin, par exemple !

— Ah ! bah !

— C'est ce qu'on appelle du sadisme, monsieur Bevern.

— Appelez ça comme vous voudrez ! Il n'est dit nulle part que les convalescents doivent être traités d'une façon non militaire. Bien portants — ou moins bien portants — ils demeurent des soldats ! Oui, monsieur Wernher, ne comprenez-vous donc pas ? Nous avons besoin de soldats durs, impitoyables envers eux-mêmes pour qu'ils soient également durs et impitoyables envers l'ennemi. Vous êtes officier et devriez le savoir ! La lutte que nous livrons ici est extrêmement pénible, la victoire finale reste, peut-être, encore lointaine...

— Changez de disque ! Celui-là est usé, il répète toujours les mêmes mots : durs... impitoyables... pénible... victoire finale... victoire finale...

Bevern se retourna brusquement. Tout, dans son attitude, semblait exprimer sa pensée : Maintenant, je te tiens !

— Vous ne croyez donc pas à cette victoire finale ? demanda-t-il, d'un ton patelin.

— Quoi ? fit Wernher, en le regardant avec une feinte ingénuité.

« Imbécile, pensait-il, triple imbécile ! Tu crois m'avoir aussi bêtement ? »

— Ce que vous venez de dire...

— Ecoutez, Bevern, je pourrais déposer un rapport contre vous. Vous cherchez à me mettre dans la bouche des paroles que je ne prononcerais même pas en rêve. Si vous ne comprenez pas ce que j'ai voulu dire, cela ne fait pas honneur à vos facultés intellectuelles ! A quoi bon répéter sans cesse un mot dont on connaît la vérité foncière et auquel aucun autre ne saurait être substitué ? Vous ne l'ignorez pourtant pas : trop répéter une formule lui enlève de la force. Le mot « victoire finale » doit nous être sacré.

Bevern, stupéfait, serra les poings dans les poches de son manteau et, déconcerté, se borna à demander :

— Alors... si nous sommes d'accord sur ce point... pourquoi cette hostilité entre nous ?

Wernher s'approcha de lui et le regarda bien dans les yeux.

— Toute philosophie comporte le respect de la personnalité humaine, monsieur Bevern. Vous êtes un mauvais National-Socialiste. Je n'appartiens pas au Parti, mais je ne me permettrais jamais ce que vous faites. Je vous méprise. Ce dont vous vous êtes rendu coupable envers ces gens qui avaient droit enfin à quelques jours de repos, parce qu'ils étaient blessés, parce qu'ils avaient versé leur sang pour l'Allemagne — même s'ils font partie d'un bataillon disciplinaire —, c'est une vilenie ! J'ai honte de porter le même uniforme que vous ! Vous n'êtes pas seulement un mauvais National-Socialiste, mais un pourceau, un pourceau sadique !

Le lieutenant Bevern, blanc comme un linge, abasourdi, sortit de la chaumière sans mot dire et s'arrêta pendant quelques instants au-dehors. Etait-ce bien Wernher, un peu moqueur mais toujours correct, qui venait de lui parler ainsi, de lui parler comme Obermeier, comme tous ces lâches auxquels la Wehrmacht devait de n'être plus la force irrésistible, invincible, des premières années ? De quoi avait-il osé le traiter ? De mauvais National-Socialiste ? Lui ! Justement lui ! Lui qui avait voué sa vie entière au grand idéal du Parti ! Et tout cela parce qu'il avait un peu secoué ces canailles d'Orcha !

Puis il avança lentement vers son traîneau, en se renforçant dans cette résolution de vouer sa vie entière à la bonne cause. Il n'était pas seul, il le savait ; nombreux, au contraire, étaient ceux prêts, comme lui, à jeter tout leur être dans la balance pour obtenir la victoire, véritable, définitive, non pas seulement contre les ennemis de l'extérieur, mais aussi contre ceux qui s'étaient glissés dans leurs rangs.

— Au bataillon ! cria-t-il au conducteur d'une voix farouche.

Pendant ce temps, Wernher téléphonait à Obermeier ce qui venait de se passer.

— Mais tu es fou ! s'exclama Obermeier.

— J'en ai marre, Fritz !

— Ecoute... Il faut tenir le coup, il ne faut pas nous laisser abattre. Que deviendraient nos hommes si tout à coup, à notre tour... nous aboutissions comme simples soldats dans une unité disciplinaire ?

— On ne peut pas toujours penser à cette considération !

— Mais il faut essayer !

— J'ai eu toutes les peines du monde à m'empêcher de lui casser la gueule !

— J'ai eu cette tentation aussi. Mais il faut se maîtriser... Peux-tu venir me voir aujourd'hui ?

— J'essaierai.

— Bon. A tout à l'heure. Il doit être possible de trouver un moyen pour rendre ce salopard inoffensif !

Wernher raccrocha et, par la fenêtre, regarda pensivement le traîneau déjà loin sur la steppe.

Il neigeait. D'épais flocons tombaient du ciel sombre, couvrant la terre sans bruit. La nouvelle neige formait des tourbillons sous les glissières du traîneau que conduisait la forme emmitouflée. Le mur sombre de la forêt barrait l'horizon. Sur le côté de la route émergeaient des poteaux, balisant le parcours du fil téléphonique que des patrouilles vérifiaient chaque jour.

Schwanecke se cramponnait de ses deux mains, lançant un juron de temps à autre. Le traîneau cahotait, bondissait sur des blocs de neige gelée. La mitraillette qu'il portait pendue à son cou lui donnait des coups dans l'estomac. Au-dessous de lui, le petit moteur vrombissait. Résisterait-il à cette épreuve ?

Tout à coup, Schwanecke vit une silhouette paraître sur la route, celle d'un homme petit, engoncé dans un épais manteau de fourrure, solitaire, perdu dans l'immense espace. Quand le traîneau approcha, cet homme leva la main. Schwanecke freina. Le véhicule dérapa, glissa encore, puis s'arrêta. Schwanecke stoppa le moteur, descendit de son siège, décrocha la mitraillette de son cou et s'avança vers la silhouette immobile.

Puis il reconnut l'homme, s'arrêta à son tour, comme médusé, se pencha et pointa son arme.

Piotr Tartoukine leva les deux bras pour bien montrer qu'il n'était pas armé. A travers les paupières à demi fermées, ne permettant pas d'apercevoir les prunelles, il examina Schwanecke pendant un long moment et prononça enfin :

— C'est toi !

Un frisson courut le long de l'échine de Schwanecke. Lâchant Tartoukine, son regard explora rapidement à droite et à gauche. Le Mongol sourit :

— Nous sommes seuls, petit frère... — il fit un large geste de la main —. Personne ne nous voit...

— Bon, fit Schwanecke.

Le son de sa voix l'étonna. Il savait qu'il allait devoir se battre. Une rafale de sa mitraillette eût suffi pour balayer l'autre, mais cela lui parut trop simple, trop facile. Il avait le sentiment que l'occasion réclamait autre chose et que c'était également le sentiment de Tartoukine.

— Eh bien, allons-y ! fit-il d'un ton un peu railleur où sonnait un léger accent de triomphe.

Le Mongol sortit de sa poche deux petits poignards, légèrement courbes. Malgré l'obscurité, Schwanecke vit que leur manche était richement ciselé.

— Ils sont jolis, dit-il... Tu les vends ?

— Ce sera toi ou moi !

— Tu ne trouves pas ça un peu cher ?

— Choisis-en un, ils sont pareils.

Schwanecke retira son gant pour tâter le fil. L'arme coupait comme un rasoir.

— Pas mal...

— Il peut traverser les fourrures.

Schwanecke soupesa le poignard, le jeta en l'air, le rattrapa adroitement et fit deux pas en arrière.

— Pourquoi garder les fourrures, espèce de singe jaune ?

Il déboutonna son lourd manteau en peau de mouton et le jeta sur la neige. Puis il mit le cran de sécurité à la mitraillette et la déposa sur le manteau.

— Nous n'aurons pas besoin de fourrures en enfer. Fais comme moi !

Tartoukine n'hésita qu'un instant. A son tour, il se défit de son manteau et le jeta également sur la neige.

Tremblants de froid et d'excitation, ils se firent face. A l'est, au-dessus de la forêt, le ciel commençait à s'éclairer.

— Allons-y, avorton ! siffla Schwanecke en se courbant et en tendant la main armée du poignard.

Tartoukine fléchit sur les genoux. Tous deux s'observèrent pendant un moment, puis le Mongol bondit sur la neige qui crissa et frappa avec la rapidité de l'éclair. Schwanecke s'effaça à peine latéralement et, de son genou replié, atteignit le Mongol au bas-ventre.

Tartoukine poussa un cri de douleur animale. Son corps se cassa en deux, mais son visage continua à regarder vers le haut. Schwanecke essaya de toucher du poing ce visage qui dansait devant lui comme un feu follet. Tartoukine l'évita, pivota sur lui-même et, comme l'Allemand passait devant lui, frappa de nouveau.

Schwanecke ne vit même pas venir le coup et ne put l'éviter. Il ressentit une douleur brûlante à la hanche droite et quelque chose de chaud coula aussitôt sur sa cuisse.

— Salaud ! hurla-t-il, en sautant de côté.

La jambe droite devint comme inanimée, ne pouvant plus le supporter.

Tartoukine revint vers lui. Un rapide coup d'œil sur son poignard le lui montra ensanglanté. Il sourit. Son sang ! Un véritable vertige le saisit.

— Je vais te tuer, siffla-t-il. Je vais te tuer !... Schwanecke se taisait. Sa cuisse droite le brûlait. Il n'éprouvait plus de haine, mais seulement une froide volonté de tuer, lui aussi. Sa souffrance elle-même était comme extérieure, car rien n'existait plus, en lui, que cette volonté. Il vit le visage jaune, contracté, évoluer autour de lui, et tourna sur lui-même pour faire constamment face. Brusquement, il bondit. Ce bond fut si inattendu, et d'une telle sauvagerie, que Tartoukine ne put l'éviter et se laissa tomber dans la neige, en levant son poignard. La seconde d'après Schwanecke était sur lui. Il vit son visage de tout près, impassible, comme figé, qui ne tressaillit même pas quand il parvint à frapper de nouveau son adversaire.

Mais, au même moment, tout croula autour du Mongol. Il sentit la lame du poignard pénétrer une fois, deux fois, dans son corps. Il commença à se débattre et à crier d'une voix exprimant sa terreur de la mort, désormais si proche, son désir éperdu de vivre. D'une secousse désespérée, il rejeta Schwanecke de côté et se releva en même temps que lui. Mais il vit de nouveau avancer la main armée du poignard et, à cet instant, perdit la tête.

Il se mit à fuir sauvagement sur la route, pour courir le plus loin possible de ce démon dont il percevait le rire insensé derrière lui. Puis, le visage sanglant, le corps traversé de plusieurs blessures, il n'avança plus qu'en titubant.

Alors il pleura et des mots, irrépressibles, sortirent de ses lèvres :

— Il est plus fort que moi... beaucoup plus fort... J'ai peur... Il est comme un loup, solitaire et terrifiant...

Il ne remarqua même pas qu'il était tombé et avançait à quatre pattes vers la forêt, laissant derrière lui une mince traînée rouge. « Laissez-moi mourir, pensait-il. Il m'a enlevé la force, le courage et l'âme... » Mais il continua à progresser ainsi, s'arrêtant de temps à autre pour presser une poignée de neige contre les brûlantes blessures de son visage...

Schwanecke tomba lui-même quand Tartoukine se mit à fuir. Il rit longtemps, mais ce rire perdit son accent de triomphe pour devenir nerveux, saccadé. Son côté droit était comme paralysé, et la blessure du dos le brûlait comme si quelqu'un y eût versé du sel. Il enfonça la tête dans la neige, accueillant avec reconnaissance la morsure glaciale sur son front... Il ne fallait pas finir ainsi... A quatre pattes, lui aussi, il rampa jusqu'au traîneau, s'y hissa péniblement et tomba sur le volant. Il devait remettre en marche. Chaque minute perdue le rapprochait de la mort et il ne voulait pas mourir... Il chercha la clef d'allumage, la tourna, appuya sur le démarreur ; le moteur partit en bafouillant tout d'abord, parce qu'il était froid, puis tourna avec régularité.

Schwanecke, couché sur le volant, conduisait comme dans un rêve. Il quitta la route, décrivit un vaste cercle, puis revint sur cette route et fonça vers Barsdovka. Il entra ainsi dans le village, oscillant d'un bord à l'autre du chemin, comme un homme ivre, et heurta finalement un gros tas de neige devant l'ambulance, où il s'arrêta.

Par un dernier effort de volonté, il se leva pour descendre, mais ses forces l'abandonnèrent et il roula sur la neige, au-dehors.

Jakob Kronenberg le découvrit peu après, inanimé.

BERLIN.

Le Dr Franz Wissek, chirurgien à l'hôpital de la Charité, affirmait, de lui-même, qu'il était un veinard. D'autres, à sa place, eussent dit le contraire, car il n'avait plus qu'une jambe et, depuis 1941, son corps portait de multiples cicatrices.

Son optimisme pouvait cependant — de son point de vue — paraître fondé. Jeune chirurgien, semblant promis à de hautes destinées, il avait été enrôlé en 1939. La Pologne... la France... les Balkans... puis la Russie. En 1941, les Russes dépassèrent son ambulance avant d'être refoulés par une contre-attaque. On le retrouva dans un trou, où il avait lui-même posé un tourniquet sur sa jambe, gravement atteinte, dont il fallut l'amputer le jour même. Il avait donc toute raison pour se décourager, mais le mot découragement ne faisait pas partie de son vocabulaire. La plupart de ses camarades avaient été tués par l'artillerie soviétique et des milliers de jeunes hommes tombaient tous les jours. N'avait-il donc pas le droit de se considérer comme un veinard puisqu'il survivait ? Avec une ou sans jambe, peu importait. Avec une seule, on pouvait fort bien continuer à opérer, d'autant plus que ses confrères construisaient d'admirables prothèses ! Le soleil brillait pour les unijambistes comme pour tout le monde. Même — et ce qu'on entendait dire de lui semblait le confirmer — de fort jolies femmes n'y prenaient pas garde.

L'indifférence envers ses souffrances — elles devenaient parfois intolérables pendant les longues stations debout que nécessitaient les opérations — il la manifestait également envers les préjugés de son époque et, fait encore plus important, envers les dangers réels ou supposés que faisait naître une telle attitude. Avant l'envoi de Deutschmann au bataillon disciplinaire, il avait été son ami et celui de Julia. Il le restait. Aussi, tout naturellement, fût-ce à lui que Julia s'adressa lorsqu'elle fut prête à pratiquer l'essai du remède sur ellemême.

Grand, légèrement voûté, des yeux gris et rieurs, des cheveux toujours en désordre, il fut heureux de la rencontrer dans un couloir de la Charité.

— Il y a bien longtemps que je ne t'avais vue, fillette, lui dit-il cordialement.

Julia, devenue extrêmement sensible, comprit qu'il éprouvait de la joie à la retrouver. Cela lui réchauffa le cœur. Elle se demanda pourquoi elle n'était pas déjà venue le chercher pour sortir le soir pendant une heure ou deux avec lui, ou pour faire de la voile sur le Wannsee. Puis elle se dit que cela valait mieux ainsi : à une certaine époque, elle avait été sur le point de donner son cœur à ce grand jeune homme insouciant... comme l'avaient fait deux ou trois dizaines de femmes avant ou après elle. Il avait même alors parlé de mariage, mais Julia avait pensé, non sans raison, qu'il devait en parler assez fréquemment. Elle ne se sentait pas disposée à épouser un homme que la vue de jolies jambes mettait aussitôt en émoi. Puis elle avait connu Ernst, et il n'avait plus été question de se marier avec « Franzl ».

— Je voudrais te demander un service que tu dois pouvoir me rendre, lui dit-elle.

Le jeune médecin la prit sous le bras.

— Tu peux tout obtenir de moi, fillette, tu le sais, répondit-il. Viens, j'ai un moment à moi. Je t'emmène boire un verre de schnaps et parler du bon vieux temps. Il était beau, hein ?

— Très.

Sa jambe artificielle sonnait fort sur le carrelage du couloir. « Cette infirmité, se dit Julia, devait, malgré toute son indifférence apparente, être extrêmement pénible à ce jeune homme sain, sportif et fort entreprenant. » Mais elle se concentra aussitôt sur ce qu'elle avait à lui demander.

Bien que la Charité fût très encombrée, comme tous les hôpitaux, le Dr Wissek avait réussi à obtenir une chambre à l'étage supérieur, quoiqu'il possédât une fort jolie villa à Dahlem.

— Il faut savoir se réserver un boudoir... contre les chefs trop embêtants, dit-il à Julia en montant avec elle. D'autre part, chacun a besoin d'un coin tranquille pour méditer de temps en temps.

Tout le monde savait, à l'hôpital, qu'il « méditait » volontiers à deux.

Il offrit à Julia l'unique siège, s'assit lui-même sur le lit de camp et sortit d'un placard une bouteille de cognac et deux verres à eau.

— Cela facilite la conversation, dit-il en souriant. Julia sentit, de nouveau, que bien peu de femmes pouvaient résister à ce garçon engageant et charmant.

Ils burent, et Wissek remplit une seconde fois les verres.

— Non, fit Julia en riant. Tu ne veux tout de même pas m'enivrer ?

L'alcool la réchauffait et colorait son visage.

— Tu es jolie... encore plus qu'autrefois, observa-t-il doucement en la regardant.

— Parlons de choses sérieuses, répliqua-t-elle, quoiqu'elle se sentît heureuse qu'il eût dit cela, et heureuse de boire avec lui, même dans ce verre sur lequel assurément, s'étaient posées de nombreuses lèvres féminines.

— Eh bien, raconte. Qu'y a-t-il ?

— Comme tu le sais, Ernst s'occupait des actinomycès et d'autres champignons microscopiques du même genre... Il était déjà assez avancé lorsque ce... cette...

— Cette saloperie. Tu peux dire le mot.

— Oui. Nous avions trop peu de temps pour effectuer la série d'essais, mais nous étions convaincus d'être sur la bonne voie.

— Connaissant Ernst comme je le connais... ce doit être vrai.

— Bref... Si nous avions pu disposer d'un certain délai, nous aurions entrepris les essais avec les streptocoques, les staphylocoques, les germes du typhus. C'est quelque chose de tout à fait nouveau... Nous avons réussi à isoler une substance qui, dans un temps très court, détruit ces microbes, les fait disparaître purement et simplement. Si tu avais vu...

— Une minute ! Que viens-tu de dire ? Vous auriez isolé une substance qui détruit ces monstres ?

— Oui.

— Tu te rends bien compte de ce que tu affirmes ?

— Bien sûr !

— Mais c'est... c'est quelque chose de formidable ! Si c'est exact, fillette, c'est même plus que formidable ! Si tu savais tout le mal que nous donnent ces vieilles plaies suppurantes, pourries, gangrenées... Attends que je me remette !... Là... Continue.

Il avala son cognac d'un trait et s'en versa un autre.

— Tu me connais... en tout cas suffisamment pour savoir que je n'aime pas à exagérer...

— Exact. Beaucoup trop peu, même.

— Sois donc sérieux ! Nous avons donc isolé cette substance, et Ernst en a fait l'essai sur lui-même. — Elle parlait désormais en réfléchissant bien, afin de ne commettre aucune faute, bien résolue à obtenir ce qu'elle désirait, même s'il lui fallait mentir. — Il n'aurait pas dû le faire, c'était beaucoup trop tôt. Maintenant, on me l'a enlevé. Me voici seule... Que faire ? J'ai recommencé les travaux et ai réussi à produire un peu de cette substance — nous l'appelons « actinine » — et je voudrais faire des essais sur des animaux. Ce que je voudrais de toi, c'est du pus contenant des staphylocoques, de préférence des staphylocoques dorés. Tu dois bien avoir ça ici, une pyodermie, une furonculose...

— Pour faire des essais sur des animaux ? demanda Wissek, avec un regard inquisiteur.

— Oui, répondit-elle en soutenant ce regard.

Son cœur battait à grands coups. Mais avec une légèreté affectée — comme les femmes savent bien feindre quand elles veulent obtenir quelque chose ! — elle ajouta : — Bien entendu. Que veux-tu que ce soit ? Tu as bien de tels malades ?

Le Dr Franz Wissek savait que Julia était une doctoresse prudente, mais qui transformait ses intentions en faits avec beaucoup d'énergie. La tâche dont elle s'occupait n'était pas sans présenter certains dangers. Pourtant, il était sûr qu'elle savait ce qu'elle faisait et ce qu'elle voulait. Pourquoi ne pas lui faciliter cette tâche ? Rien ne s'y opposait. D'autre part, il éprouvait de la satisfaction à lui venir en aide, non seulement parce qu'il avait cru, naguère, en faire sa femme, mais aussi parce qu'elle était celle du Dr Deutschmann, dont certains de ses confrères s'abstenaient désormais de prononcer le nom, bien qu'ils affirmassent, auparavant, être fiers de faire partie de ses amis.

— Eh bien, c'est entendu, dit-il. Je te procurerai tes bestioles. J'ai ici un très joli cas, un très gros furoncle au visage. Je ne suis même pas sûr de pouvoir le sauver.

— Exactement ce qu'il me faut. Allons-y tout de suite, fit Julia en se levant.

— Tu n'es tout de même pas si pressée ! Savoure d'abord ton cognac. Tu n'as pas remarqué ? J'ai l'impression que c'est un véritable nectar ! J'en ai reçu deux bouteilles d'un bonze du Parti que j'ai guéri d'une maladie très désagréable... Mais oui, ça existe encore, que tu y croies ou pas.

— Tu fais aussi de la clientèle privée ?

— Non, c'est défendu... Mais comment manger à sa faim avec ces cartes d'alimentation, pourrais-tu me le dire ? De temps à autre, quelqu'un vient me trouver, le plus souvent un haut personnage ou une grande dame... Il faut prendre ce qui s'offre.

— Oui, c'est une maxime fort répandue à notre époque. Mais, toi, tu l'observais déjà auparavant... Viens, maintenant.

— Allons-y, répondit-il en se levant.

Un bandage couvrait tout le visage du patient, homme d'une quarantaine d'années. Sans rien dire, avec adresse et prestesse, le Dr Wissek l'enleva. Julia frémit en apercevant le visage. Celui-ci était si enflé que les yeux demeuraient à peine visibles ; le pus sortait d'un très gros abcès, sur une aile du nez.

— Ça m'a l'air d'aller mieux, dit le chirurgien.

Julia comprit que ces mots ne s'adressaient pas à elle, mais au malade, qui remua les lèvres. Il n'en sortit qu'un balbutiement incompréhensible. L'homme devait souffrir affreusement.

— Rassurez-vous, reprit Wissek. Nous voulons seulement faire un petit prélèvement de pus. Vous avez un si beau furoncle qu'il vaut la peine d'être étudié de près, au laboratoire.

La voix était calme, tranquillisante. Wissek, comprit Julia, était un médecin-né, sachant et ressentant lui-même la souffrance contre laquelle il devait lutter, dont toute l'attitude indiquait qu'il était là pour aider et pour consoler.

Il prit du pus avec une spatule et le déposa dans une petite coupelle.

— Cela suffira, dit-il plus tard à Julia : il y a là deux ou trois millions de staphylocoques. Notre bactériologiste a établi qu'il s'agissait bien du *staphylococcus aureus*. A toi maintenant. Tu opères sur des souris ?

— Oui.

— Puis-je aller voir ça un de ces jours ?

— Bien sûr, mais pas avant que je ne sois nettement fixée.

— Quand le seras-tu ? Comme tu l'imagines sans peine, l'affaire m'intéresse énormément.

— Dans quelques jours. Cinq ou six, je pense. Je te téléphonerai.

— N'y manque pas.

Erich Wiedeck, assis dans un abri à moitié terminé, fumait une cigarette — la dernière de sa ration — lorsque l'ouverture s'obscurcit. Quelqu'un entrait. La cigarette resta à mi-chemin de la bouche. Wiedeck pensa tout d'abord que ses sens l'abusaient. Mais non, c'était bien un homme.

Krüll !

« Je deviens maboul », pensa-t-il, déconcerté, en se levant lentement.

— Ah ! ah ! bande de flemmards ! Vous vous payez du bon temps ! s'exclama l'adjudant... Tiens, il n'y en a qu'un ! Où sont les autres ?

— Qui ? demanda Wiedeck.

— Eh bien... les autres. Est-ce que tu construis cet abri à toi tout seul ?

— J'avais quelque chose à y faire.

Ce n'était pas exact. Wiedeck s'était caché dans cet abri une demi-heure avant la relève pour être tranquille. Il était éreinté et, dans cet abri, il faisait relativement chaud, plus, en tout cas, qu'au-dehors, où le maudit vent balayait la steppe, criblant le visage de cristaux de neige aussi acérés que des aiguilles.

— Ça me paraît drôlement confortable, ici, reprit Krüll. Quel plaisir de jouer au soldat, hein ? Je comprends maintenant pourquoi il manque cinquante mètres de tranchées ! Vous tirez votre flemme au lieu de travailler ! Il était grand temps que je m'en occupe un peu.

Erich Wiedeck éteignit sa cigarette, glissa avec précaution ce qu'il en restait dans sa poche de poitrine, puis se rassit. Krüll le regarda d'un air déconcerté, puis hurla :

— Debout !... Ouste ! Au boulot !

— Non, répondit Wiedeck. C'est la relève. Voilà dix heures — toute la nuit — que je suis ici. Rien à bouffer et pas un instant de repos ! Du bon temps !

— Du repos ? Est-ce que tu prends la Wehrmacht pour un sanatorium ?

Krüll se sentait très sûr de lui. Il était venu de Gorki, à l'aube, avec Hefe et Kentrop, et passé, sur les traîneaux, à la vue des Russes qui n'avaient pas réagi. Il en avait déduit que toutes les histoires au sujet des canons tirant sur tout ce qui remuait étaient, pour le moins, fortement exagérées, et servaient fort probablement de prétextes commodes. Restait cependant à expliquer d'où provenait le nombre élevé de morts et de blessés. Peut-être des mutilateurs volontaires... En tout cas, il fallait ouvrir l'œil !

Dès son arrivée dans les tranchées, il avait décidé d'effectuer une ronde et, au lieu de trouver des soldats au travail, il avait vu des hommes étendus dans les abris, attendant la relève. Il était ainsi arrivé à l'abri pour mitrailleuse lourde où Wiedeck flemmardait.

L'endroit ne paraissait pas si mal ! Un coffrage en planches, de solides poutres de soutien, deux niches dans lesquelles on pouvait installer des paillasses. Tout le confort, en vérité ! Mais il aurait le temps de tout examiner à loisir. Pour l'instant, il s'agissait de renvoyer au travail ce tire-au-flanc de Wiedeck. Il ouvrait la bouche pour une de ces invectives dont il avait le secret lorsqu'un grondement lointain et menaçant étrangla les paroles dans sa gorge. L'instant d'après, l'air s'emplit de sifflements, il y eut quatre... six... huit explosions, le sol et les parois de l'abri vibrèrent légèrement, comme secoués par un frisson de fièvre. Krüll se retint à un étai et enfonça la tête entre les épaules. Son visage aux traits épais était devenu blême et de grosses gouttes de sueur perlèrent soudain à son front.

— Qu'est-ce que c'est ? demanda-t-il, quand le bruit des explosions se fut éteint.

— Les Russes, répondit laconiquement Wiedeck, qui n'avait pas bougé.

— Les Russes ? Est-ce que c'était...

— De l'artillerie. Je croyais que vous saviez. Vous n'avez jamais entendu ça ?

— Ta gueule ! hurla Krüll.

Wiedeck venait de le blesser très profondément. D'après son livret militaire, il avait pris part à deux campagnes : la Pologne, en 1939, la France, en 1940. Personne n'avait besoin de savoir que son unité était alors demeurée en réserve, à plusieurs kilomètres en arrière des troupes qui progressaient, s'occupant surtout de poules, d'œufs, de vin et d'autres choses aussi agréables, telles que les procure une avance en pays ennemi. Par la suite, il avait servi à l'arrière, pour apprendre d'abord à des recrues puis aux soldats du bataillon disciplinaire comment on se comportait sous le feu. Depuis le début de sa carrière, il n'avait jamais entendu des projectiles tomber aussi près.

— Ça se produit souvent ? demanda-t-il d'un ton beaucoup moins arrogant.

— Les Russes vous ont vu arriver. Maintenant, ils ne vous laisseront plus repartir, dit Wiedeck, avec indifférence. Vous êtes venu avec la relève ?

— Bien entendu !

— Oh ! Nom de Dieu ! Alors il faut que je me grouille !

Wiedeck se leva, accrocha son bidon au ceinturon, coiffa son casque. Tandis qu'il rabattait le capuchon de camouflage sur celui-ci et se l'attachait sous le menton, il lança à Krüll, qui restait accroché à sa poutre :

— Vous restez ici, mon adjudant ?

— Oui. Naturellement.

La voix de Krüll avait perdu son assurance. Il oubliait que Wiedeck avait commis une grave faute contre la discipline dont il devait le châtier. Il l'enviait de partir et cherchait la possibilité de le retenir. Mais comment ? Le commandant de la compagnie lui avait ordonné de mesurer la longueur des tranchées déjà creusées, et lui-même avait dit qu'il le ferait en plein jour. « Quel idiot je fais ! pensait-il. Comment ai-je pu ?... » Il ne voulait pas rester seul. On ne pouvait exiger cela de lui. Il rejoindrait les autres avec Wiedeck. Après, il verrait. Mais, à aucun prix il ne fallait rester seul !... Un obus isolé passa au-dessus de l'abri et éclata à l'arrière. Non, il ne demeurerait pas seul !

— Où allez-vous, Wiedeck ? demanda-t-il.

— Au point de rassemblement. Les autres m'attendent.

Il sortit de l'abri et Krüll le suivit. La longue aube russe se levait lentement sur une journée grise, chargée de neige.

— Il est grand temps... Pourvu qu'ils ne se soient pas barrés sans moi, murmura Wiedeck.

Il craignait d'avoir manqué la relève et d'être cloué là pour toute la journée, car il était impossible de traverser les champs enneigés de jour.

Ce fut alors que l'événement se produisit.

Le ciel s'illumina soudain au-dessus des lignes russes. L'air s'emplit de sifflements, de hurlements. Une muraille de feu surgit de la terre, à l'endroit où se trouvait le front allemand.

Wiedeck regarda par-dessus le bord de la tranchée et il cria à Krüll, qui n'était plus qu'une pauvre forme tremblante :

— C'est le moment... si vous voulez venir ! Les Russes vont déclencher un tir de barrage et nous ne pourrons plus bouger !

Il s'agissait d'un tir préparatoire à une attaque par les chars et l'infanterie, d'un assaut comme il devait certainement s'en produire au même instant en des centaines d'endroits du front oriental, préparant une journée de mort, de souffrance et d'angoisse comme il y en avait déjà eu tant auparavant.

Non que ce tir fût particulièrement nourri. En tout cas, il n'atteignait pas la puissance d'autres bombardements servant de prélude à une grande offensive. Mais, pour des soldats qui n'avaient autre chose à faire qu'à se tapir dans la terre gelée en attendant le coup qui les anéantirait, il s'agissait d'un véritable enfer.

Un enfer pour les fantassins des premières lignes. Un avant-goût de l'enfer qui les atteindrait bientôt, pour les hommes du bataillon disciplinaire. Un enfer pour Krüll, brusquement plongé dans une situation qu'il ne s'était même pas imaginée jusque-là. Assurément, il savait qu'on meurt, à la guerre. Mais, pour lui, cette mort avait toujours été enveloppée de gloire, c'était une grandiose fin de soldat... qui lui serait toujours épargnée. Or ce qu'il voyait prenait un tout autre aspect, qui n'avait rien de commun avec ce qu'on lit dans les livres. Une sorte de massacre effroyable, anonyme, impersonnel, terrifiant, qui menaçait de l'engloutir, de l'enterrer et qui en faisait un pauvre être terrorisé, n'ayant plus d'autre volonté, d'autre désir que de vivre, de vivre à tout prix !

Lorsque quelques obus éclatèrent près de la tranchée où il se trouvait, lorsqu'il vit que Wiedeck, le seul compagnon qui lui restât dans cet enfer, voulait réellement s'éloigner, il perdit l'ultime parcelle du contrôle de soi-même. Il ne pouvait plus avancer et encore moins demeurer seul. Aussi saisit-il le bras de Wiedeck, en lui criant :

— Restez !... Restez !... Ne partez pas !... Non !

— Lâchez-moi, nom de Dieu ! répondit Wiedeck, en essayant vainement de se dégager.

— Je ne peux pas rester seul !

— Eh bien, venez avec moi !

— Wiedeck !... gémit Krüll. Voyons, nous sommes des camarades. Aide-moi à mesurer. Tu m'entends ?

— Me prenez-vous pour un idiot ?

— Wiedeck !... Erich !...

— Foutez-moi la paix !

Il s'arracha à l'étreinte de Krüll, mais celui-ci bondit derrière lui, le rattrapa. Haletants, serrés l'un contre l'autre, ils se pressèrent contre la paroi de la tranchée.

— Ecoute... je te le dis pour la dernière fois... lâche-moi. Sinon je te casse la gueule ! fit Wiedeck, d'un ton résolu.

Ce n'était pas le premier homme qu'il voyait s'effondrer ainsi moralement. Mais jusqu'alors c'étaient des camarades, pas ce Krüll, ce gros pourceau qui, à la caserne, braillait si fort. Il s'en débarrasserait, par n'importe quel moyen...

— Tu ne peux pas abandonner un copain... Ils tirent, balbutia l'adjudant, le visage défait.

De la salive coulait sur le menton. Impossible d'imaginer abjection aussi totale ! Mais Krüll avait dit un mot de trop. Wiedeck leva la main et le frappa de toutes ses forces au visage, deux fois, trois fois. Krüll s'écroula ; Wiedeck lui releva la tête et continua à frapper cette figure détestée.

— Un copain ! siffla-t-il. Toi, un copain ! Oui, ils tirent. C'est ça, la guerre ! Tu fais dans ton froc, copain ! Tu vas mourir au champ d'honneur, misérable crapule ! C'est moi qui vais te tuer !

Puis cette pauvre loque l'écœura. Il frappa encore une fois. La tête de l'adjudant heurta violemment la paroi de la tranchée. Puis Wiedeck se mit à courir, se coucha, un peu plus loin, devant l'arrivée d'un obus qui explosa à une trentaine de mètres de lui, et reprit sa course.

Quand il atteignit le point de rassemblement, il n'y avait plus personne. Des bottes avaient piétiné la neige, une pelle restait abandonnée. Assez loin, il entendit creuser. La relève qui travaillait dans la journée. De temps à autre, il apercevait l'éclair jeté par une pioche. La terre et la neige s'accumulaient au-dehors, comme par l'œuvre d'une taupe géante. L'artillerie russe avait établi un barrage en arrière des premières lignes allemandes. Elle ne tarderait pas à allonger son tir. Il se trouverait au beau milieu !

Wiedeck s'épongea le front. Les autres étaient partis. Il se trouvait condamné à passer là toute la journée. Le meilleur abri était celui d'où il venait. Mais Krüll s'y tenait...

Il revint sur ses pas en courant.

L'adjudant était toujours à l'endroit où il l'avait laissé, accroupi, couvert de terre. Il leva les yeux en apercevant Wiedeck.

— Tu es revenu ? demanda-t-il d'une voix brisée, comme s'il ne parvenait pas à croire qu'il n'était plus seul dans cette effroyable tranchée, au milieu d'un monde qui menaçait de l'engloutir.

— Les autres sont partis. Je suis arrivé trop tard parce que tu m'as retenu, salaud ! En voilà maintenant pour la journée. Allez, viens dans l'abri.

Wiedeck n'éprouvait plus de haine contre l'adjudant, sa colère s'était éteinte ; il n'en restait plus que de l'indifférence et un peu de pitié méprisante.

— Toute la journée ! murmura Krüll en entrant dans l'abri, derrière Wiedeck.

Il avait conscience de s'être conduit misérablement, mais il n'en ressentait pas de honte. L'héroïsme ne se commande pas, et il n'était pas un héros. Pourquoi essayer de le dissimuler ? D'une main tremblante, il sortit un paquet de cigarettes, l'ouvrit et le tendit à Wiedeck. Celui-ci en prit une, sans regarder l'adjudant dont il ne pouvait supporter l'aspect pitoyable.

— Tu étais venu pour mesurer les tranchées ? demanda-t-il, ironiquement. Tu aurais calculé qu'il manquait cinquante mètres, m'a dit Hefe. Tu ne t'es pas trompé. Ecoute... je vais te faire une proposition. Quand Ivan sera calmé, nous sortirons tous les deux. Toi, tu mesureras et moi je noterai les chiffres... Si nous ne sommes pas zigouillés auparavant.

— Qu'est-ce que tu veux dire ?

— Tu n'entends pas, crapule, que les Russes attaquent ? Ouvre dont tes oreilles !

De l'avant parvenaient très distinctement le crépitement des mitrailleuses, le grondement des projectiles de mortier, mélangés à l'éclatement plus sec des grenades. Puis, plus en arrière, il y avait le vrombissement sourd de puissants moteurs.

— Des chars, dit Wiedeck. Pourvu qu'ils ne passent pas !

Krüll le regarda avec de grands yeux effrayés, avec une expression quasi enfantine, presque émouvante. Wiedeck ne la remarqua pas. Elle n'aurait, d'ailleurs, produit aucune impression sur lui.

— Espérons, dit Wiedeck, que les gars tiendront, là-haut. Ensuite nous irons mesurer. C'est Obermeier qui l'a ordonné, hein ?

— Obermeier m'empoisonne !

— Pas possible ! Qui parlait toujours de discipline ? Toi ou moi ?

Broum !... Un obus explosa dans le voisinage.

— Il était près, celui-là, observa Wiedeck, tranquillement.

Krüll s'accroupit encore plus. Il avait la bouche pleine de bile qui lui brûlait la gorge. La pensée lui vint qu'il ne pouvait rester là à attendre une mort inévitable, qu'il fallait entreprendre quelque chose, fuir le plus loin possible, sortir de ce piège à rats ! Bondissant sur ses pieds, il se précipita vers la sortie de l'abri.

— Halte ! Où cours-tu ? — Wiedeck parvint à le rattraper par le bas de sa vareuse et le tira en arrière. — Où veux-tu aller, idiot ?

— Lâche-moi ! cria Krüll en se débattant. Lâche-moi ! Je veux sortir !... Les chars... Je veux m'en aller d'ici !

Wiedeck eut de la peine à le maîtriser. Il réussit enfin à étendre sur un tas de planches l'adjudant qui continuait à gémir.

— Essaie tout de même de te reprendre, dit Wiedeck

sèchement. Une femme se conduirait mieux que toi !

— Je veux sortir... Je veux sortir...

Wiedeck le vit porter la main à son étui à pistolet. Il le jeta à terre d'un violent coup au menton, avant qu'il eût pu sortir l'arme. Wiedeck prit celle-ci.

La terre tremblait sous de multiples explosions qui se confondaient en une seule, immense. Les orgues de Staline !

Wiedeck vérifia qu'il y avait une balle dans le canon, remit le cran de sécurité et demanda :

— Où sont les munitions ?

— Pourquoi ?

— Allez, passe-les-moi !

Krüll s'exécuta. Armement dérisoire ! Mais si les Russes arrivaient, Wiedeck pourrait au moins essayer de se défendre. Il passa le pistolet derrière son ceinturon.

— On se barre maintenant, Krüll !

— Pour aller où ?

— A l'air frais. Ouste !

Wiedeck courut devant, parmi les explosions épaisses. Il n'eut pas besoin de se retourner, sachant que l'adjudant le suivait comme son ombre. Il gagna ainsi le creux de terrain où commençait le système de tranchées. Krüll haletait, se couchait et se relevait à l'imitation de Wiedeck. Il avait perdu son casque.

Au cours de ces minutes, l'adjudant connut son véritable baptême du feu et, comme pour d'autres, innombrables, avant lui, il en sortit transformé. Assurément, il demeura le vieux sous-officier, sans scrupules et borné, qu'il était jusqu'alors, mais il perdit peu à peu cette terreur animale qui en faisait une loque. Il reprit de l'assurance ; autour de lui, le monde retrouva ses propositions habituelles, le monde qu'il avait connu, vu à travers les explosions d'obus, les geysers de terre, les sifflements d'éclats mortels... Bien sûr, il conserva de la peur mais la peur normale de tous les soldats, celle de Wiedeck, de Hefe, de Kentrop ou de Deutschmann...

Ainsi, bien qu'il portât l'uniforme depuis très longtemps, l'adjudant-chef Krüll devint enfin un soldat. D'un seul coup, il comprit que la panique conduit directement à la mort, comme lorsque Wiedeck l'avait empêché de courir tout droit sous les projectiles russes. Il lui devait la vie, en quelque sorte, mais le fait ne lui parut pas d'une importance particulière. Wiedeck avait simplement fait ce qu'il ferait lui-même à l'avenir envers quiconque portait le même uniforme, qui se trouverait, pour ainsi dire, sur le même bateau que lui. Krüll ne perdit aucun de ses défauts antérieurs, mais il s'intégra dans la masse des hommes fondue par le même destin périlleux.

Ils attendirent la fin de l'attaque russe dans un abri mieux aménagé, plus en arrière. Cette fois encore, le front allemand résista. Le bombardement terminé, Krüll sortit pour mesurer les tranchées conformément à l'ordre d'Obermeier, en ordonnant à Wiedeck de rester dans l'abri. Lorsque, une demi-heure plus tard, un homme apporta du café chaud, un quignon de pain et un peu d'alcool à Wiedeck, en disant que c'était de la part de l'adjudant-chef, Wiedeck, stupéfait, se demanda ce qui avait bien pu se passer. Mais, peu à peu, tandis qu'il absorbait le breuvage réconfortant, la compréhension lui vint. Il possédait l'expérience du front et avait vu des cas analogues se produire.

« Pourvu que Krüll ne se mît pas en tête de gagner la Croix de Fer, pensa-t-il. Sans doute essaierait-il désormais de ressembler à l'« héroïque soldat allemand » décrit dans tous les journaux. Un Krüll de cette espèce risquait d'être autrement dangereux que l'ancien... »

Le traîneau avançait en cahotant vers Orcha, à travers la nuit. Deutschmann, luttant contre le sommeil, se tenait à côté du conducteur. Le Dr Bergen l'envoyait prendre du matériel sanitaire. L'abondance des blessés rendait indisponibles Kronenberg et les autres infirmiers. Un auxiliaire remplacerait Deutschmann pendant son absence.

— Vous savez à peu près ce dont nous avons besoin, avait dit le Dr Bergen. D'ailleurs, voici une liste. Battez-vous avec cette peste de l'arrière et ne vous laissez pas refouler avant d'avoir tout obtenu. Je sais pertinemment que les magasins sont pleins.

Deutschmann avait peur de cette mission, peur de se rendre à Orcha. Aurait-il la force d'éviter une rencontre avec Tania, de ne pas gagner la maisonnette près du pont sur le Dniepr ? Car il désirait cette rencontre, il aspirait à revoir Tania, son doux visage, son corps gracieux, ses yeux gris-vert, à ressentir la chaleur, l'abandon qu'elle irradiait.

Le traîneau cahotait effroyablement. Deutschmann s'arc-boutait solidement à côté du conducteur, un vieux caporal de la compagnie de transport, qui fumait une pipe bavaroise, bourrée de machorka. Ce tabac sentait mauvais et la fumée piquait les yeux de Deutschmann. Celui-ci détourna la tête, regardant la steppe enneigée à travers laquelle coulait le Dniepr.

Un coup de coude dans les côtes le fit sursauter.

— Hé, là ! fit le caporal.

— Quoi ?

— Tu es du 999 ? Une belle saloperie, hein ?

— Oui.

— Avez-vous au moins quelque chose à bouffer ?

— Ça vá à peu près.

— Pas de quoi engraisser, hein ?

— Et toi, est-ce que tu engraisses ?

— Non ! Ça, c'est vrai ! Paraît que vous avez tous été condamnés à mort et graciés. C'est pas un bobard ?

— Quelques-uns l'ont été.

— Toi aussi ?

— Moi aussi.

Le caporal se tut pendant un moment, tirant sur sa pipe.

— Qu'est-ce t'avais fait ? reprit-il.

— Ça n'a aucune importance.

— C'est par simple curiosité.

Le caporal, un peu vexé, observa le silence pendant plus longtemps.

— J'ai un de mes cousins dans un truc comme ça, finit-il cependant par dire. Il a ouvert sa grande gueule quand il aurait mieux valu la boucler.

— Alors, tu es renseigné.

Le caporal cracha dans la neige. La silhouette de la ville parut. Au bord du fleuve, derrière le grand pont de bois, la maison de Tania. De la fumée en sortait. Le cœur de Deutschmann battit plus vite. Il aurait pu descendre. Elle était chez elle. Il frapperait ou, plutôt, il descendrait doucement le sentier et entrerait sans frapper. Elle serait près de son foyer, ne l'entendrait pas venir. Il lui mettrait la main sur les yeux, par-derrière, sans rien dire ; elle se retournerait, il la serrerait contre lui...

— Nous arrivons tout de suite, dit le caporal.

— Quand repartirons-nous ?

— Demain matin, de bonne heure.

— Pas aujourd'hui ?

— Faudrait être idiot pour traverser, de nuit, la région des partisans !

« Demain matin seulement », pensait Deutschmann. Il avait toute la nuit devant lui. Il pourrait aller chez elle et y rester. Il pourrait...

Le véhicule s'engagea parmi les rangées de pauvres maisons.

— C'est encore loin ? demanda Deutschmann.

— Non... encore une centaine de mètres et on y est.

Il fallut quelques heures à Deutschmann pour obtenir ce qu'il venait chercher et le charger sur le traîneau. Le bataillon disciplinaire n'avait certes pas la priorité sur les listes de l'intendant et du pharmacien ! Deutschmann dut alerter le secrétaire du capitaine Barth et ce fut seulement après une intervention énergique de celui-ci que tout s'arrangea.

— Moi, je vais au Foyer du Soldat, dit le caporal, le chargement terminé. Tu viens aussi ?

— Non.

— Viens donc ! Après tout, tu es avec moi. Il y a là deux ou trois pépées, je ne te dis que ça. On sert aussi de la bière.

— Non, merci. Nous boirons ensemble une autre fois.

Deutschmann avait pris sa décision ou, plutôt, il n'eut pas à en prendre. Il savait, dès le début, que son désir de revoir Tania serait le plus fort. Et, en avançant parmi les rues désertes d'Orcha, ce désir devint si violent qu'il se mit à courir.

Il arriva devant la porte un peu après vingt-deux heures trente. De la fumée sortait toujours de la cheminée. Le feu ne s'éteignait jamais. Le froid mordait Deutschmann au visage, s'insinuait sous son manteau.

Il frissonna. Pas de lumière. Tania dormait certainement. Pas âme qui vive sur la rive. La glace se ressoudait sur le fleuve. Les sapeurs devraient intervenir de nouveau, le lendemain. Enfin il appuya sur le loquet. La porte n'était pas fermée au verrou. « En Russie, pensa brièvement Deutschmann, on trouvait rarement une porte solidement close, ce qui ne correspondait guère à l'idée qu'on se faisait, en Allemagne, de cet immense pays. »

Le vantail s'ouvrit en grinçant sur l'obscurité au fond de laquelle rougeoyaient les bûches du foyer. De temps à autre, une flamme crépitait. La porte de la chambre de Tania était ouverte. Deutschmann referma derrière lui et s'arrêta, le cœur battant à grands coups. Tout à coup, il perçut le souffle de la jeune fille.

Il avança lentement vers l'ouverture sombre par laquelle lui parvenait ce souffle et se dépouilla de son manteau, de son bonnet, de ses gants. La tiédeur de la maison le baigna.

Devant le lit, il s'arrêta, puis, comme s'il avait peur d'éveiller la dormeuse, de briser le rythme profond de sa respiration, il se laissa tomber à genoux et rapprocha son visage de celui de la jeune fille, indistinctement aperçu. La bouche était légèrement entrouverte, les cheveux noirs et soyeux jonchaient l'oreiller.

Soudain elle remua et s'éveilla.

— Tania... murmura-t-il.

Elle ouvrit tout grands ses yeux. Il crut voir une ombre de sourire jouer sur ses lèvres. Ce sourire exprimait-il la joie de le revoir ? L'instant d'après, il comprit qu'il lui donnait la bonne interprétation.

— Michel, murmura-t-elle à son tour.

Les bras nus sortirent de dessous la couverture, se nouèrent à son cou et l'attirèrent...

En se réveillant, le premier regard de Deutschmann fut pour sa montre. Presque six heures.

— Il va falloir que je parte, dit-il.

— Quand ? demanda Tania.

— Dans une heure.

— Est-ce absolument obligatoire ?

— Bien entendu. Si je restais ici, on me retrouverait vite.

— Tu pourrais rester... je te cacherais... tu pourrais rester pour toujours et la guerre finira bien un jour. — Elle s'accrochait à lui comme si elle eût craint de le perdre définitivement s'il s'éloignait un seul moment. — Je t'aime... Je t'aime plus que la Russie, plus que ma mère, plus que mon père, plus que tout, plus que tout... Je ne sais pas comment cela s'est fait, je ne sais pas... Je t'aime !

Deutschmann ne répondit rien, ému et effrayé de cette explosion sentimentale. Puis elle reprit, comme en état de rêve, comme si elle se trouvait déjà dans un avenir qui n'existerait pas, qui ne pouvait exister, ainsi que Deutschmann le savait parfaitement :

— Quand la guerre sera morte, je partirai avec toi, Michel. J'irai où tu iras... J'aime ma patrie, mais c'est toi qui seras désormais ma patrie, n'importe où...

Deutschmann se rhabilla avec un sentiment d'irréalité.

Rien de tout cela ne pouvait être possible. Comment était-il venu dans cette petite maison ? Etait-il concevable que cette merveilleuse jeune fille l'aimât ? Mon Dieu, comment tout cela était-il arrivé ? C'était une erreur, une illusion ; la réalité, c'était l'uniforme, le bataillon disciplinaire, Obermeier, Krüll, Schwanecke, Wiedeck, les corps sanglants, déchiquetés et l'éternelle angoisse devant la mort. Tout le reste ne pouvait être qu'un rêve, un de ces rêves qu'on fait dans quelque trou froid et malpropre, ou dans un abri, obscur et puant, tandis que la faucheuse moissonne au-dehors. Seuls demeuraient vrais le souvenir de Julia, son passé auprès de celle-ci, bien que ces images s'effaçassent souvent dans un lointain irréel, comme au cours de cette dernière nuit.

Tania prépara du thé. Ils déjeunèrent en silence, chacun perdu dans ses pensées, tout en se sentant tous les deux aussi rapprochés que deux êtres humains pouvaient l'être. De nouveau, Deutschmann se demanda comment cela était possible. Peut-être parce qu'il n'existait pour eux que l'instant présent ? Peut-être parce qu'ils cherchaient à condenser tout leur passé et tout leur avenir dans cette seule nuit et dans l'aube grise du nouveau jour ?

— Mange, Michel, dit Tania, dans un sourire qui exprimait un amour immense et le don total de soi.

Sergeï Pétrovitch Denkow poussa la porte et entra sans que ses pas l'eussent annoncé. Du givre couvrait son bonnet, son manteau, pendait à ses sourcils. Il referma la porte d'un coup de talon et s'arrêta pour les regarder tous les deux sans mot dire, avec de grands yeux vides. Sans les quitter du regard, il ôta son haut bonnet et le jeta sur un siège. Puis il sourit. Deutschmann tressaillit, tant ce sourire était lourd de menace.

— Bonjour ! dit-il en hésitant.

— Bonjour ! répondit Sergeï.

Son regard glissa du visage de Deutschmann à

l'uniforme. Pas d'écussons, pas de patte d'épaule, pas d'arme. Dès l'arrivée de la nouvelle troupe à Orcha, il avait télégraphié le fait à Moscou et on lui avait répondu qu'il s'agissait d'un bataillon disciplinaire. Sergeï connaissait les bataillons disciplinaires de l'armée soviétique, composés d'assassins, de voleurs, d'ennemis du socialisme. En temps de paix, ils abattaient du bois dans la forêt sibérienne ou travaillaient dans les mines. En temps de guerre, on les employait à autre chose s'ils étaient suffisamment robustes pour résister aux épreuves précédant la mort.

Puis, il regarda Tania, vit ses yeux brûlants dans son visage pâle, comprit ce qu'ils disaient et n'eut pas besoin d'interroger. Il savait désormais ce qui s'était passé...

Tania se leva.

— Voici Sergeï, un paysan de Babinitchi, dit-elle d'une voix un peu rauque. Et voici Michel.

Sergeï les contempla pendant quelques secondes sans mot dire, puis, d'un ton sec, méprisant, il dit, en russe, ignorant que Deutschmann comprenait cette langue :

— Chienne !

Se retournant, il se dirigea vers la porte.

Deutschmann bondit sur ses pieds, délivré de l'espèce de paralysie qui l'avait saisi à l'entrée du jeune homme.

— Halte ! fit-il, d'un ton qui ne correspondait plus au Deutschmann faible, irrésolu, désemparé, du passé.

Il alla se placer devant l'autre, qui le regarda d'un air froid et demanda :

— Pourquoi ?

— Qui es-tu ?

— Pourquoi ? répéta Sergeï, avec un sourire fugitif.

— Où habites-tu ?

— Dans la forêt.

— Je l'ai tout de suite compris, dit Deutschmann, doucement.

— Quoi ?

— Que tu es...

— Quoi ?

Tous deux se regardèrent pendant une ou deux secondes, puis Sergeï acquiesça :

— Da. Un partisan.

Deutschmann entendit Tania pousser un léger cri, mais ne se retourna pas, les yeux rivés sur ceux du Russe. Comment celui-ci osait-il dire en face, à un soldat allemand, qu'il était un partisan ? Et cela au milieu des troupes allemandes ! Quel jeu lui jouait-on ? Etait-il lui, Deutschmann, tombé dans un piège ? Des complices attendaient-ils un appel au-dehors ? Mais non, impossible ! A l'extérieur retentissaient les explosions provoquées par les sapeurs, sur le Dniepr. L'aube s'étendait, la vie s'éveillait dans les rues. Des colonnes de ravitaillement roulaient sur le pont. Les soldats allemands fourmillaient. Et cependant ce partisan n'hésitait pas à s'avouer tel !

— Je suis officier, dit encore Sergeï, puis, comme Deutschmann ne répondait pas, il poursuivit dans un allemand presque sans faute : J'étais venu voir Tania, ma fiancée. Mais la vierge pure d'hier s'est transformée en putain. Elle couche avec un salaud d'ennemi tandis que je me bats. — Il parlait d'un ton sans passion, comme s'il racontait une histoire banale, puis, se tournant vers Tania, il lui jeta de nouveau, en russe : Putain !

Par la suite, Deutschmann ne parvint pas à s'expliquer ce qui s'était passé en lui. Jusqu'alors, il ne s'était jamais battu, même dans sa jeunesse. Cependant, levant la main, il gifla Sergeï de toutes ses forces. Celui-ci ne recula pas, ne bougea pas. Il accepta les coups et, chose effroyable, les compta tout haut :

— Un... deux... trois... quatre... cinq...

— Et six ! cria Deutschmann en frappant une dernière fois.

— Exact. Six. Un soldat allemand pour chacun d'eux !

Ce fut Deutschmann qui recula, de nouveau envahi par un sentiment d'irréalité. Tania s'était appuyée contre le mur, le visage tourné vers celui-ci. Son dos se soulevait rythmiquement. Elle pleurait. Deutschmann regarda Sergeï, qui recommença à parler :

— Je la hais. Elle n'est même plus digne d'un coup de pied. Désormais elle porte du sang étranger en elle, et toi... tu vas me laisser passer, maintenant. Je sais ce que tu penses. Mais tu ne le feras pas, tu ne me livreras pas aux gendarmes. Tu as peur ! Que fais-tu ici, chez une Russe, chez une partisane ? Tu fais partie du bataillon disciplinaire, tu n'as rien à faire ici. Toi aussi, tu es un traître !

— Il prit son bonnet et sortit.

— Le moment de partir est venu, dit Deutschmann, un peu plus tard, en essayant de se dégager de l'étreinte de Tania. Je reviendrai. Tu peux en être sûre. Je reviendrai.

— J'ai peur !

— Je sais... Qu'y puis-je ?

— Tu ne peux rien ?

— Je reviendrai.

Deutschmann se sentait pitoyable. Assurément, il ne pouvait rien faire pour elle, et pourtant... Elle se trouvait désormais livrée sans défense à la vengeance de ses compatriotes.

— Tout s'arrangera, murmura-t-il, en sachant fort bien qu'il mentait.

Rien ne s'arrangerait. Devant elle, il n'y avait plus que du malheur. La nuit venait d'ouvrir devant eux un abîme où n'existait que le désespoir pour les jours à venir.

Il partit.

Il avança, lentement d'abord, puis de plus en plus vite, vers l'endroit où l'attendait le traîneau. Il avait déjà du retard. A l'entrée du pont, les sentinelles oscillaient de part et d'autre. Un adjudant de la gendarmerie insultait le chauffeur d'un camion dont l'axe s'était cassé en plein milieu du trafic, arrêtant celui-ci. Puis il courut franchement à travers les rues animées, laissant derrière lui la petite maison, Tania, Sergeï, avançant vers une nouvelle journée au bataillon disciplinaire.

Sergeï Pétrovitch Denkow avait attendu sa sortie derrière une palissade. Il se rendit de nouveau à la maison.

Tania se trouvait au milieu de la pièce. En apercevant Sergeï, elle porta les mains à sa bouche, dans un geste d'effroi, et recula vers le foyer, vers le renfoncement du mur où reposait le pistolet.

— Si tu y touches, je te tue, dit Sergeï.

— Que veux-tu ?

— Tu le demandes ?

— Que veux-tu faire ?... Va-t'en ! Va-t'en !

— Je vais partir... et je ne reviendrai plus avant que nous ayons chassé les Allemands. Mais, alors, je reviendrai pour te tuer. Je tenais à te le dire. Tu ne m'échapperas pas. N'essaie pas de fuir, ce serait inutile. Nous te surveillerons. Quand je t'aurais tuée, je les ferai tous venir. « Regardez, leur dirai-je, c'est Tania Sosnavskaïa. Ou, plutôt... c'était. Maintenant ce n'est plus qu'un cadavre. Autrefois elle était des nôtres, puis elle nous a trahis, en se donnant à un Allemand. Il en sera ainsi de tous ceux qui nous trahissent... »

Tania s'adossa au mur et porta à son cou des mains tremblantes.

— Va-t'en, gémit-elle. Tu es un démon !

— Vraiment ? Eh bien, un démon et une putain, ça va ensemble ! Ça va ensemble ! — Tout en parlant il se rapprocha, lui prit le menton et lui leva le visage. — Regarde-moi, putain ! Qu'as-tu fait ? As-tu tout oublié ? Nous as-tu tous reniés ?

— Je l'aime, murmura-t-elle.

— Chienne !

Reculant d'un pas, il commença à la battre, sans rien dire, les dents serrées, frappant aveuglément. Elle tomba auprès du foyer ; il se baissa et continua à la frapper. Elle se protégeait la tête avec les bras, mais ne se défendait pas et ne criait pas. Elle supporta tout jusqu'au moment où elle perdit connaissance.

Sergeï se redressa, retourna le corps du bout de sa botte pour le coucher sur le dos et attendit patiemment qu'elle rouvrît les yeux. Quand il eut la certitude qu'elle avait repris ses sens, il répéta :

— Je reviendrai pour te tuer.

Puis il sortit, referma la porte soigneusement et fit un geste amical à des sapeurs allemands qui, avec de longues perches, écartaient les glaçons de la rive. Saluant humblement des deux côtés, il remonta vers la ville et se perdit bientôt parmi les maisons en ruine, en bordure d'Orcha.

Dans une bania demeurée intacte, il se dépouilla de son humilité comme de son manteau, qu'il jeta dans un coin. Pendant un instant, il demeura comme pétrifié, puis se mit à frapper des poings contre les murs, tandis qu'une imploration sortait de ses lèvres :

— Oh ! mon Dieu ! Donne-moi la force de supporter cela ! Ne me laisse pas devenir fou... Ne me laisse pas devenir fou !

Pour la première fois de sa vie, il invoquait Dieu, mais il ne s'en aperçut pas. En lui, il n'y avait qu'une souffrance effroyable, brûlante, intolérable.

A l'heure même, où Deutschmann montait dans le traîneau sans prendre garde aux jurons du conducteur qui l'attendait, dans le froid, depuis une demi-heure, une forme bien emmitouflée parut dans les premières tranchées de la deuxième compagnie, soulevant une énorme sensation : le lieutenant Bevern ! Il venait, de la part de Wernher, voir où en étaient les travaux de cette compagnie.

Le premier homme qu'il rencontra fut Wiedeck. Celui-ci déposa la pioche avec laquelle il s'escrimait vainement contre le sol gelé, s'effaça le long de la tranchée, fit un vague salut, et annonça :

— Soldat Wiedeck, en travaux de terrassement. Rien à signaler.

— Quelle compagnie ? gronda Bevern. Est-ce là une façon de se présenter ? Ces travaux de terrassement, c'est pour des latrines ?

— A vos ordres, mon lieutenant !

— Qu'est-ce que ça signifie ?

— A vos ordres, mon lieutenant !

Bevern comprit qu'il ne tirerait pas d'autre réponse. Que pouvait-il faire ? Tout au moins dans cette tranchée ?

— Nous nous reverrons Wiedeck, nous nous reverrons, se borna-t-il à dire.

Furieux, il continua d'avancer, passant devant quelques soldats, qui saluèrent également avec négligence et se présentèrent d'une voix tonitruante, afin de prévenir les camarades de l'approche de Bevern.

Les autres hommes de la deuxième compagnie dormaient dans les abris à demi terminés. Ils avaient travaillé toute la nuit et pouvaient se reposer durant la journée. Depuis quarante-huit heures, ils demeuraient sur la position, l'ordre étant venu d'achever celle-ci au plus vite. Ils s'en réjouissaient, car des tireurs d'élite russes s'étaient infiltrés à travers les lignes allemandes et, de la forêt voisine, canardaient tout ce qui remuait dans les tranchées. Leur camouflage les rendait inaccessibles. Une section, engagée pour les liquider, dut se replier, bredouille. La forêt était grande et épaisse, elle constituait un refuge sûr non seulement pour des isolés, mais pour tout un bataillon, voire un régiment. Ces tireurs menaçaient les occupants, relativement peu nombreux, des premières lignes et aussi les disciplinaires. Le lieutenant Obermeier et le capitaine Barth avaient proposé d'armer une section — ou, mieux, toute une compagnie — de ces derniers, mais n'avaient pas encore reçu de réponse. Résultat : en trois jours, Wernher avait perdu cinq hommes et Obermeier six, par des coups à la tête.

Pour rétablir une sécurité relative, les deux lieutenants installèrent, face à la forêt, des sentinelles armées de mitrailleuses légères, pour tirer sur tout mouvement suspect. Mais ces sentinelles furent parmi les premières victimes. Dès la journée initiale, la relève trouva deux morts derrière les mitrailleuses avec un petit trou rond dans le casque.

— Quelle bande de salopards ! murmura Bevern, après avoir visité deux ou trois abris. Ils se terrent comme des rats ! Est-ce ainsi qu'on fait la guerre ?

Se courbant fortement — il avait été naturellement prévenu du danger constitué par les tireurs ennemis, quoiqu'il n'y crût pas vraiment — il avança dans un boyau pour contrôler une sentinelle. Il dut franchir la dernière partie à quatre pattes et arriva dans un trou où le soldat, replié sur lui-même... dormait !

Aucune erreur : cette sentinelle dormait !

Elle avait remonté le col de son manteau, de sorte que seule la partie supérieure du casque en émergeait. Sa respiration régulière faisait vibrer des fils de givre qui s'étaient formés autour du nez. Les mains s'abritaient dans les manches, les bottes fourrées étaient ramenées sous le manteau.

Une sentinelle endormie ! Pour Bevern, c'était le comble de l'abomination. En se penchant sur le dormeur, il éprouva presque un sentiment de triomphe : il tenait un délinquant grave ! Il regretta l'absence de tout témoin, mais ce n'était pas indispensable. Sa parole d'officier suffirait pour faire condamner cet homme à la seule peine digne d'un tel crime : la mort devant un peloton d'exécution.

Son regard monta lentement jusqu'aux sacs de terre qui, disposés en demi-cercle, protégeaient la mitrailleuse. Quand l'homme se réveillerait, il ne fallait pas qu'il le vît ainsi à quatre pattes, mais debout, comme il convenait. Lentement, sans faire de bruit, il se releva, mesurant des yeux la hauteur de ces sacs de terre pour voir s'ils lui offriraient leur protection. Naturellement, pensait-il, une balle ne pouvait traverser ces sacs et, d'autre part, personne ne le verrait s'il ne sortait pas la tête. Il était tellement absorbé qu'il ne remarqua pas un mouvement du soldat. Quand il se pencha pour hurler à ses oreilles, il se trouva brusquement devant un visage aux yeux railleurs... celui de Schwanecke.

Les blessures reçues par celui-ci dans son combat avec Tartoukine étaient plus douloureuses que graves. Kronenberg, après l'avoir découvert, lui fit quelques points de suture, puis il resta encore deux ou trois jours à l'ambulance. Bevern vint l'en chasser.

— Cet homme n'a rien de sérieux, dit le lieutenant à Kronenberg. Ce n'est pas le moment de tirer au flanc. Arrangez-vous pour que Schwanecke se présente dès demain matin à sa compagnie...

Schwanecke avait failli étrangler de rage.

— Réveillez-vous ! hurla Bevern, sans se rendre compte du ridicule de cet ordre.

Il n'écouta même pas les premières réponses de Schwanecke, pensant seulement qu'il le tenait enfin, que, cette fois, il n'y avait pas d'échappatoire possible. L'homme était déjà comme mort. La constatation que c'était justement Schwanecke l'emplissait de ravissement.

— Pourquoi ? Je suis encore très faible, dit Schwanecke.

— Debout !

Schwanecke se releva lentement, s'étira et bâilla.

— Vous arrivez toujours au mauvais moment, dit-il. Je venais justement...

— Vous dormiez !

— Je voulais vous le dire. Je venais justement de rêver que j'étais à Hambourg, avec une de ces blondes... Vous n'imagineriez jamais les hanches qu'elle avait !... Et voilà que vous arrivez...

— Vous dormiez... Vous l'avouez ?

— Bien sûr ! Mais ça ne m'a pas empêché de vous entendre. Vous n'avez pas bien appris votre leçon, à l'école du soldat, mon lieutenant. Ce n'est pas ainsi qu'on se déplace au front.

Il souriait, tout son visage souriait... mais ses yeux restaient froids, sans vie, comme deux billes en verre.

— Vous savez ce que cela signifie ?

— Non. Quoi donc ?

— Dormir en faction au voisinage immédiat de l'ennemi... dit lentement Bevern.

— Ah !... C'est à cela que vous pensez !... Et alors ?

— Conseil de guerre. Et il se réunira ici même. Ramassez vos affaires et venez avec moi.

Bevern demeurait très calme. Les réponses insolentes de Schwanecke ne mordaient pas sur lui. L'homme était, pour ainsi dire, déjà mort.

— Je ne peux pas m'en aller avant l'arrivée de la relève. Vous ne voulez pas me tenir compagnie jusque-là, mon lieutenant ? Nous pourrions... nous pourrions bavarder. Qu'en dites-vous, mon lieutenant ? Bavarder entre hommes... Nous sommes seuls, complètement seuls, et nous le resterons encore un bon moment. C'est une bonne occasion... pour se parler d'homme à homme...

Bevern perdit lentement son calme glacé. Les mots de Schwanecke pénétrèrent peu à peu sa conscience et il finit par comprendre. Un frisson courut le long de son échine. Il fit un pas en arrière, comme pour fuir dans le boyau. Mais Schwanecke étendit tranquillement le bras, le saisit par le col, l'attira contre lui et se tourna de manière à barrer le passage.

Bevern se trouvait incapable de résister. Ce qui se produisait était trop effroyable... impensable même. Mais quand il vit le visage de Schwanecke, il comprit que tout était bien réel. Et de la bouche souriante du soldat sortirent des mots qui imprégnèrent graduellement toutes les cellules de son corps...

— Tu parles de conseil de guerre ? Tu parles de me faire fusiller ? Pan, pan... plus de Schwanecke ! Ça te ferait plaisir, hein ? Schwanecke clamsé et Bevern — c'est bien comme ça que tu t'appelles ? — heureux comme un poisson dans l'eau...

— Laissez-moi passer !

— Voyons, voyons. Du calme ! Je t'ai dit que nous allions nous parler d'homme à homme, salaud ! Et nous avons beaucoup de choses à nous dire !... Non, ne touche pas ce pistolet, qu'est-ce que tu veux faire avec ? Je serais obligé de te taper sur la menotte... Bas les pattes !

Bevern écarta les mains de son étui.

— Que me voulez-vous ? Vous savez ce que cela signifie ? Porter la main sur un supérieur...

— Ta gueule !

Schwanecke essuya les petits glaçons qui pendaient à ses sourcils. Il ne souriait plus. Bevern eut soudain l'impression qu'il se trouvait loin, bien loin, méditant sur quelque chose. Puis Schwanecke parla de nouveau, toujours sans sourire :

— Tu es vraiment un sacré salaud... et je vais te zigouiller. Tu t'imagines comme les autres vont être contents ? Un jour de fête pour tout le bataillon ! Tu parlais de conseil de guerre ? Ce n'est pas moi qui vais manger les pissenlits par la racine... En tout cas, ce ne sera pas par toi !

— Vous... vous !... cria Bevern d'une voix de fausset, les traits contractés, une terreur indicible dans les yeux.

Puis il appela au secours, mais sa voix se perdit dans le vaste espace blanc où personne, il le savait, ne pouvait l'entendre. Tout était vain. Cet homme, devant lui, était sa mort. Rien ne pouvait plus l'en préserver. Aussi n'appela-t-il pas d'autres soldats à l'aide. En lançant son cri, il pensait à sa mère, à cette femme qu'il avait cru mépriser parce qu'elle ne partageait pas ses idées, et, au-delà d'elle, à toutes les mères qui étendent des mains consolantes sur les enfants sortis de leur sein et qui pleurent, à toutes les mères vers qui monte l'ultime cri des désespérés et des mourants.

— Au secours !

Schwanecke frappa tandis qu'il criait.

Bevern, étourdi, s'écroula.

Alors, Schwanecke agit avec rapidité et précision, comme s'il eût déjà répété cent fois ces gestes. Sans quitter le lieutenant du regard, il lâcha deux ou trois rafales de mitrailleuses vers la forêt où, il le savait, se cachaient au moins trois tireurs ennemis. Puis, avec le côté de la main, il assena un coup sur la carotide de Bevern, le saisit sous les aisselles, souleva le corps inerte et lourd, le porta derrière la mitrailleuse et le haussa lentement au-dessus des sacs de terre.

Il n'eut pas longtemps à attendre.

En moins d'une minute, il sentit une secousse parcourir le corps et, immédiatement après, perçut une détonation venant de la forêt.

Alors il laissa retomber Bevern et se pencha sur lui.

A la racine du nez, sur le visage qui conservait une expression d'étonnement et un peu d'effroi, il vit un petit trou rond, très net. A l'arrière du casque, il y en avait un autre, aux bords déchiquetés. La balle avait traversé la tête complètement. « La guerre peut tout de même servir à quelque chose, pensa Schwanecke, en ricanant, et les gars d'en face tirent sacrément bien... »

Puis il se redressa, se retourna et lâcha toute une série de rafales furieuses contre la forêt. Il appuya sur la détente jusqu'à ce que la bande fût vide. Il la remplaça et recommença à tirer frénétiquement, empli par un sauvage sentiment de triomphe, avec des yeux de fou.

— Ça suffit, dit-il quand la seconde bande fut vide à son tour.

La mort du lieutenant Bevern ne souleva pas une forte sensation.

Elle fut officiellement enregistrée et annoncée à l'autorité supérieure.

— C'était un jeune homme fourvoyé... Il y en a beaucoup dans ce cas, dit le capitaine Barth à Obermeier, par téléphone.

Wernher, qui voyait ses problèmes avec Bevern se résoudre de façon aussi simple, se borna à penser : « Pauvre diable !... Il est mort sans avoir jamais fait l'amour avec une fille... »

Seul Krüll demeura silencieux et pensif. Le fait que la disparition du lieutenant ne fît pas couler la moindre larme, mais que le bataillon tout entier l'acceptât comme un soulagement, lui causa de l'angoisse ou tout au moins lui donna à réfléchir. On ne le haïssait pas moins que Bevern, il le savait. Bien qu'il se fût adouci depuis son expérience dans les tranchées et se sentît plus en contact avec la troupe désormais, il ne nourrissait aucune confiance en ses subordonnés... d'autant plus que, pour lui, le rôle d'un adjudant, dans un bataillon disciplinaire, consistait toujours à empoisonner l'existence des soldats.

Bevern fut enterré derrière les maisons de Babinitchi. Cela ne termina cependant pas l'affaire pour Schwanecke.

Il s'expliqua d'abord avec le sergent Hefe, dans les tranchées mêmes.

— Les tireurs ont démoli Bevern, déclara-t-il, en veillant à mettre dans sa voix une juste nuance de consternation.

— Où ça ?

— Avec moi, tout à fait à l'avant.

— Ah !... Hefe regarda Schwanecke avec attention. — Le zigoto ne pouvait finir dans de meilleures conditions. Qui était là ?

— Personne. Seulement moi.

— Tu es donc l'unique témoin ?

— Ben oui.

— Pourquoi n'as-tu pas empêché cet idiot de montrer sa tête au-dehors ?

— J'ai pas d'ordre à donner à un officier.

— Tu l'as averti ?

— Bien sûr !

Ce ne fut pas aussi facile avec Obermeier. Celui-ci l'interrogea personnellement.

— Pendant combien de temps le lieutenant est-il resté avec vous ?

— Oh !... Peut-être cinq minutes.

— Qu'a dit le lieutenant Bevern ?

— En me voyant, il a dit « Ah ! c'est toi, canaille ! »

Obermeier regarda ses mains. Il n'éprouvait aucune commisération pour Bevern ; la mort de celui-ci lui paraissait cependant suspecte et son devoir d'officier — pas seulement d'officier — l'obligeait à en éclaircir les circonstances. Eussent-elles été différentes que la version d'un coup malheureux eût été aussitôt admise et l'affaire classée. Mais il s'agissait de Schwanecke. Celui-ci s'était trouvé seul avec Bevern et ne pouvait rêver situation plus propice. Evidemment, les conclusions à en tirer étaient monstrueuses... mais Schwanecke n'était pas un soldat ordinaire. C'était un criminel de droit commun. Il suffisait de regarder ses yeux pour comprendre qu'il pouvait facilement commettre un assassinat.

— Que s'est-il passé alors ?

— Attention, mon lieutenant, que je lui ai dit, y a en face des tireurs sibériens. « Vous avez peur, poule mouillée ? qu'il m'a fait. Non, que j'ai répondu, mais ils tirent sacrément bien ! De la blague ! qu'il a dit. » Il a passé la tête au-dessus du parapet. Ça a fait clac ! Il a dégringolé. Il était nettoyé. Tout ça s'est passé très vite, mon lieutenant. Il voulait toujours montrer aux autres que...

— Ça suffit ! Allez vous présenter à l'adjudant-chef Krüll.

Schwanecke, poussant un soupir de soulagement, quitta Obermeier, qui demeurait pensif. Il se rendit au bureau, salua deux ou trois vieilles connaissances et s'avança vers l'endroit où se tenait Krüll. Il croyait l'affaire terminée. Bevern était mort, que pouvait-il arriver désormais ? « Il est mort au champ d'honneur, pensait-il, et il voulait me faire passer en conseil de guerre, puis commander lui-même le peloton d'exécution... Pan ! Plus de Schwanecke ! Il y a bien eu un pan ! mais c'est Bevern qui a été zigouillé. Plus question de conseil de guerre... Je l'avais prévenu qu'il ne m'aurait pas. Les autres, peut-être, mais pas moi. »

L'adjudant-chef Krüll leva les yeux quand Schwanecke entra sans frapper. Il se redressa, croisa les bras, hocha la tête et dit :

— Naturellement ! Ce ne pouvait être personne d'autre. L'homme sans éducation. Le criminel de droit commun presque parfait...

— Vous pouvez barrer le « presque », fit Schwanecke en ricanant.

— Puis-je dire aussi l'assassin presque parfait ?

Schwanecke plissa les paupières ; son visage prit une expression haineuse. Pour un instant, sa rage lui fit oublier sa prudence habituelle.

— Vous y passerez vous aussi, siffla-t-il.

Krüll bondit sur ses pieds.

— Aussi ?... Qu'est-ce que ça signifie ? hurla-t-il.

— Ça veut dire que vous y passerez, comme nous y passerons tous, dit Schwanecke, en se reprenant.

— Ça peut avoir un autre sens. Me prends-tu pour un idiot ?

Krüll eut soudain peur des yeux froids qui le fixaient.

— C'est possible, répondit Schwanecke avec aplomb.

— Je te préviens, mon petit, fit Krüll, en hochant la tête comme il le faisait chaque fois qu'il réfléchissait fortement, ton crime sera prouvé, c'est moi qui te le dis. Le jour où on te coupera ta sale tronche, je mettrai mon uniforme des dimanches et je me soûlerai !

Schwanecke ne répondit pas, mais il ne put s'empêcher de cracher dans un coin avant de quitter le bureau...

Une heure plus tard, le Dr Bergen entra dans la maison où Obermeier avait installé son « poste de combat ».

— L'ambulance est pourvue en matériel pour au moins huit jours, dit-il, d'un air las. Votre Deutschmann a réussi à s'en procurer. Il faudra qu'il retourne à Orcha la semaine prochaine. La pharmacie de l'armée vient de recevoir des approvisionnements importants. On dirait qu'il y a quelque chose dans l'air...

— Je m'étonne depuis longtemps qu'Ivan se tienne aussi tranquille. La terre gelée est solide comme du roc, il n'y a pas trop de neige... Impossible d'imaginer meilleur terrain pour les blindés. Ou je me trompe fort, ou ça ne tardera pas à barder.

— Ne parlez pas de malheur, Obermeier ! dit le Dr Bergen, en avalant rapidement une gorgée d'alcool que lui tendait le lieutenant dans un quart. Mais je ne viens pas pour ça... lorsque ça bardera, nous le saurons assez tôt. Je n'ai pas une grande expérience du front, mais il faudrait être en bois pour ne pas sentir que c'est... comment dirais-je ?... le calme qui précède la tempête. Voici ce que je voulais vous dire... Le Dr Hansen a découvert quelque chose dont il vient de me faire part. Il a dressé un procès-verbal. Il s'agit de Bevern. Lisez vous-même, je vous prie.

Il tendit quelques feuilles à Obermeier et but une nouvelle gorgée.

— Vous autres, médecins, vous écrivez comme des cochons, fit Obermeier, avec un soupir, au bout d'un moment.

— Eh bien, je vais vous expliquer. Sur le corps de Bevern, il existait, en plus du trou à la tête, une tuméfaction au menton et, ce qui est encore plus important, une autre, à la gorge, avec un petit épanchement sanguin. Cela signifie que ces tuméfactions se trouvaient déjà là quand la balle l'a tué. En voyez-vous la signification ?

— Que voulez-vous dire ?

— Ecoutez-moi bien : il est possible que Bevern, en procédant à son inspection des tranchées, ait glissé et soit tombé. Cela expliquerait la contusion au menton. Ou bien croyez-vous qu'il ait pu la recevoir au cours d'un pugilat ?

— Ce n'est guère à supposer.

— Ce serait une explication pour la contusion du menton. Mais comment en trouver une pour celle du cou ? Elle ne peut provenir d'une chute. J'ai été médecin légiste pendant un certain temps... il y a des années. Une telle tuméfaction ne peut provenir que d'un coup assené avec un instrument contondant. Avec une matraque ou bien...

Le Dr Bergen fit un geste rapide de la main.

— Vous voulez dire... avec le côté de la main ?

— C'est possible... reprit Bergen, en haussant les épaules. Donnés avec suffisamment de force, de pareils coups peuvent être mortels.

— Et vous pensez...

Bergen fit un nouveau geste, négatif cette fois.

— Non, non. Bevern a été indiscutablement tué par une balle de fusil. Elle est entrée devant et ressortie derrière. Vous savez que l'effet peut être foudroyant. C'est ce qui s'est produit pour Bevern. Mais — et voilà ce qui donne à réfléchir — le coup contre la gorge a pu lui faire perdre connaissance. Et il a dû être donné très peu de temps avant la mort. Je ne suis pas un détective... vous non plus, probablement, mais vous commandez la compagnie où cela s'est passé...

— Si je vous ai bien compris, reprit Obermeier lentement, au bout d'un certain temps, quelqu'un... ne citons encore aucun nom... a étourdi Bevern, puis lui a logé une balle dans la tête.

— Hansen a établi que la balle n'a pas été tirée à

courte distance. Vous savez que c'est facile à constater médicalement. Je ne voudrais pas m'engager... Cependant, ce que vous venez de dire doit être, à mon avis, assez proche de la vérité.

— Voici donc comment la chose se présenterait : Schwanecke — il ne peut s'agir de personne d'autre — aurait d'abord mis Bevern knock-out, l'aurait ensuite étourdi plus profondément par un coup à la gorge, avec le côté de la main, puis finalement l'aurait tué... ou fait tuer par un tireur russe. C'est une explication plausible... quand on est averti...

— Il s'agit de Bevern, mais...

— Vous voulez dire... mais il ne me reste qu'à transmettre ce rapport au capitaine Barth.

— C'est bien ça.

Le Dr Bergen acheva l'alcool. Celui-ci avait mauvais goût, mais il aidait à supporter les choses atroces, trop atroces pour la simple raison.

— Bevern était un pourceau... Cependant, un crime demeure un crime, quelle que soit la victime.

— Je vais tout de suite... je vais faire chercher Schwanecke et l'interroger de nouveau.

LE Dr Kukill essayait vainement d'atteindre Julia Deutschmann par le téléphone. Le dernier bombardement britannique ayant détruit les communications, il se rendit à Dalhem, poussé par une inquiétude jamais éprouvée jusque-là, qui se transformait en panique à la pensée que Julia avait pu mettre à exécution son projet insensé d'essayer sur elle-même la découverte de son mari.

La villa était fermée. Il sonna sans résultat. Les persiennes, en partie arrachées par des explosions voisines, étaient closes dans toute la mesure du possible.

Il attendit un moment, puis ouvrit la porte et avança à travers le petit jardin. Rien ne bougea. La maison paraissait déserte, abandonnée. La porte de la cuisine, sur l'arrière, était fermée à clef. Julia, manifestement, se trouvait en voyage. Pourquoi ne lui en avait-elle pas parlé ? Parce qu'elle le haïssait, se répondit-il avec amertume. Comment avait-il pu être assez bête pour croire qu'elle oublierait Deutschmann et répondrait à ses avances ? Où pouvait-elle bien être partie ? Elle n'avait plus de parents, il le savait. Etait-il arrivé quelque chose à Deutschmann ? Avait-il été tué en Russie ?

Cette pensée, avec laquelle il jouait souvent ces derniers temps, ne lui était pas désagréable. Cependant, il s'y mêlait un étrange sentiment d'incertitude... de culpabilité ?... qu'il ne connaissait pas auparavant. Alors, tout était net et simple : il désirait Julia, il voulait la conquérir et il ne doutait pas d'y parvenir. Il l'aurait ; sa résistance exacerbait seulement son désir qui tournait à l'idée fixe. Jusqu'alors il avait obtenu tout ce qu'il voulait. Pourquoi en serait-il autrement ? Deutschmann vivant constituait le principal obstacle. Lui mort, Julia, après un temps de deuil raisonnable, tomberait comme un fruit mûr. Sur la suite, il ne se faisait aucune idée précise.

Cependant, depuis quelques semaines, tout cela ne lui semblait plus aussi net. Il voulait toujours Julia pour lui, mais d'une façon différente, et il n'avait plus l'assurance de souhaiter aussi fortement la mort de Deutschmann. Les frontières s'étaient quelque peu embrouillées en même temps que ses sentiments... et c'était là, pour lui, quelque chose de tout à fait nouveau. Serait-ce... de l'amour ? Dans ce cas, l'amour ne laissait pas d'être fort compliqué et déroutant...

Avant de regagner sa voiture, il s'arrêta dans le jardin pour regarder la maison. Il sentit sa poitrine se serrer, sa gorge s'étrangler, presque une douleur physique. En cet instant, il eût donné toute sa carrière, ce qu'il était et ce qu'il représentait, pour voir la porte s'ouvrir et Julia s'avancer vers lui, les bras ouverts. Mais cette porte demeura close, la maison déserte et abandonnée. Il s'en alla donc en formant le projet de revenir le lendemain, de revenir chaque jour jusqu'à ce qu'il la trouvât enfin. Il fallait qu'il la retrouvât, ne fût-ce que pour échanger des banalités avec elle ou se taire à son côté.

Julia l'observait, de la pièce de séjour, à travers une fente des persiennes.

Ce n'était plus le Dr Kukill qu'elle avait connu, le

médecin légiste au comportement glacé, sûr de soi, le spécialiste réputé, le favori du Parti et des femmes. Ses nuits étaient longues et ses rêves rarement agréables, lui avait-il dit un jour. Sa présente attitude donnait pourtant autre chose à entendre. Mais elle ne pouvait l'approfondir, et ne l'essaya même pas quand Kukill eut disparu à sa vue. Elle s'efforça de ne plus penser à lui en s'asseyant derrière le bureau d'Ernst. Pour le moment, il était accessoire. Plus tard, quand l'essai aurait réussi, il servirait pour provoquer la révision du procès... Plus tard, si tout allait bien.

Une pile de papiers encombraient le bureau. Elle les poussa de la main, prit une feuille blanche et commença à écrire :

« Mon chéri !

« Cette lettre sera courte et il se peut qu'elle soit la dernière. On ne doit pas se dire adieu en trop de mots ; ils rendent la séparation plus pénible et, pis encore, ils risquent de m'enlever le peu de courage que j'ai pour faire ce que je projette. Mais non, je ne veux pas voir les choses en noir ! Je suis un peu surmenée, je crois, et, dans cet état, le nécessaire paraît inutile, le pénible encore plus difficile.

« Récemment, je me suis surprise à concevoir de la vanité. Presque avec orgueil, j'ai pensé que j'accomplissais une très grande œuvre. Pour toi. Ce ne pouvait être le fait, me suis-je dit avec complaisance, que d'une femme capable d'aimer très fort. Je me suis produit l'effet d'une héroïne. Tu le vois, mon chéri, même dans de telles situations on ne s'affranchit pas de certaines faiblesses innées. Par la suite, je me suis demandé combien de gens pouvaient être bons par simple vanité, pour dire d'eux-mêmes ou entendre dire par les autres qu'ils étaient bons ou avaient accompli une bonne action. Je me suis même demandé jusqu'à quel point la vanité, même l'amour-propre, peut avoir de part dans un acte héroïque — appelons cela ainsi — qui, de l'extérieur, paraît un abandon total de soi, la négation de l'égoïsme élémentaire, de l'instinct de la conservation. Voilà les idées qui me passent par la tête... Mais j'ai dit que ma lettre serait courte. Encore ceci : quelle que soit l'époque où il me faut vivre, si dure soit-elle souvent ou presque toujours, j'ai acquis des idées et des clartés nouvelles. J'ai changé, mais pas au sens de la constatation banale : tu n'es plus la même. Ce que je devinais autrefois, je le sais aujourd'hui, et je devine désormais ce qui était, pour moi, un livre fermé de sept sceaux. C'est ce qu'on nomme : une évolution.

« Cette lettre terminée, je vais tenter l'expérience. Oh ! mon chéri, que j'ai peur ! Peut-être cette lettre ne sera-t-elle pas brève, après tout, car chaque nouvelle ligne, chaque nouveau mot que j'écris constitue une sorte de sursis.

« Sans doute, ne l'apprendras-tu jamais. Tout au moins, tu l'ignoreras si l'expérience échoue. Dans ce cas, je ne serai plus là pour t'expliquer. Cependant, même si je demeure en vie, je ne crois pas que tu reviennes jamais, car cette guerre durera longtemps, et elle dévore les hommes comme un Moloch insatiable... surtout les hommes condamnés à faire partie d'un bataillon disciplinaire. Parmi les millions de victimes, nous serons seulement deux anonymes, dont le sort ne touchera personne, car il se fondra dans bien d'autres misères au moins aussi terribles. Il ne subsistera que le mot « guerre », ce mot effroyable dont nul ne peut mesurer l'horreur avant de l'avoir vécue, et qui engloutira comme un océan ces millions de destins particuliers.

« Ce sera fait dans quelques minutes. Dans dix ou douze heures, je saurai si nous avions raison ou si nous nous sommes trompés au sujet de notre « actinite ». Je te promets d'être courageuse... j'essaierai de l'être. Mais, à tout hasard, laisse-moi prendre congé de toi. En écrivant, je me force à sourire pour ne pas pleurer. Je m'efforce de penser seulement aux belles heures de bonheur que nous avons connues ensemble, non à celles, si amères, qui les ont suivies. En cet adieu, je te dis : ma vie a été courte mais bien remplie. Nous nous reverrons, je veux le croire ; la nuit à travers laquelle nous avançons aura forcément une aube. Je t'embrasse en esprit comme le jour où tu m'as dit : Dieu a créé le monde pour qu'il y ait toi ! Je t'en fus alors reconnaissante, mais bien moins qu'aujourd'hui où, à mon tour, je te dis la même chose.

« Ta Julia. »

Elle ajouta sa lettre, sans la relire, aux précédentes et les enferma dans un tiroir qu'elle ferma soigneusement à clef. Puis elle gagna son laboratoire et approcha d'une table où se trouvaient deux petites fioles contenant un fluide blanchâtre. D'une main qui ne tremblait pas, elle aspira deux seringues de ce fluide.

Il était 11 h 17 du matin.

Agissant avec des mouvements nets, précis, elle ouvrit un brouillon, porta la date, puis écrivit :

« 11 h 19. Première injection intramusculaire de deux centimètres cubes de *staphylococcus aureus* dans le *musculus vastus lateralis.* »

Auparavant, elle avait nettoyé, à l'alcool, une surface sur sa cuisse et ne put s'empêcher de sourire. Comme la force de l'habitude était puissante ! Désinfecter l'endroit où elle allait s'injecter du pus ! Elle souriait encore lorsqu'elle enfonça l'aiguille dans le muscle, appuya sur le piston et retira l'aiguille d'un coup sec. Elle effectua la seconde piqûre dans l'avant-bras et écrivit dans le brouillon :

« 11 h 22. Injection n° 2 dans le *musculus flexor digitorum profondus.* J'interromps l'essai pour attendre l'effet. »

Réglant un réveil sur 21 heures, elle s'étendit sur le vieux canapé, où Ernst dormait souvent, pendant deux ou trois heures, après une nuit blanche. Les rideaux étaient tirés. Dans la demi-obscurité, tous les objets prenaient un aspect irréel. Sur une petite table, à côté du canapé, se trouvait le téléphone avec, à côté, une fiche portant les numéros d'appel du Dr Wissek à la Charité et à son domicile particulier.

Elle avait essayé de penser à tout avant de commencer l'expérience. Ses notes enregistraient le moindre détail. Elle avait pris toutes ses dispositions, comme une personne qui, voulant en finir avec la vie, tient, au préalable, à mettre de l'ordre dans ses affaires. Une lettre était même adressée au Dr Kukill :

« Si, en tant qu'expert légal, vous aviez mieux écouté ce que vous dictait votre conscience ou votre raison, et non obéi aux idées préconçues que vous appelez les « nécessités de l'heure », vous ne vous seriez pas mis dans le cas d'avoir, aujourd'hui, à lire cette lettre... »

Le visage très pâle, les yeux fermés, Julia pensa à Ernst, à l'effroyable hiver russe dont elle avait tant entendu parler. Possédait-il au moins un manteau ? Avait-il reçu le colis contenant d'épais gants fourrés, des chaussettes, un gros foulard, un gâteau, deux paquets de cigarettes ? Portait-il des bottes fourrées ? Inquiétudes d'une femme aimante pour son mari, ou d'une mère pour son fils.

Au début de l'après-midi — sa montre marquait 14 h 16 — elle entendit une voiture s'arrêter dans la rue et devina qu'il s'agissait de celle du Dr Kukill. Au bout d'un moment, des pas retentirent dans l'allée du jardin. La sonnette de la porte d'entrée tinta... deux... trois... cinq fois. Julia lutta pendant un instant contre le désir ardent d'aller ouvrir, de tout raconter, de réclamer du secours avant qu'il ne fût trop tard. Mais elle resta couchée, appuya les mains contre les oreilles et tourna la tête vers le mur. Enfin, au bout d'un long délai, elle perçut le bruit du moteur qui repartait, et ce bruit ne tarda pas à s'éteindre.

Le calme de la maison vide, la demi-obscurité, la plongèrent dans une somnolence. Elle sursauta quand le téléphone sonna, auprès de sa tête, mais elle ne décrocha pas. C'était sûrement le Dr Kukill qui voulait lui parler.

A 18 h 47, elle examina les points d'injection. Un

petit cercle rouge s'était formé autour de celui de la cuisse. Celui de l'avant-bras ne présentait encore aucun symptôme. Elle prit sa température, constata une sensibilité à la pression à la cuisse, et nota ces observations dans le brouillon.

A 20 h 30, avant que le réveil n'eût sonné, elle appela le Dr Wissek à la Charité, dominée par une inquiétude qu'elle ne parvenait plus à dominer et qui lui donnait l'impression de manquer d'air.

— Salut, fillette, comment ça va ? Que puis-je pour toi ? entendit-elle, comme à travers un brouillard.

Elle toucha son front. Il était brûlant et moite.

— Et toi ? Comment vas-tu ? demanda-t-elle avec peine. As-tu beaucoup de travail ?

— Comme toujours ! Je couche presque dans ma salle d'opération !

— J'ai une demande à t'adresser, Franzl...

— Vas-y. Accordé d'avance !

— Je voudrais un lit.

— Ici, à la Charité ? Impossible ! Voyons, Julchen... y penses-tu ? Dans l'abri antiaérien, les patients sont déjà les uns sur les autres. Aurais-tu, toi aussi... des malades particuliers ?

— Non. Si je te demande un lit, c'est pour une nécessité urgente.

— De quoi s'agit-il donc ?

— D'une infection par le staphylocoque doré. A l'avant-bras et à la cuisse, dit lentement Julia, en respirant péniblement.

— C'est grave ?

— Assez.

— L'amputation est donc à prévoir. Qui est-ce ?

— Moi.

A l'autre bout du fil, il y eut un long silence. Et, dans l'écouteur, se fit entendre une sorte de sifflement, le bruit d'une respiration haletante. Puis la voix parla de nouveau :

— Julia... Julia... Qu'as-tu fait ? Que t'est-il arrivé ?

— J'ai recommencé l'essai d'Ernst. — Elle se força

à parler lentement et distinctement, bien que la pièce commençât à chavirer devant elle et qu'elle se sentît comme ivre. — La seule possibilité, c'est... l'actinite d'Ernst... Tu m'entends, Franzl ? Viens me prendre. Je suis couchée sur le canapé du laboratoire. Tu trouveras l'actinite sur la table à côté, avec le mode d'emploi... — Les mots sortaient de ses lèvres avec une peine croissante. — Suis-les très exactement, sinon tout serait vain. Tu m'as bien comprise ?

— Oui... mais...

— Je ne peux plus parler. Bonne chance, Franzl, et...

Elle voulait dire « au revoir », mais le mot ne vint pas immédiatement et elle l'oublia. Péniblement, elle raccrocha et s'étendit de nouveau. « Cela continue, pensa-t-elle, des centaines de millions de microbes... un milliard... »

L'adjudant-chef Krüll semblait prendre plaisir à parcourir les tranchées. La surprise des soldats, devant lesquels il paraissait brusquement, lui causait une satisfaction profonde, plus forte que sa peur de l'artillerie russe. D'autre part, le front se trouvait, depuis quelque temps, remarquablement silencieux — silence de mauvais augure pour les soldats d'expérience — ; aussi les risques n'étaient-ils plus très considérables. Peut-être tenait-il également à se prouver qu'il était devenu un véritable guerrier. En tout cas, un soir, il retourna pour la troisième fois dans les tranchées. Mais un incident se produisit. Les partisans tirèrent sur la corvée comme elle passait en bordure de la forêt. Fait extrêmement banal, dont personne n'eût même parlé si, justement Krüll n'avait été touché.

A l'ambulance de Barsdovka, Kronenberg tomba des nues lorsque la porte de la grange s'ouvrit et qu'il vit entrer l'adjudant-chef.

Il jeta les pansements qu'il tenait et s'inséra entre deux lits pour dégager le passage. Ce fut seulement alors qu'il remarqua que Krüll avançait péniblement, en s'appuyant sur une canne.

— Ce n'est pas Dieu possible...

— Quoi donc fiston ?

— Vous... vous n'êtes tout de même pas blessé ?

— Si ça peut vous rassurer... oui, je suis touché. Une balle dans le derrière !

— Quoi ?... Où ça ? — Ce fut, pour Kronenberg, un des plus beaux moments de sa vie. — Qu'est-ce que vous avez dit ? Au...

— Parfaitement... Dans la fesse gauche. J'ai mis un dixième de seconde de trop à me jeter par terre !

— Et ça a fait boum ?

Krüll tordit la bouche. Il souffrait manifestement et n'était pas en veine de plaisanter.

— Kronenberg, espèce d'avorton, dit-il lentement, si vous croyez me mettre en boîte, vous vous enfoncez le doigt dans l'œil jusqu'au coude ! Quel lit dois-je prendre ?

— C'est M. le Major qui décide tout à l'ambulance. Vous donner un lit, ça dépendra de la grosseur du trou que vous avez, mon adjudant... Un simple pansement suffira peut-être. Ce ne serait pas la première fois ! — Il alla se placer derrière l'adjudant. — Mais on ne voit rien !

— En homme bien élevé, j'ai changé de culotte.

— La première fois depuis un an, cria quelqu'un des profondeurs de la grange.

Des rires fusèrent. Kronenberg sourit discrètement.

— Bande d'idiots ! fit Krüll, avec mépris.

Arriva le Dr Hansen, vêtu d'une blouse blanche avec un tablier en caoutchouc, taché de sang. L'adjudant se présenta à lui, blême, souffrant visiblement, mais faisant tête à l'hostilité railleuse autour de lui. Le médecin en eut presque pitié et lui mit la main sur l'épaule.

— Venez avec moi, lui dit-il, je vais vous examiner. Vous a-t-on déjà fait une piqûre antitétanique ?

— Oui. L'infirmier auxiliaire Deutschmann.

L'adjudant ne se rappelait pas volontiers la scène qu'il avait eue avec celui-ci.

Après la fusillade, Hefe et Wiedeck l'avaient placé sur un traîneau, qui le ramena à Gorki. Deutschmann le prit en charge et commença par compter ses bandes de pansement.

— Dix-sept seulement, fit-il, d'un ton désolé. Mon adjudant vous avez crié au gaspillage quand j'en ai employé quatre pour le soldat Siemsburg. Deux suffiront sans doute pour vous...

— Ne plaisantez pas, Deutschmann, gémit l'adjudant.

La blessure le brûlait. Sa jambe gauche était devenue comme insensible. Il croyait mourir lentement.

— La piqûre tout d'abord !

Deutschmann fendit la culotte. D'un coup sec, il arracha le caleçon collé contre la blessure. Krüll poussa un cri. La blessure était insignifiante. La balle, tirée par une mitraillette de petit calibre, avait à peine pénétré dans le muscle, en dessous de la peau.

— Oh ! oh !... La moitié du derrière est enlevée ! observa Deutschmann, sur un ton de fausse commisération.

— Fermez votre gueule et faites la piqûre !

— Tout de suite.

Deutschmann choisit une seringue à l'aiguille émoussée, qu'il avait d'ailleurs l'intention de remplacer, la remplit de sérum et donna une tape paternelle sur le postérieur de l'adjudant.

— Un tout petit peu de patience ! Papa docteur va faire pique-nique et ce sera tout de suite fini !

— Je... Aïe ! hurla Krüll.

Deutschmann venait d'enfoncer l'aiguille dans la chair avec plus de lenteur qu'il n'était permis et injectait le sérum avec la même absence de hâte. Quand il eut retiré l'aiguille, il ne put résister au désir de poursuivre dans la voie où il s'était engagé.

— C'est fini ? demanda l'adjudant.

— Oh ! non. Je vais nettoyer la blessure et la panser.

— C'est pas à l'ambulance qu'on fait ça ?

— De temps à autre, on le fait ici également. Comme vous le savez, j'ai beaucoup d'expérience.

— Alors, allez-y... Vous allez m'endormir ?

— Voyons, voyons ! Sûrement pas. Vous n'êtes certainement pas une femmelette, hein ?

— Et ensuite ?

— Nous verrons ce que dira le lieutenant.

— Quand me conduirez-vous à Barsdovka ?

— Je ne crois pas que ce soit tellement urgent. On n'y envoie que les cas graves. Vous l'avez vous-même prescrit...

— Mais vous disiez que... la blessure est énorme... La gangrène peut s'y mettre...

— Il n'en restera qu'une grosse cicatrice. Comme vous n'êtes pas une danseuse nue, mon adjudant, cela n'aura guère d'importance.

Le pansement ne fut pas moins douloureux que la piqûre. Aussi Krüll, les dents serrées, jura-t-il de se venger de Deutschmann à la première occasion. Il partit pour Barsdovka à la nuit tombée. Toute la compagnie s'assembla pour le voir s'en aller. Quand le traîneau démarra, plusieurs voix entonnèrent la vieille chanson : « Faut-il donc, faut-il donc que j'aille à la ville... » Krüll faillit pleurer de rage à se sentir si seul, si détesté de ces hommes qui souhaitaient certainement sa mort...

Vers 23 heures, le Dr Kukill reparut devant la villa des Deutschmann, à Dahlem. Dans l'intervalle, il avait vainement essayé de téléphoner à Julia. Des mots prononcés par celle-ci lui revenaient en mémoire, des mots auxquels il n'avait pas accordé grand sens sur le moment, mais qui semblaient en prendre un désormais.

— Personne ne saura rien de l'essai avant que je ne l'aie commencé, avait-elle dit... Même pas vous ne pourrez m'en empêcher... Je prouverai à tout le monde qu'on a commis une injustice envers Ernst.

Cette fois, il ne se contenta pas de faire le tour de la maison pour essayer de découvrir un indice de la présence de Julia. Il alla tout de suite à la porte de la cuisine, sur l'arrière, y frappa à deux ou trois reprises, puis, finalement, enfonça la fenêtre voisine.

La cuisine était vide, mais une casserole, pleine de soupe aux haricots, restait sur le réchaud.

— Julia ! cria-t-il... Julia !... Où êtes-vous ? Pourquoi vous cachez-vous de moi ?

Pas de réponses. Il comprit que la maison était déserte, qu'il appelait en vain. Il s'avança à travers le vestibule, la pièce de séjour, le bureau. Lorsqu'il ouvrit la lourde porte du laboratoire, il s'arrêta, cloué sur le seuil. Toutes les lampes brûlaient. Une couverture en désordre gisait sur le canapé, dans un coin. Auprès, une petite table portant le téléphone, devant lequel était un rectangle blanc : une lettre.

Lentement, comme attiré par un aimant, il s'approcha. Cette lettre lui était adressée. Son regard s'arrêta sur une fiche à moitié engagée sous le téléphone. Il lut : Dr Franz Wissek, la Charité, et un numéro. Il déchira l'enveloppe :

« Si, en tant qu'expert légal, vous aviez mieux écouté ce que vous dictait votre conscience ou votre raison, et non obéi aux idées préconçues que vous appelez les « nécessités de l'heure », vous ne vous seriez pas mis dans le cas d'avoir, aujourd'hui, à lire cette lettre.

« Je vais effectuer l'essai sur moi. Quand vous aurez ces lignes sous les yeux, je ne serai plus de ce monde... ou j'aurai fait la preuve que mon mari a été condamné à tort.

« Ne me considérez pas comme une héroïne. J'ai affreusement peur. Mais c'est l'unique moyen de réhabiliter Ernst et de poursuivre l'œuvre dans laquelle il avait foi, et à laquelle moi aussi je crois ! »

Il se força à relire phrase par phrase, mot par mot. Et, du fait même que Julia ne l'accusait pas, mais s'exprimait avec sobriété et calme, il ressentit encore plus profondément sa culpabilité... Où se trouvait-elle en ce moment ?

Cette fiche fournissait peut-être la réponse ? La

Charité... évidemment ! Elle y avait appelé quelqu'un... ce Dr Wissek... et elle y avait été transportée.

Il lui fallut un certain temps pour obtenir la communication. Il tapota nerveusement des doigts sur la petite table, puis entendit finalement des pas qui approchaient et une voix masculine:

— Ici, docteur Wissek.

— Est-ce que Julia... Mme Julia Deutschmann est chez vous ?

— Qui êtes-vous ?

— Kukill... Le docteur Kukill... Répondez-moi ! Mme Julia est-elle chez vous ?

— Oui. Pourquoi me le demandez-vous ?

— Grand Dieu !... Pas de question !... Qu'a-t-elle ?

— Cela paraît assez sérieux... une infection généralisée...

— Grave ?

— Très.

Le Dr Wissek crut percevoir une sorte de sanglot, mais il avait dû se tromper, c'était impossible. Il connaissait le Dr Kukill — qui ne le connaissait pas ? — et ne se l'imaginait pas sanglotant. C'était absurde. Pourtant...

— J'arrive tout de suite, entendit-il au bout d'un moment, puis on raccrocha.

Wissek demeura déconcerté pendant quelques secondes, raccrocha lui-même, hocha la tête et dit à la téléphoniste :

— Si je ne m'abuse, quelqu'un a pris un coup sur la tête !

Julia, dans une petite chambre, luttait contre la mort. Les médecins, atterrés, impuissants, entouraient le lit et regardaient le professeur Burger, que Wissek avait tiré de son lit, effectuer la troisième injection de l'actinite découverte par le Dr Deutschmann. Il l'injecta dans la veine du bras pour que l'effet fût plus rapide.

Julia était dans le coma. La sueur couvrait sa peau blême, les paumes étaient blanchâtres, le nez se pinçait d'une façon sinistre.

— Je me demande si cela a encore quelque sens, dit le professeur Burger, après avoir retiré l'aiguille. Tous les moyens conventionnels sont impuissants devant une telle infection. Et je n'ai aucune foi dans cette actinite. Il y a longtemps que j'ai cessé de croire au Père Noël.

Wissek acquiesça et annonça :

— Le Dr Kukill vient de téléphoner. Il arrive tout de suite.

— Que vient-il faire ici ? demanda Burger, surpris.

— Il semblait extrêmement ému...

— Ah ! tiens. Eh bien... j'imagine... il a enfin... Vous connaissez l'histoire ?

— Ce fut une saloperie ! dit durement le Dr Wissek.

Le professeur ne répondit pas. Il souleva les paupières de Julia, pour voir les pupilles. Elles étaient vitreuses.

— Lui avez-vous donné du cardiazol ?

— Oui.

— Puisque vous êtes là, Wissek, restez auprès d'elle. Si quelque chose ne va pas, appelez-moi.

Wissek acquiesça d'un signe de tête. Il se sentait la gorge trop serrée pour parler.

— Je ne veux pas renconter... ce Kukill, fit Burger.

Il s'en alla, sans plus rien dire, suivi des autres. Wissek attira une chaise contre le lit et s'y laissa tomber. Il avait travaillé toute la journée. Machinalement, il tâta le pouls de Julia.

Ce fut ainsi que le trouva le Dr Kukill.

Mais l'homme qui entra, les cheveux défaits, sans manteau, la cravate de travers, le visage moite de sueur, n'était pas celui que Wissek avait connu au cours de quelques réceptions et, finalement, lors du procès d'Ernst. Il semblait avoir vieilli de plusieurs années et avait perdu son assurance railleuse. Sans s'occuper de Wissek, il s'agenouilla devant le lit de Julia.

— Pourquoi a-t-elle fait ça ? demanda-t-il d'une voix ardente.

Wissek eut l'impression que la question ne s'adressait pas à lui, qu'elle se suffisait à elle-même.

— Bonsoir, mon cher confrère, dit-il avec une nuance de sarcasme très accusée.

— Quoi ? fit Kukill en le regardant, comme s'il ne s'expliquait pas sa présence. Puis il ramena aussitôt les yeux sur Julia : Quelle quantité d'actinite avez-vous injectée ?

— Deux fois cinq centimètres cubes.

— Mon Dieu !... N'est-ce pas trop ?

— Que voulez-vous qu'il arrive de plus ?

— Et par ailleurs ? Vous n'avez rien essayé ? Des sulfamides ?

— Nous avons tout tenté.

Kukill tâta le pouls de Julia, releva les paupières — comme le professeur Burger avant lui — puis se releva lentement, en s'appuyant sur le lit.

— Que pensez-vous ? demanda-t-il encore, sans détourner son regard de Julia.

Mais il n'attendait aucune réponse : il la connaissait lui-même : tout était perdu ! Il se retourna et sortit lentement, donnant l'impression de se contraindre pour faire chaque pas.

Wissek le suivit des yeux, n'éprouvant plus de rancune contre cet homme.

A Barsdovka, l'agitation était grande.

Non seulement parce que l'adjudant-chef accaparait l'attention à l'ambulance avec sa blessure au derrière et ses discussions animées avec Kronenberg lors de chaque changement de pansement, faisant des siennes, à son habitude, mais aussi parce que Schwanecke venait d'y être affecté.

Le deuxième et un troisième interrogatoire par le lieutenant Obermeier ne donnèrent pas plus de résultats que le premier. Schwanecke niait énergiquement avoir eu quelque rapport que ce fût avec la mort de Bevern. Il se défendait avec beaucoup d'adresse et convainquit presque le lieutenant que les soupçons contre lui n'avaient aucun fondement.

— Bien sûr, disait-il par exemple, j'y ai souvent pensé, mon lieutenant... Vous me comprenez. Quel soldat n'a pas eu de telles idées quand un supérieur... vous le savez bien ! Mais, entre le penser et le faire, il y a un monde ! Vous le dites vous-même : l'affaire aurait dû être très bien préparée. Quand, Grand Dieu ! aurais-je trouvé le temps de la préparer ? D'abord, j'ai été à l'ambulance, puis on m'a mis en faction... Comment pouvais-je savoir que le lieutenant ferait une inspection et qu'il viendrait justement me voir ? Ça s'est passé exactement comme je vous l'ai raconté : « Y a des tireurs d'élite, que j'ai dit. Faut faire attention ! » Alors le lieutenant a crié : « Vous avez la trouille, poule mouillée ! » Puis il a regardé par-dessus le parapet et l'autre a tiré aussitôt. Voilà comment ça s'est passé.

Obermeier transmit au capitaine Barth les procès-verbaux des interrogatoires ainsi que le rapport du Dr Hansen, puis s'entretint avec lui, la ligne téléphonique se trouvant intacte, par exception.

— Il n'y a là que des hypothèses, dit le capitaine. Vous ne pouvez rien prouver contre ce gaillard. Personne n'a rien vu...

— Que dois-je faire de lui ? L'arrêter ?

— Non. Pourquoi ?

— Il pourrait...

— S'enfuir, voulez-vous dire ? Où ça ? Chez les partisans ? Il sait fort bien que ceux-ci ne font pas de prisonniers. Et il ne franchirait pas nos premières lignes. Non, non, gardez-le sous la main. Employez-le quelque part, à votre état-major, par exemple. Ne lui faites pas sentir que vous continuez à nourrir des soupçons, pour qu'il ne prenne pas la mouche. Ah !... Je voulais vous demander autre chose... Pourquoi mettez-vous tant d'acharnement à prouver ce prétendu assassinat ? Si je ne me trompe pas, vous n'aviez pas Bevern en odeur de sainteté.

— C'est une question de principe, mon capitaine.

— Mon cher petit, vous serez victime, un jour ou l'autre, d'un de vos principes. L'aissez-vous dire cela par quelqu'un qui est payé pour le savoir...

Voilà pourquoi Schwanecke demeura à Barsdovka, où il reçut un poste à l'état-major. Cependant, tous ceux qui le connaissaient bien remarquèrent qu'il n'était plus le même. Il se montrait plus renfermé qu'autrefois et répondait le plus souvent par des jurons aux questions indiscrètes. Le repos semblait le déserter, il ne dormait plus guère et tournait dans Barsdovka comme un fauve en cage, avançant sans trêve à travers la neige, sur les routes de Babinitchi, de Gorki ou d'Orcha...

Il cherchait Tartoukine.

Bevern ne le préoccupait plus. Pour lui, c'était une affaire réglée. Pour lui... mais pas pour d'autres. Entre Orcha et le dépôt de Posen, entre Posen et Francfort-sur-l'Oder, s'échangeaient des documents, des coups de téléphone, où l'on parlait de lui et du lieutenant Bevern. On ne possédait aucune preuve contre lui, mais on connaissait ses antécédents. Autrement dit, il était suspect. Et, à cette époque, être suspect pouvait coûter la tête, même si l'on n'appartenait pas à un bataillon disciplinaire.

Vint le jour où le Dr Bergen envoya de nouveau Deutschmann à Orcha.

— Vous connaissez le pharmacien, dit-il, en lui remettant une longue liste. Si vous obtenez seulement le quart de ce qui est marqué là-dessus, nous pourrons nous considérer comme très heureux.

Plus le traîneau se rapprocha d'Orcha et du Dniepr, plus l'inquiétude de Deutschmann augmenta. Il aurait tout le temps, il le savait, de revoir Tania. Il la surprendrait pendant son sommeil, comme la fois précédente, et il s'agenouillerait auprès de sa couche, lui prendrait la tête entre les mains, et, de nouveau, oublierait tout, passé et présent. Il ne serait plus que l'infirmier auxiliaire de la 2e compagnie du bataillon disciplinaire, chargé de rapporter des pansements, de la morphine, du cardiazol, du sérum antitétanique et de l'évipan. Rien de plus : un numéro sur un rôle, mais un homme heureux, sans remords, sans morsures de conscience, sans même la pensée qu'il trahissait une autre femme — une autre femme, tellement loin de sa vie actuelle, tellement inaccessible qu'elle lui paraissait comme une belle image jadis adorée et disparue dans la brume du temps.

Au pont sur le Dniepr, des gendarmes vérifiaient les titres de permission et les ordres de mission.

Pendant cette formalité, Deutschmann regarda la petite maison sur la rive. Rien ne paraissait y avoir changé.

Il remplit sa tâche plus rapidement que la fois précédente. En l'absence du pharmacien, un infirmier, amical et peu loquace, délivra non pas tout ce que réclamait Barsdovka, mais beaucoup plus du quart. Le Dr Bergen serait content. Cependant, la ville fourmillante de soldats, l'infirmier si complaisant, sa propre satisfaction d'avoir si bien réussi, tout cela touchait à peine Deutschmann. Par la pensée, il se trouvait dans la maisonnette au bord du Dniepr.

La nuit était très noire. Il chercha à tâtons le loquet de la porte et n'ouvrit celle-ci que juste assez pour pouvoir s'y glisser. En arrivant dans la chaude obscurité de l'intérieur, il eut le sentiment de pénétrer dans un monde nouveau qui lui appartenait tout entier, un monde sans Krüll, sans Schwanecke, sans Dr Bergen, sans guerre... un monde de rêve et d'oubli.

— Cela n'aura jamais de fin... dit Tania, au matin.

— Quoi ?

— Le bonheur.

— Il faut y croire. Alors, peut-être, restera-t-il.

— C'est difficile d'y croire toujours.

— Alors tu ne pourras toujours le retenir, Tania.

— Je mourrai, Michel. Cependant... seule la mort mettra fin à mon bonheur.

— C'est la guerre, Taniacha.

— Ne peut-on vaincre la guerre... par l'amour ?
— Pas à nous deux seulement. Je crains...
— Quoi ? — Elle leva un peu la tête pour le regarder. Il fixait le plafond. Son visage paraissait anguleux, étranger. — Il ne faut pas que tu repartes, Michel, dit-elle avec l'accent d'une imploration, il ne faut pas !
— Je serai bien obligé.
— Quand ?
— Je l'ignore. Dieu seul le sait.
— Tu crois en Dieu ?
— Oui. Et toi ?
— Je ne sais pas... fit-elle, en hésitant... J'ai grandi parmi les komsomols, comprends-tu ? Il n'y a pas de Dieu, m'a-t-on appris, seulement Staline et Lénine, le Parti et le socialisme. Ma mère... je m'en souviens, elle parlait souvent de Dieu. Ma bonne et pauvre mamouchka ; elle est morte alors que j'étais encore toute petite.
— Et ton père ?
— On l'a emmené je ne sais où. Je n'ai plus jamais entendu parler de lui et on m'a mise dans un centre de komsomols.

Elle regarda la fenêtre, encadrée de papier à cause du froid. L'aube pointait, annonçant, l'heure du dernier baiser et de ce mot effroyable : « Au revoir ! »
— A quoi penses-tu ? demanda-t-il en attirant sa tête près de lui.
— Pourquoi ne restes-tu pas près de moi ?
— C'est impossible.

Des moteurs vrombissaient déjà sur la rive du Dniepr. Les camions de ravitaillement s'engageaient sur le pont. Des voix, à peine perceptibles, s'élevaient dans le matin glacé. Les sapeurs recommençaient à faire sauter la glace. Quand Deutschmann voulut se lever, Tania s'accrocha désespérément à lui.
— Reste ! Encore une heure, rien qu'une heure !
— Ce n'est pas possible. Il faut que je parte.
— Je ne te reverrai jamais ! cria-t-elle. Je le sens, je le sais. Tu es venu, tu étais là ; maintenant tu repars et tu

ne reviendras jamais plus. Je t'aime... Tu ne dois pas partir, tu ne dois pas !

Il prit la cruche contenant du vin de Crimée que Tania avait sortie d'une cachette, la veille au soir, et but une longue gorgée.

— Si tu pars, je te tue, dit doucement Tania. Deutschmann ne répondit pas.

— Reste ici, Michel, reprit-elle du même ton, en se dirigeant vers l'âtre.

— Sois raisonnable, Tania. Il faut que nous le soyons.

— Le monde est fou, il se déchire, il s'écroule, et tu parles d'être raisonnable !... Allemand, va ! Reste. Plus tard, tu pourras vivre chez nous. Jusque-là, je te cacherai et, quand vous... quand le dernier soldat allemand aura disparu, je te présenterai à tout le monde en disant : « Voilà Michel, que j'aime ! » Reste.

— Alors tes compatriotes nous colleront au mur pour nous fusiller, hein ?

— Michel !

Deutschmann la regarda et s'effraya. Elle pointait un pistolet russe sur lui.

— Ne fais pas de bêtises, dit-il d'une voix sourde, avec une nuance de colère.

— Si tu pars, je te tue !

Il lut dans ses yeux la ferme volonté d'exécuter sa menace. Se baissant comme pour prendre ses bottes, il se jeta brusquement sur elle, la pressa contre le mur et lui tordit la main. Elle poussa un cri de douleur et laissa tomber le pistolet que Deutschmann, d'un coup de pied, envoya près de la porte. Puis il essaya de se défendre contre les coups qu'elle lui assenait.

— Chien ! criait-elle en le frappant de ses poings au visage. Je te déteste... je te déteste... Je veux te tuer... te tuer !

Puis, tout à coup, elle s'écroula en pleurant.

— Laisse-moi, fit-elle.

Elle se jeta sur le lit. Deutschmann déconcerté, ne savait que faire. Toute consolation serait vaine. Au bout d'un moment, il alla jusqu'à elle, lui caressa l'épaule et se dirigea vers la porte. En arrivant près de celle-ci, il ramassa le pistolet et le posa sur la table.

— Tania !

Elle ne répondit pas. Tout son corps tremblait, mais elle ne sanglotait plus.

— Tania !

— Va-t'en ! dit-elle d'un ton las.

— Il faut que tu le saches... je t'aime. Tu m'as révélé un monde nouveau... Jamais je ne t'oublierai...

— Va-t'en !

— Oui, je pars. Mais cache ça, dit-il en regardant l'arme. Si on le trouve chez toi, tu seras fusillée.

Il sortit et tira la porte derrière lui. Elle se referma comme un rideau sur une pièce qui ne peut être jouée qu'une seule fois et ne doit jamais plus reparaître à la rampe de la vie.

Dans la petite maison, Tania, à bout de forces, enfonçait la tête dans l'oreiller qui conservait la trace de celle de Deutschmann.

— Michel, gémissait-elle. Oh ! Michel !... Je t'aime... Je les déteste tous... tous...

BERLIN.

De gros flocons tombaient du ciel noir, fondant sur les pierres des terrasses. De la fenêtre, le Dr Kukill regardait le morne jardin noyé dans la grisaille de l'aube. Son visage d'oiseau de proie était blême, défait mais calme. Ses yeux, largement ouverts, ne voyaient pas ce jardin, mais semblaient se concentrer sur quelque chose d'invisible. Finalement, il se retourna, tira le lourd rideau, alla s'asseoir en frissonnant à son bureau, et commença à écrire :

« Docteur Deutschmann, très honoré confrère,

« Lorsque vous recevrez cette lettre, il sera vraisemblablement déjà trop tard. Manifestant un amour devant lequel on ne peut que s'incliner avec respect, incompréhensible pour un homme comme moi et qui, je le crains, me restera toujours inaccessible, votre femme, Julia, a répété sur elle l'essai pour lequel vous avez été condamné sous le chef de mutilation volontaire. Elle voulait démontrer que vous aviez raison et que votre échec provenait seulement d'une efficacité insuffisante de votre sérum. Selon toute apparence, elle s'est injecté une trop forte dose de staphylocoques dorés. Le professeur Burger, le Dr Wissek et moi-même estimons qu'elle ne peut plus être sauvée.

« Lors de ma déposition devant le tribunal, je me suis placé au point de vue des possibilités actuelles de la médecine, sans oser m'aventurer dans le domaine de la spéculation, parce que ce que vous aviez essayé et que votre femme a répété, malgré mes conseils et mon opposition, me paraissait si fantastique, si incroyable, que la raison se refusait à l'admettre. Je comprends, cependant, que je me suis trompé. Des renseignements parvenus d'Angleterre indiquent que des savants ont réussi à mettre au point ce que vous cherchiez. Mais, pour le moment, cette considération n'a plus d'importance. Je sais quel effroyable coup va vous porter cette nouvelle au sujet de Julia, d'autant plus que vous ne pouvez rien tenter pour elle. Croyez-moi, je suis de tout cœur avec vous. Je sais tout ce que vous perdez en elle, car, moi aussi, je l'avoue, j'ai appris à l'apprécier et à la vénérer.

« Maintenant qu'elle a sacrifié sa vie à son grand amour pour vous, je vais faire tout ce qui est en mon pouvoir pour vous sortir de ce bataillon disciplinaire. Votre travail, je le sais, sera votre seule consolation, et je vous y aiderai de toutes mes forces. Vous recevrez d'autres nouvelles de moi dans quelques jours. J'ai la conviction que votre retour à Berlin ne peut plus être éloigné.

« Je confesse mon erreur. Comme je serais heureux, si cela pouvait aussi sauver votre femme !

« Je demeurerai toujours votre débiteur.

« Docteur A. Kukill. »

Il glissa aussitôt la lettre dans une enveloppe, écrivit l'adresse, cacheta et, comme la soupesant, resta assez longtemps immobile.

Le matin même, il la porta au haut commandement de l'armée, installé Bendlerstrasse. Grâce à ses relations, la lettre partit immédiatement pour Orcha, sous la forme d'un pli de service urgent.

Vers midi, Kukill téléphona à la Charité. Le visage encore plus blême, pétrifié, il réclama le professeur Burger.

— Comment va Julia ? demanda-t-il, de but en blanc.

— Est-ce le Dr Kukill qui téléphone ?

— Oui. Comment va Julia Deutschmann ? Est-ce que l'issue ?...

— Non, pas du tout. Veuillez attendre. Je vais vous passer le Dr Wissek, qui a veillé la patiente toute la nuit.

Au bout de minutes qui lui parurent interminables, la voix lasse de Wissek se fit entendre.

— Comment va-t-elle ? redemanda Kukill.

— Un peu mieux. Le pouls n'est plus aussi bas. La respiration est plus nette. Nous lui donnons de l'oxygène. Mais elle est toujours dans le coma...

— La respiration est plus nette ?

Kukill ressentit une faiblesse soudaine dans les jambes et dut se soutenir à la table.

— Plus nette, répéta-t-il. Un mieux s'est produit ? Il cria presque ces derniers mots.

— On ne peut encore rien dire de précis. Mais il semble que cette actinite commence à agir. Nous avons de nouveau injecté cinq centimètres cubes...

— Tant que cela ?

— Il faut tout essayer...

— Oui, naturellement, il faut essayer, tout essayer... Attendez, j'arrive. Mon Dieu ! Peut-être...

Il raccrocha et se passa les mains sur le visage, devenu moite.

— Peut-être, murmura-t-il. Julia... Si c'est vrai... Je le ramènerai... pourvu que cela soit vrai !

Il avait déjà passé son manteau quand il se souvint de sa lettre à Deutschmann. La main sur le bouton de la porte, il s'arrêta, hésitant, réfléchissant, puis, à grands pas, il s'avança vers le téléphone et se fit donner la communication avec l'officier chargé du courrier, auquel il avait remis le pli quelques heures auparavant. Son visage avait perdu sa pâleur, retrouvé son expression énergique. En phrases hachées, il réclama la lettre... trop tard. Elle était partie depuis une demi-heure par l'avion faisant le service régulier d'Orcha...

*

A Barsdovka, la 2e compagnie se répétait la nouvelle : le capitaine Barth venait de convoquer Obermeier à Babinitchi.

— Il se prépare une saloperie, observa Wiedeck. Le fourrier a reçu du schnaps. Je connais ça. Quand on envoie du schnaps, il y a de la bagarre dans l'air.

— C'est vrai pour une unité normale, dit Bartlitz, qui émiettait son pain et le mangeait, avec de la confiture à bon marché, comme le plus délicieux hors-d'œuvre. Croyez-vous sérieusement qu'on va nous distribuer du schnaps ?

— Pourquoi pas ? fit Deutschmann. Il se produit parfois des miracles.

— Les miracles, ça n'existe pas, reprit Wiedeck. Si on nous donne du schnaps, il arrive aussitôt après un ordre... tu vois ce que je veux dire. Un ordre tel qu'il faut être soûl pour l'exécuter. Un billet aller pour l'enfer ! C'est pas vrai ce que je dis ?

— Possible, répondit Bartlitz. Il faut cependant signaler que cette façon de faire la guerre est très éloignée de celle que nous voulions.

— Parce que vous la vouliez ? demanda Deutschmann.

— Non, ce n'est pas ce que je veux dire... de celle qu'on nous avait apprise.

— Apprise ou pas, c'est du pareil au même ! fit Wiedeck. Je ne crois pas qu'on puisse faire la guerre... comme on vous l'avait apprise. D'ailleurs, ça n'a pas d'importance. Y a qu'une chose sûre : ça sent mauvais !

Personne ne savait rien de précis. Il fallait attendre le retour d'Obermeier. En outre, il devait ramener du courrier — le premier depuis de longues semaines. Et cela valait mieux que du schnaps !

Le traîneau cahotait à travers la nuit. Le lieutenant Obermeier somnolait près du conducteur, un vieux caporal.

Tout à coup, le bruit du moteur se fit plus grave, le véhicule ralentit. Obermeier se réveilla en sursaut. Le conducteur regardait fixement devant lui.

Un cheval se trouvait au bord de la route.

Un petit cheval brun, aux poils hérissés, couvert de givre, les yeux paraissant gelés. Il ne bougea pas. On eût pu croire qu'il était pétrifié. La veille au soir, un détachement avait déblayé la route, poussant la neige contre les poteaux télégraphiques qui en sortaient comme des doigts montrant le ciel.

Le lieutenant Sergeï Pétrovitch Denkov se tenait derrière un monticule de neige, à côté du cheval, tenant la mitraillette avec son gros chargeur rond, et observait le traîneau qui émergeait de la nuit.

— Qu'est-ce que c'est ? demanda Obermeier.

— Je crois que c'est un cheval, mon lieutenant.

— Un cheval ? Vous rêvez tout éveillé !

Puis Obermeier dut avouer que le caporal avait raison, mais le cheval lui parut mort.

— Il est probablement à bout de forces, dit le caporal. Qui peut bien l'avoir laissé là ? Faut-il s'arrêter ?

En lui parlait le paysan de Westphalie. Un paysan n'abandonne jamais un cheval à son sort. Il freina, sans attendre de réponse.

Sergeï rabattit le cran de sécurité, et leva son arme. Deux seulement, pensa-t-il. Mais deux aujourd'hui, deux demain, deux après-demain... aussi longtemps qu'il existera des Allemands... Il se mordit les lèvres et posa le doigt sur la détente.

— Allez voir, dit Obermeier.

Le caporal descendit du traîneau et s'approcha du cheval... juste dans la ligne de tir de Sergeï.

Obermeier se mit en devoir de le suivre. A ce moment, le cheval fit un écart soudain, sauvage, comme si l'odeur des hommes étrangers l'effrayait. Sergeï sursauta aussi et appuya aussitôt sur la détente.

— Couvrez-vous ! cria Obermeier, en se laissant tomber dans le neige à côté du traîneau.

Le caporal hésita un instant avant de se jeter en avant... et reçut alors un choc en plein front. Il leva les bras, la nuit lui parut rouge pendant une fraction de seconde et il s'abattit de toute sa longueur, remua les mains et les pieds, puis s'immobilisa.

Le cheval galopait sur la route, le cou tendu, la crinière volante, de l'écume entre les lèvres.

Sergeï alla, en rampant, se placer derrière un poteau télégraphique et leva prudemment la tête pour regarder le traîneau. Une détonation rompit le silence. De la neige vola à côté de sa tête. L'adversaire tirait. Sergeï changea de position. Quand il regarda de nouveau, tout était calme. Il n'aperçut pas l'Allemand, caché derrière le traîneau qui se trouvait à une trentaine de mètres, avec le corps du mort devant lui. Il attendit.

« Il finira bien par sortir et j'ai de la patience, pensait-il C'est un Allemand. Tous les Allemands veulent être des héros et ils n'y survivent habituellement pas. »

Mais Obermeier ne tenait pas à être un héros. C'était simplement un homme en uniforme, capable d'avoir autant de patience que le Russe, en vue de tuer.

Près d'une heure s'écoula ainsi.

Lorsque l'aube commença insensiblement à pointer, Sergeï comprit que sa victime lui échappait. Il ne pouvait plus attendre. D'autres Allemands ne tarderaient pas à se présenter : une patrouille ou une colonne de ravitaillement. S'ils le découvraient, c'était la mort.

D'autre part, il ferait bientôt trop clair pour fuir. L'autre l'apercevrait avant qu'il ne pût disparaître dans la forêt. Aussi, gelé, claquant des dents, se replia-t-il derrière le mur de neige, puis, quand il crut se trouver assez loin, il se releva et courut vers les arbres.

Obermeier le vit, mais ne tira pas. La distance était trop grande, mais eût-elle été plus courte qu'il n'aurait pu le faire, tant il était littéralement frigorifié, paralysé par le froid. Il se releva péniblement, regarda dans la direction de son adversaire, puis se mit à courir comme un fou autour du traîneau. Lorsque le sang recommença à circuler à l'extrémité de ses membres, il releva le mort et le déposa sur le siège arrière. Cependant, avant de remettre en marche, il regarda le paysage sur lequel montait lentement une nouvelle journée d'hiver. Cette terre était insatiable comme une éponge géante. « Toute l'humanité, pensa Obermeier, aurait pu s'y engloutir sans la rassasier. »

Il recommença à neiger. Le traîneau reprit sa route en direction de Barsdovka.

Le Dr Bergen l'attendait, avec l'adjudant-chef Krüll à son côté. Ils s'inquiétaient et parlaient d'envoyer une reconnaissance en direction de Babinitchi. Quand le traîneau s'arrêta, ils s'en approchèrent. Obermeier descendit, les membres raides.

— Mort ? demanda le Dr Bergen, avec un geste vers le corps du caporal.

Question superflue, tout le monde s'en rendait compte du premier coup d'œil.

— Qui est-ce ? fit Krüll, d'une voix qui tremblait un peu, pas seulement de froid.

— Le caporal Lohmann. Faites-le enlever, ordonna Obermeier.

— Venez prendre un peu d'alcool. Ça vous fera du bien, dit le médecin.

La nouvelle de la mort du caporal Lohmann causa une certaine sensation, mais fut oubliée devant l'annonce que le lieutenant ramenait effectivement du courrier. Le bruit se répandit comme un feu de paille. Le taciturne Wiedeck devint aussi agité qu'un petit garçon la veille de Noël. Il errait comme un insensé, demandait l'heure à tout moment et, pour la première fois depuis bien des semaines, parla de nouveau de sa femme :

— Erna a sûrement écrit. Je voudrais seulement savoir comment va le gosse. Cette sacrée journée ne finira donc pas ?

L'ex-colonel Bartlitz, qu'un blessé léger avait remplacé à la cuisine, était assis dans un coin de l'abri à moitié terminé, et buvait de l'eau chaude, baptisée thé. Il rêvassait. Qu'allait écrire Brigitte ? Bien qu'elle fût la fille d'un général tué pendant la Première Guerre mondiale, était-elle demeurée aussi courageuse que lorsqu'il avait été envoyé dans ce bataillon, pour refus d'obéissance ? Un jour qu'elle était venue le voir, avant le procès, elle avait dit, très calmement :

— Redresse la tête, mon chéri ! Pense à Napoléon... Cela ne durera pas très longtemps !

Fort heureusement, l'adjudant de garde ignorait qui était Napoléon...

Bartlitz sourit en se rappelant cette petite scène. Brigitte avait certainement écrit... et pas seulement une lettre. S'il n'y en avait pas pour lui, ce serait parce que quelque chose s'était produit. Comme si souvent au cours des mois précédents, il se mit à prier silencieusement. « Mon Dieu, conservez-la en bonne santé, faites qu'elle ne soit pas tuée dans les bombardements, que je puisse la retrouver à mon retour, faites que j'aie une lettre... »

Et il demeura là, les yeux dans le vague, sa casserole à la main, buvant et priant.

A l'ambulance, l'adjudant-chef Krüll avait déjà vu le courrier et pris quelques lettres, adressées à Schwanecke, Deutschmann, Kronenberg et à certains autres de ses « chouchous ». Celle de Deutschmann le mit particulièrement en colère. Elle était adressée à « M. le docteur Ernst Deutschmann ». Aussi, prenant un crayon rouge, il barra et écrivit : « Soldat E. Deutschmann ». Puis il alla porter le tout à Obermeier, qui se trouvait dans la chambre du Dr Bergen.

— Il y en a même une pour Schwanecke, fit-il. Faut-il vraiment la lui remettre, mon lieutenant ? Sans contrôle ?

— Donnez-moi cette lettre. Je la lui remettrai moi-même.

— Et celle du soldat Deutschmann ?

— Pourquoi cette question ? N'avez-vous pas vu qu'elle est marquée comme un pli de service urgent ? Ne soyez donc pas aussi stupide. Allez donner ces lettres à leurs destinataires.

Krüll s'éloigna, furieux. « Toujours ces préférences, se disait-il amèrement. Pourquoi un pli de service à ce soldat de 2e classe ? Mais ils se tiennent entre eux ! Le lieutenant fait toujours cas de ce soldat de mes fesses, parce qu'il a son sacré baccalauréat, parce qu'il est docteur ! Docteur... qu'est-ce que ça signifie, ici ? »

— Tenez, docteur ! dit Krüll ironiquement quand il rencontra Deutschmann à l'ambulance. Une petite lettre du pays... Un pli de service urgent pour Monsieur le Docteur !... Attrapez !

Il jeta la lettre, trop court, intentionnellement.

Deutschmann se baissa sans rien dire, la ramassa et la mit dans sa poche.

Krüll s'en alla, déçu. « Pas de ressort, ces intellectuels, se disait-il, pas de moelle dans les os ! Schwanecke aurait au moins dit : « Lèche-moi le !... » Mais ce soldat de deux ronds ! Trop distingué, beaucoup trop distingué ! »

Deutschmann s'assit sur un escabeau, dans une chambre voisine de la grange, soupesant la lettre. Tout d'abord, il crut qu'elle venait de Julia et un sentiment de honte, presque d'angoisse, emplit son cœur. Il fut cependant déçu en constatant que la lettre émanait du Dr Kukill. Pourquoi Julia n'avait-elle pas écrit ? Lui était-il arrivé quelque chose ? Peut-être... dans un bombardement ? Et que pouvait bien avoir à lui dire ce Kukill ? Etait-ce... à propos de Julia ? Non, impossible !

Lentement, en hésitant, il ouvrit l'enveloppe, déplia la lettre et commença à lire.

Dès la première phrase, son visage se glaça pour ressembler, à la fin, à celui d'un mort. Par un violent effort sur lui-même, il se contraignit à relire phrase par phrase, mot par mot. Quand il eut fini, il posa la feuille sur ses genoux, la replia soigneusement, la remit dans l'enveloppe et celle-ci dans sa poche. Puis il demeura immobile pendant un long moment, dans un calme anormal, comme un homme qui vient soudain de découvrir une vérité effroyable, pire que tout, qui reconnaît avoir trahi toute sa vie pour une aventure sans lendemain, et se considère avec mépris. Pis encore : comme un homme obligé de constater qu'un être humain a consenti le sacrifice suprême pour lui, indigne. Et, pour accroître encore sa torture, il se répétait : elle a fait cela pendant que je la trahissais.

Le matin même, le lieutenant Obermeier convoqua Schwanecke. Celui-ci se présenta, le petit doigt sur la couture du pantalon, le ventre rentré, la poitrine sortie, dans la parfaite attitude réglementaire du soldat allemand !

— Il y a une lettre pour vous, Schwanecke.

Un étonnement incrédule se manifesta sur le visage de celui-ci.

— Une lettre, mon lieutenant ? Je n'en ai encore jamais reçu.

— Il y en a pourtant une.

— Alors, c'est sûrement quelque chose de désagréable !

— Pourquoi le pensez-vous ?

— Si j'ai une lettre, elle ne peut... je pense, m'apporter que de mauvaises nouvelles.

— Attendriez-vous de mauvaises nouvelles ?

— Non... c'est-à-dire... j'ai ma mère à Hambourg, mon lieutenant, vous comprenez ? Avec des bombardements tous les jours... Mais elle ne m'a jamais écrit, ça ne peut pas être d'elle... C'est peut-être quelqu'un qui m'écrit à son sujet, qu'elle est... après tout, c'est ma mère, même si... vous comprenez ?

Il lut l'étonnement dans les yeux d'Obermeier et commença à sourire, mais d'un sourire un peu désemparé.

— Non, je vois que vous ne me comprenez pas, mon lieutenant, reprit-il. Ma mère m'a dit : « Je n'ai plus de fils. Tu es une canaille, un criminel. » C'est comme ça, chez nous, mon lieutenant. On grandit comme un rat... on est chassé comme un rat. Voilà, mon lieutenant !

— La lettre est bien de votre mère, fit Obermeier, la gorge un peu sèche.

— De ma mère ? — Schwanecke tendit aussitôt la main, mais la ramena contre la couture du pantalon — Ma mère ? répéta-t-il.

Obermeier vit alors ce qu'il aurait obstinément refusé de croire si cela ne s'était pas passé devant lui : sur les traits fermés de Schwanecke, le sourire prit une sorte de douceur, et les yeux, cessant de ressembler à des billes de verre, s'emplirent d'une joie enfantine.

— C'est vrai, mon lieutenant ?... Vous ne charriez pas ? Oh ! excusez-moi, mais...

Schwanecke se passa rapidement la main sur la figure, comme pour y effacer quelque chose de gênant.

— C'est vrai. Tenez.

Obermeier prit sur la table une enveloppe bleue très simple, où l'adresse était écrite en caractères malhabiles, et la tendit à Schwanecke, qui s'essuya la main contre son pantalon avant de la prendre.

— Allez la lire en paix, fit Obermeier.

Schwanecke regagna la grange et s'assit sur son lit.

Kronenberg et Krüll virent qu'il tenait une enveloppe, et se rapprochèrent.

— Un poulet de Liesel, d'Anni, de Gretchen... de qui ? demanda Kronenberg.

— De maman, fit Krüll en ricanant.

Schwanecke se leva lentement.

— Chapeau ! dit-il.

— Dites donc... Vous n'avez pas encore appris comment on doit parler à un supérieur ?

— Mais si !

Krüll vit ses yeux, comprit et s'éloigna.

— Toi aussi, dit calmement Schwanecke à Kronenberg.

Alors il se rassit et, avec le doigt, lentement, précautionneusement, ouvrit l'enveloppe.

Sa première lettre depuis cinq ans. Elle l'avait renié lors de son arrestation, s'était tue quand les SS étaient venus le prendre en prison pour le conduire à Buchenwald, l'avait oublié pendant que, dans les carrières de Thuringe, il portait des blocs d'un quintal et attaquait le basalte au pic. Elle n'avait rien dit quand il était venu en Russie avec ce bataillon maudit des hommes perdus.

On peut maudire sa mère de vous avoir mis au monde, elle n'en demeure pas moins une femme à part. La lettre lui faisait tout oublier. Elle disait :

« Mon cher Karl,

« Il y a eu quinze jours jeudi, les terrifiants bombardiers sont venus : tout est démoli, la maison et les meubles, et ta sœur Irène était là aussi quand la bombe est tombée. Elle n'a pas été tuée sur le coup, elle a beaucoup souffert et on l'a entendue crier longtemps, mais elle était morte quand on l'a sortie. C'est une époque épouvantable, qu'est-ce que nous avons fait pour mériter ça ?... Ils ne peuvent pas me donner de nouvelle maison parce que tout est plein. Les gens devaient coucher à la gare, mais elle est démolie aussi. Ils disent aussi votre fils est un ennemi du peuple et un criminel, alors vous n'aurez rien, qu'est-ce que je peux faire ? Je maudis le jour où je t'ai mis au monde et dire que ça a été si difficile ! ! ! Maintenant je couche dans une baraque en planches, il fait très froid, il n'y a pas de charbon et les bombardiers reviennent toujours. Quand cette garce de vie finira-t-elle ? Tout ça à cause de toi ! Pour Irène j'ai pas pu avoir de cercueil parce qu'elle s'appelle Schwanecke et que ça fait l'effet du diable. Mais maintenant tout ça m'est égal. Ma vie est finie et je voudrais bien avoir du repos mais je le trouverai seulement je crois dans la tombe. Ta mère qui te salue.

« Herta Schwanecke. »

Schwanecke lut lentement, très lentement. Quand il eut fini, il recommença, comme s'il voulait l'apprendre par cœur. En lisant, il remuait légèrement les lèvres à la manière de quelqu'un qui lit un livre de prières. Et, plus il lisait, plus son visage pâlissait. Quand il leva enfin les yeux, regardant dans le vide, ceux-ci brûlaient sous les sourcils broussailleux.

— Qu'est-ce qu'il a ? demanda doucement Kronenberg.

— Alors, qu'est-ce que raconte maman ? cria Krüll, de l'autre bout de la grange.

Schwanecke n'entendit pas. La première lettre depuis cinq ans... Et que disait-elle ? La maison démolie... le nom de Schwanecke faisant l'effet du diable... Elle voudrait être morte...

« Salauds ! » cria-t-il. en sautant sur ses pieds, la tête rejetée en arrière, la bouche grande ouverte, comme si l'air lui manquait. « Salauds ! » répéta-t-il indéfiniment. Il froissa la lettre, la jeta par terre et la piétina.

— Maman ! hurla-t-il alors... Maman !... Ce sont tous des salauds ! Tous !

Krüll et Kronenberg accoururent. Ils arrivèrent sur lui comme il commençait à démolir son lit à coups de poing et de pied, le visage grimaçant, les yeux hagards.

— Foutez-moi le camp ! leur cria-t-il. Je vais vous tuer ! Je vais vous tuer tous !

Krüll et Kronenberg échangèrent un rapide coup d'œil. Manifestement, Schwanecke avait un accès de folie furieuse. Ils se jetèrent sur lui, mais trois autres durent venir les aider pour qu'ils réussissent à lier Schwanecke dans son lit à moitié démoli.

Le Dr Bergen, le Dr Hansen et Obermeier, avertis, vinrent aussi en courant.

Kronenberg s'époussetait les mains comme s'il eût transporté un sac de farine. Son œil droit commençait à enfler.

— Il dort, dit-il. Un choc nerveux. Peut-être qu'il a désappris de lire, depuis le temps, et ça l'a fâché.

— Epargnez-vous vos réflexions absurdes, fit Obermeier.

Il approcha du lit et regarda le visage convulsé, couvert de contusions.

— Je l'emmène à Gorki, reprit-il... Vous venez avec moi, Krüll.

— Mais... ma blessure, mon lieutenant !

— Je me suis laissé dire que votre postérieur était de nouveau en bon état. Au surplus, ce n'est pas de lui que j'ai besoin mais de vos mains, et elles sont, on peut le voir, en excellente forme. A moins que vous n'ayez aussi frappé Schwanecke avec votre derrière ?

— Non, mon lieutenant.

— Bon. Alors, à une heure cette nuit, devant la baraque des opérations.

— A vos ordres !

— Et les partisans ? demanda le Dr Bergen.

— Ne vous en faites pas à cause d'eux, docteur. Il faut que nous rentrions.

Krüll se glissa jusqu'à son lit. « De nouveau au front, pensait-il, les bombardements, les partisans. Merde ! »

Le Dr Bergen fit une piqûre de morphine à Schwanecke.

— Va-t-il se calmer ? demanda Obermeier.

— Il dormira jusqu'à cette nuit. J'espère que ça sera passé.

— Qu'est-il arrivé au juste ? dit le lieutenant, en s'adressant à Kronenberg.

— La lettre...

— Où est-elle ?

L'infirmier la chercha, la ramassa et la remit au lieutenant qui défroissa soigneusement la feuille et la mit dans sa poche.

— Qu'est-ce qu'il pourrait bien y avoir là-dedans pour le mettre dans cet état ? interrogea Kronenberg.

— Qui sait ? Il y a des lettres qu'on ne devrait jamais envoyer, observa le Dr Hansen.

A une heure du matin, Krüll et Schwanecke se trouvaient devant la baraque des opérations. Le second, appuyé contre un mur, regardait fixement devant lui. En se réveillant et se voyant ficelé, il avait été pris d'un rire hystérique.

— Je n'ai pas envie de me débiner, idiots ! dit-il. Où voulez-vous que j'aille dans ce pays pourri ?

Kronenberg se tenait au pied du lit, tenant une seringue derrière son dos pour le cas où Schwanecke aurait un nouvel accès.

— On ne sait jamais, répliqua-t-il. Tu nous as piqué une sacrée crise de folie furieuse et, dans cet état, un gars est capable de tout. Un de ces jours, les SS viendront te chercher pour te pendre. En te taillant chez Ivan, tu aurais encore une petite chance.

Krüll marcha sur le pied de Kronenberg pour le faire taire.

— Si tu essayes de te débiner, ils t'arracheront les côtes une par une, observa-t-il.

Le Dr Bergen lui ayant donné son exeat, détruisant ainsi son dernier espoir, Krüll s'était résigné à redevenir un héros. Les hommes s'en étaient aperçus un quart d'heure après la décision. L'adjudant-chef fit pivoter un blessé léger dans le passage central de l'ambulance, parce que, déclara-t-il, il avait désappris, dans un lit bien chaud, la façon correcte de saluer un supérieur.

— Je vous apprendrai, moi ! cria-t-il à travers la grange. Vous vous chauffez le ventre ici, espèce de tire-au-flanc, pendant que nous crevons dans la neige et dans la glace ! A l'avenir, je m'occuperai moi-même de ceux qui rentreront de l'ambulance.

— Salaud !

Krüll se retourna.

— Qui a dit ça ?

Sur les paillasses, les blessés graves ricanaient. Tout au fond, dans l'obscurité, une voix dit doucement mais clairement :

— C'est le vent, le vent, fils du Ciel...

Kronenberg pouffa. Mais Krüll ne voulait plus être en froid avec les infirmiers. Il se borna donc à serrer les poings en criant :

— Nous nous retrouverons en d'autres circonstances !

Kronenberg approuva énergiquement.

— Espérons-le ! C'est ce que nous attendons tous...

— Que voulez-vous dire par-là ?

— Rien d'autre que ce que vous avez dit, mon adjudant.

A la nuit, gelant devant la baraque, Krüll était devenu silencieux et pensif. Le front se rapprochait. Il pensait aux partisans, dont il allait traverser la zone d'opérations, aux tranchées et aux bombardements. Bref, l'avenir lui paraissait lourd de menaces, le danger était partout et il avait de plus en plus le sentiment qu'une catastrophe se préparait.

Il eût été bien incapable de dire d'où lui venait ce pressentiment de même que tous ceux qui l'éprouvaient comme lui. Appuyé contre les planches froides de la baraque, il ne se préoccupait pas de la présence de Schwanecke à son côté et il lui eût sans doute été indifférent qu'un soldat de la compagnie passât devant lui sans le saluer.

Obermeier arriva enfin. Il s'était noué un foulard

autour de la tête, au-dessous du bonnet, ressemblant ainsi à un malade atteint d'une fluxion dentaire.

— Tout est prêt, adjudant ?

— Oui, mon lieutenant.

— Nous emmenons aussi Deutschmann. Il arrive tout de suite.

— Qu'est-ce qu'il fout, alors ? demanda Schwanecke, irrespectueusement.

— Le Dr Hansen a quelques médicaments à lui remettre, répondit Obermeier, remarquant trop tard qui avait posé la question et sous quelle forme.

Il regarda fixement Schwanecke, qui accueillit ce regard avec indifférence.

— Schwanecke....

— Oui, je sais, mon lieutenant. Pas la peine de le répéter : Si j'essaie de fuir, vous me descendez aussitôt. On me l'a déjà dit cent fois. Ça me sort par les oreilles.

— Ne l'oubliez quand même pas. Après-demain, vous serez transporté à Orcha.

— Pourquoi ça ?

— Vous le savez très bien.

— S'il le faut...

Un traîneau attelé de deux chevaux s'arrêta devant la grange. Un soldat, emmitouflé comme un explorateur du pôle Nord, méconnaissable comme un être venu d'une autre planète, se trouvait sur le siège du conducteur. Il porta négligemment la main au bonnet de fourrure qu'il avait pris à un moujik. A ce moment, Deutschmann sortit de l'ambulance, lentement, comme un somnambule, voûté, les yeux vides.

Obermeier, en le voyant, se demanda, pour la seconde fois de la journée, ce qui avait pu transformer cet homme à ce point. Deutschmann n'avait jamais été loquace ni communicatif, mais, apparemment, il s'était fait à l'uniforme et adapté à l'unité où il servait. Une espèce de calme rayonnait de lui, comme d'un homme qui, par raison, s'accommodait des circonstances. Or, depuis le matin, depuis qu'il avait reçu sa lettre, il avait radicalement changé ; la vie semblait s'être retirée de son corps, il avançait comme un mort vivant sous la pression d'influences extérieures, parlait comme un automate et répondait aux questions d'une façon absente.

Krüll monta le premier et attira Schwanecke à son côté de manière à pouvoir surveiller tous ses gestes. Il ne regarda même pas Deutschmann.

Le Dr Bergen sortit de la baraque en courant et cria à Obermeier :

— Wernher vient de téléphoner. Les Russes ont percé sur un front de trente kilomètres dans le secteur de Vitebsk. Leur prochain coup sera porté ici, pense-t-il. — Il s'arrêta tout près du lieutenant. — Nous risquons de ne plus nous revoir et je tenais à vous dire quelque chose. Vous êtes ici un des rares types bien et je... je...

Il se retourna brusquement et courut vers la baraque, à travers la neige. Obermeier le suivit du regard, hocha la tête, alla au traîneau et s'assit à côté de Krüll.

— En route !

L'adjudant le regarda d'un air effrayé.

— Les Russes ont percé ?

— Il paraît.

— Et maintenant... c'est à notre tour ?

— Probablement.

Krüll avala sa salive.

— Qu'est-ce qu'on fera, mon lieutenant, s'ils attaquent ? Nous n'avons rien, pour ainsi dire. Trois mitrailleuses, quatre pistolets mitrailleurs, dix mousquetons, cinq pistolets ordinaires pour toute la compagnie. C'est tout. Pas question d'arrêter les Russes avec ça.

— Une fois de plus vous avez raison, Krüll.

— Ça commence à puer, mon lieutenant, dit Schwanecke en ricanant. Reculez-vous... il fait dans sa culotte !

Mais l'adjudant n'y prit même pas garde. Il regardait le lieutenant avec de grands yeux.

— Ils nous tireront comme des lapins. On ne peut tout de même pas les laisser nous démolir comme ça !

— Pourquoi pas ? répondit Obermeier. Pourquoi donc croyez-vous que nous sommes ici ?

L'aube pointait quand le traîneau s'arrêta à Gorki, devant le PC de la compagnie. Jens Kentrop, qui avait assuré le commandement en l'absence du lieutenant et de l'adjudant, sortit en courant pour présenter son rapport. Les sergents Peter Hefe et Hans Bortke se trouvaient dans les tranchées avec les équipes de travail. La nuit précédente, avaient-ils signalé, une patrouille russe, infiltrée en arrière du front allemand, les avait attaqués. Comme ils possédaient seulement trois mousquetons et deux pistolets, les pertes étaient lourdes : sept morts et treize blessés. Les Russes n'avaient décampé, abandonnant deux tués, qu'après l'arrivée d'un renfort amenant une mitrailleuse et deux pistolets mitrailleurs.

Krüll entendit et crut que le monde s'écroulait autour de lui. Ce qu'il redoutait se produisait.

Obermeier écouta sans rien dire, fit un geste à Kentrop pour le remercier et entra, la tête basse, dans la chaumière. Kentrop alla auprès de Krüll.

— Ça sent mauvais, lui dit-il, et ce n'est que le commencement. A la 1re compagnie, cela a pétaradé pendant toute la nuit.

Deutschmann entendit ces propos comme à travers de l'ouate. Il ne s'occupa pas des autres. Avec ce regard absent qui ne quittait plus ses yeux depuis la lecture de la lettre du Dr Kukill, il s'étendit sur son lit de camp, dans la minuscule pièce où il couchait. La fatale missive craqua dans sa poche de poitrine. Entre Barsdovka et Gorki, il n'avait pas prononcé un seul mot.

Julia était morte. Il l'avait lu entre les lignes. Le Dr Kukill l'avait vue mourir ; elle s'était sacrifiée pour lui, Deutschmann, afin de prouver son innocence. Elle avait foi en lui et en son travail. Pourtant l'actinite avait échoué sur elle également. Qu'importait que Kukill crût désormais aux possibilités de cette actinite, qu'il regrettât son erreur, qu'il voulût sa réhabilitation ? Tout cela était accessoire à côté du fait que Julia mourait tandis que, lui et Tania...

Couché sur son lit, les yeux au plafond, il avait le sentiment d'être, et lui seul, responsable de la mort de Julia. Personne ne pourrait plus l'absoudre de ce crime, il en demeurerait à tout jamais prisonnier. Il déchira la lettre en petits morceaux, les jeta sur le sol argileux et se leva pour les y faire disparaître en les piétinant.

Seul un espoir insensé lui restait... Julia n'était peut-être pas morte. Kukill disait qu'elle était très malade, mais ne parlait pas de décès. Peut-être... peut-être... s'en tirerait-elle... comme il s'en était lui-même tiré.

Sottise !

Il s'essuya le visage de la main. Quelle stupidité de s'abandonner à un tel espoir ! Non, Julia était bien morte !

Il retira son manteau, l'étendit sur le lit et chercha autour de lui avec des yeux égarés. Il avait quelque chose à accomplir... La responsabilité de la mort de Julia ne lui incombait pas à lui seul. Pourquoi se trouvait-il là, dans cette maison misérable, malpropre, pouilleuse ?... Pourquoi ? Pourquoi avait-il eu cette aventure avec Tania ? Cette aventure était un moyen d'oublier. Rien ne se serait produit sans cet homme qui venait de lui écrire ! Sans ce Kukill, il se trouverait toujours à Berlin, il travaillerait avec Julia, avec une Julia belle, saine, sa femme, sa merveilleuse femme, qui était plus qu'une épouse : une amie et une collaboratrice...

Précipitamment, nerveusement, il arracha une feuille de carton de dessous son lit, prit un bloc de papier et un crayon, posa ce bloc sur ses genoux et commença à écrire :

« Docteur Kukill, j'ai bien reçu votre lettre. Sans doute vous est-il égal de savoir que vos espèces de lamentations geignardes m'ont écœuré. Je vous le dis tout de même. Je vous le dis surtout parce que je crois lire entre vos lignes l'expression d'un sentiment de culpabilité. Mais cela ne suffit pas, monsieur Kukill. J'imagine facilement que vos cheveux n'en blanchiront pas. Tel que je vous connais, il n'est pas dans vos habitudes de vous apitoyer sur les malheurs que vous avez causés. Si je le pouvais — et fasse Dieu que j'en aie quelque jour la possibilité ! — je vous frapperais au visage en criant si fort qu'il vous faudrait bien m'entendre : Vous êtes coupable, vous êtes coupable, vous êtes coupable ! Coupable de ce que je sois ici ! Coupable de la mort de Julia !... C'est vous... c'est vous qui avez causé cette mort ! »

Il laissa tomber son crayon et, les yeux secs, pendant de longues minutes, fixa le sol devant lui. « Je devrais, je voudrais pleurer, pensait-il, mais je ne le peux pas. Ah ! si je le tenais ici ! S'il était là, devant moi !... »

Il n'entendit pas la porte s'ouvrir et quelqu'un entrer. C'était Schwanecke.

— Qu'est-ce qui t'arrive ? demanda celui-ci en s'asseyant sur le lit et en examinant Deutschmann avec attention.

— Rien. Pourquoi viens-tu ici ?

— Je cherche de la compagnie, professeur, tu comprends ? Avant qu'ils me coupent la tête...

Les mots ne pénétrèrent que très lentement dans la conscience de Deutschmann.

— Qu'ils te... quoi ? demanda-t-il.

— Qu'ils me coupent la tête, j'ai dit, professeur. Un, deux, trois... la caboche tombe et Schwanecke n'est plus !

— Tu es cinglé !

— Pas moi, les autres. Ils affûtent déjà leur hache, c'est moi qui te le dis. D'abord, ils m'ont mis dans ce sacré bataillon en déclarant : « Rachète-toi, petit, zigouille des Rouskis. Alors tu redeviendras un type à la hauteur. » Puis il y a eu l'histoire avec cet idiot...

— Bevern ?

— Bien sûr.

— Mais ce n'est pas toi qui l'as tué ! Ils ne peuvent rien prouver contre toi.

— C'est peut-être tout de même moi qui l'ai tué... fit Schwanecke, avec un large sourire.

Deutschmann eut un sursaut. Il regarda avec effroi son camarade, qui soutint fixement ce regard.

— Alors... c'est toi qui ?...

— Mais non, c'est pas moi. Seulement voilà comment la chose se présente, tu comprends ? Quand ils tiennent quelqu'un entre leurs griffes, ils ne le lâchent pas facilement. Un simple soupçon suffit. Et il est facile d'avoir ce soupçon. Ecoute bien : Le premier dit : « Il était tout seul avec lui dans la tranchée. » Le deuxième ajoute : « Il aurait bien pu le tuer. » Et le troisième affirme : « C'est lui qui l'a tué ! Ce ne peut être personne d'autre, c'est clair comme le jour », dit le quatrième. Personne d'autre que Schwanecke ne peut avoir tué Bevern ! Alors, ils consultent le ca... le ca... comment ça s'appelle déjà ?

— Le casier judiciaire.

— C'est ça. Et le mien, il n'est pas piqué des asticots, c'est moi qui te le dis. Alors tout le monde croit dur comme fer que je l'ai tué. Dommage que je ne l'aie pas fait...

— Tu l'as peut-être fait tout de même ?

— Bah ! Alors, ils me mettent la main au collet. Pas de réhabilitation ! Un ennemi du peuple ! La hache ! Ssss... La tronche qui roule. Le peuple allemand peut respirer. Schwanecke n'est plus. Tu as pigé ?...

— C'est effroyable...

— Effroyable ? Bah ! Alors que tant de gars mangent chaque jour les pissenlits par la racine... Et je vais te dire quelque chose que je n'ai encore jamais dit à personne. Ils ont peut-être raison. Je veux dire... tu comprends... je veux dire que j'ai été vraiment un salaud. Rien ne m'arrêtait. Dès que je voyais une pépée... en avant, rentre dedans ! Dès que quelque chose me plaisait... crac, je le fauchais. Pas étonnant que les autres aient assez de moi. Seulement, tu comprends, maintenant j'ai réfléchi, peut-être, je crois... on ne peut jamais rien assurer... seulement je t'ai connu, professeur, et Wiedeck, et Bartlitz, tous des types bien. Alors... je crois qu'ils devraient me donner encore une chance... mais, maintenant, il n'y a plus rien à faire.

Posant la tête entre les mains, il pleura.

Fait inouï. Deutschmann s'attendait à tout, sauf à voir Schwanecke pleurer. Il resta interdit, médusé, mais, ne pouvant supporter ce spectacle plus longtemps, il tendit lentement la main et toucha l'épaule de son camarade.

— Peut-être cela peut-il encore s'arranger, dit-il. Peut-être...

Schwanecke releva la tête où les yeux étaient rouges, vacillants.

— Non, il n'y a pas de peut-être. Il faut que je m'aide moi-même, voilà tout !

— Que veux-tu dire par-là ?

— Ce que je veux dire ? Quelle question idiote ! Me tailler, pardi !

— Te tailler ? C'est-à-dire... déserter ?

— Bien sûr.

— Tu es cinglé ! Si l'on te rattrape. Obermeier te collera lui-même au mur et nous devrons tirer sur toi !

— Ils ne me rattraperont pas ! Personne ne peut me rattraper si je ne le veux pas !

— Tu veux traverser nos premières lignes ?

— Mon vieux, tu oublies que je suis un vieux renard. Je connais tous les trucs. On n'a pas à m'en apprendre. J'ai encore autre chose à te dire. Tiens-toi bien ! — Il se leva lentement et regarda Deutschmann droit dans les yeux. — Tu as toujours été un chic type, professeur. Tu es médecin ; qu'est-ce que tu fous encore ici ? Ces salauds t'ont traîné dans la boue. Si tu veux, je t'emmène avec moi. Parole d'homme !

Deutschmann hocha négativement la tête.

— Fais pas l'idiot, professeur. Tu passeras, si tu

viens avec moi, je te le garantis. Tu prendras un drapeau de la Croix-Rouge, tu garderas ton brassard et tu m'en donneras un. Alors, on croira des deux côtés que nous cherchons des blessés et nous nous débinerons par le milieu !

— Impossible !

— Pourquoi ?

— Ce serait une infamie. Je veux dire, avec un drapeau de la Croix-Rouge...

— T'es vraiment un drôle de gars ! Je voudrais bien savoir ce qui se passe dans ta caboche. C'est pourtant clair comme de l'eau de roche. Toute la guerre est une infamie ! Je vais te dire autre chose : ce pavillon de la Croix-Rouge, il est là pour sauver des hommes. Il nous sauvera nous aussi. Où vois-tu une infamie ? D'un autre côté... si tu restes ici, tu seras sûrement zigouillé lors de la prochaine attaque des Russes. Avec quoi veux-tu te défendre ? Ils nous démoliront comme des pipes dans un tir forain. Et c'est moi qui te le dis, ça ne tardera pas. Je le sens dans toute ma peau. Et tu parles d'infamie, de Croix-Rouge, etc. Si tu restes ici, fini pour toi ; si tu viens avec moi, tu seras sauvé... C'est exactement ce que la Croix-Rouge est censée faire !

— Et... les autres ?

— Qui ça ?

— Les camarades, les copains.

— Et après ?

— Qu'est-ce qu'ils feront ?

— Je vais te le dire. Ils diront : « Nom de Dieu ! enfin deux qui ne sont pas tombés sur la tête ! Espérons qu'ils s'en tireront, nous sommes de tout cœur avec eux. » Voilà ce qu'ils diront ! Enfin, mon vieux, ouvre tes mirettes ! Tu ne vois pas ce qui se passe ici ? On va se faire massacrer comme un troupeau de moutons. Ça ne durera pas longtemps et tu crèveras comme les autres. Tu n'arrives pas à comprendre ça ? Là-bas, nous avons une chance. Je sais, c'est pas rigolo de tomber entre les pattes des Rouskis.

Ils nous mèneront la vie dure. Mais nous avons au moins une chance sur deux de nous en tirer. Ici, tu en as peut-être une sur cent ! Ici, tu es le dernier des derniers parce que tu te trouves dans un bataillon disciplinaire. Là-bas, ils diront peut-être : « Ce sont des martyrs, qui ont lutté contre Hitler. Vive Schwanecke, vive Deutschmann ! Qu'est-ce que vous voulez manger, qu'est-ce que vous voulez boire ? » Allons, secoue-toi, viens !

— Non !

— Avec les brassards et le drapeau, on passera comme de rien !

— Et les mines ?

— Tu n'as pas encore pigé que je connais le truc ? Je sens une mine à cinquante mètres ! Et tu te prétends un intellectuel ? Je ne sais pas pourquoi tu refuses. Il faut que je me barre. Moi, je peux pas trouver de planque comme infirmier auxiliaire ou autre chose du même genre. Ils me couperont la tronche. Si j'attends, je suis bon comme la romaine !

— Mais laisse-moi en dehors du coup.

Schwanecke alla à la minuscule fenêtre qui donnait sur la rue du village. Krüll, dans la neige, le col de son manteau relevé, injuriait un soldat. C'était le professeur débile, à moitié mort de faim, auquel on ne pouvait confier que les petites corvées à l'intérieur de la compagnie. Il avait balayé la neige et, épuisé, prenait quelques instants de repos, appuyé sur le manche de son balai. Ce fut ainsi que le surprit Krüll en faisant une ronde. En déchargeant sa bile sur lui, l'adjudant oubliait pendant un moment où il se trouvait, les pressentiments qui le torturaient.

— Espèce de mollusque académique ! criait-il. Passer le baccalauréat, user vos fonds de culotte sur les bancs d'une université, faire du baratin au sujet de philosophes idiots, ça, vous savez le faire... mais balayer une rue, il n'y a plus de bonhomme ! Hop, monsieur le professeur, faites-moi trois fois le tour du bureau au pas gymnastique !

Prenant son balai comme une lance, le professeur se mit à courir, en haletant, les yeux exorbités, la main gauche appuyée contre son cœur.

— Plus vite ! Plus vite ! hurla Krüll. Il faut que je voie vos jambes voler ! Levez la tête ! Tenez-vous mieux, torchon philosophique ! Pensez à Socrate ; ça c'était un gars comme vous ! Pensez à Kant, prenez exemple sur lui ; il couchait dans un tonneau, à l'air pur. Ici, c'est pas l'air pur qui vous manque ! Encore un tour. Allez ! Hop !

Le professeur trébucha, jeta le balai, battit des bras, s'écroula, le visage dans la neige, et demeura inanimé.

L'adjudant le regarda avec stupéfaction, hocha la tête, puis, se retournant, appela :

— Deutschmann ! Deutschmann ! Arrivez !

Schwanecke quitta la fenêtre en ricanant.

— Vas-y, dit-il. Tes amis viennent de régler son compte au professeur. Ce sera bientôt ton tour !

Il sortit, et Deutschmann le suivit en courant.

Krüll, debout près de la forme inerte, vit arriver Deutschmann avec sa trousse et, devenu un peu nerveux, demanda :

— Est-ce qu'il faut lui faire une piqûre ?

— Je vais voir.

Deutschmann s'agenouilla et retourna le corps. Sur le front du professeur, il vit une profonde entaille. Le sang était déjà coagulé sous l'effet du froid. Il souleva les paupières : les yeux étaient chavirés et sans éclat.

— Est-ce qu'il est... foutu ? demanda Krüll.

— Pas encore. Une défaillance cardiaque.

— Parlez donc en bon allemand ! fit l'adjudant, en frappant, du bout de sa botte, le corps étendu. Qu'est-ce qu'il a ?

— La rougeole ! cria Deutschman, exaspéré.

Cherchant de l'aide du regard, il aperçut Schwanecke appuyé contre un mur, l'air indifférent.

— Viens m'aider ! lui cria-t-il, en saisissant le professeur sous les aisselles.

— Laisse-moi ça, dit Schwanecke qui prit le corps

sur les bras et le transporta au poste de secours, où il le déposa sur une paillasse. Deutschmann déboutonna l'uniforme et se mit à masser l'étroite poitrine où les côtes saillaient comme des cercles de barrique. Le professeur revint lentement à lui.

— De l'air... de l'air... râla-t-il, puis il perdit de nouveau connaissance.

— De l'eau ! cria Deutschmann.

Schwanecke courut dans un coin, revint avec une gamelle d'eau et se mit aussi à masser la poitrine. Deutschmann explora, en frappant, la région du cœur.

— Donne-lui donc un médicament pour le cœur, fit Schwanecke.

— Je n'ai rien là-dedans que du sympathol.

— Eh ben, donne-lui ça.

— C'est inopérant.

— Ça agira peut-être quand même. Il faut sauver ce gars-là. C'est un brave type. Pas comme ce salaud de Krüll !

Deutschmann prit un flaçon dans la trousse et en fit tomber quinze gouttes dans une cuiller. Schwanecke introduisit l'index entre les lèvres contractées du professeur et lui ouvrit la bouche, où Deutschmann versa le liquide. Puis ils reprirent les massages.

— Veux-tu que j'aille chercher du schnaps ? demanda Schwanecke.

— Ce serait inutile.

— Il faut le tirer de là. Ah ! ce salaud de Krüll. Si je le tiens, un de ces jours...

— Il s'en tirera... j'en ai du moins l'impression, dit Deutschmann en voyant que le professeur commençait à respirer plus régulièrement et à geindre doucement.

— Alors, maintenant, tu viens ou tu ne viens pas avec moi ? reprit Schwanecke.

Deutschmann ne répondit pas.

— Est-ce que tu veux crever comme celui-là ? Même s'il s'en tire maintenant, il crèvera bientôt... au plus tard quand les Russes attaqueront !

— Tais-toi !

— Bon, bon, ça va. Crève donc ! Après tout, je m'en fous !

Ils continuèrent à masser en silence, puis, quand l'effet parut obtenu, ils enveloppèrent le professeur dans deux couvertures, s'assirent de part et d'autre de lui et demeurèrent plongés dans leurs pensées. « Schwanecke avait-il raison ? se demandait Deutschmann. Ce qu'il disait était-il vrai ? Qui le retenait, lui, Deutschmann ? Pourquoi n'acceptait-il pas des deux mains ? Là, du moins, il existait une chance de survivre. »

Quand Obermeier entra, ils ne se levèrent pas et ne le remarquèrent que quand il arriva au bord du lit.

— Krüll ? demanda le lieutenant.

Deutschmann approuva de la tête.

— Cela devait arriver.

Obermeier repartit, le visage blême, les dents serrées.

Dans la nuit qui suivit, Krüll se déchaîna comme un taureau dans le village, puis, déprimé, se glissa de maison en maison, d'abri en abri. Le lieutenant Obermeier lui avait fait une terrible semonce à cause du professeur, mais ce n'était pas ce qui le préoccupait. Au cours de sa longue carrière, il avait appris à secouer les algarades occasionnelles venant de ses supérieurs, comme un caniche trempé se secoue. Mais Obermeier lui avait ordonné de retourner dans les tranchées pour surveiller les travaux et pour mesurer les parties terminées.

— Vous êtes devenu une sorte de spécialiste de l'arpentage, n'est-ce pas, adjudant ? avait-il dit.

— A vos ordres ! mon lieutenant, répondit Krüll en claquant des talons.

Ce stupide « A vos ordres ! » le tourmentait tant qu'il passait sans transition d'une humeur à l'autre, de la fureur explosive au silence le plus chargé d'appréhension.

LE soir même, à Orcha, le capitaine Barth reçut un ordre d'engagement venant de la division.

Ce que Wiedeck avait soupçonné en voyant le fourrier recevoir du schnaps, ce que Krüll et les autres redoutaient instinctivement, devint réalité par une note très courte et un coup de téléphone. Barth lut l'ordre à deux reprises, demeura pensif pendant un moment, puis appela l'état-major de la division, demandant l'aide de camp du général, un capitaine qu'il connaissait bien.

— Allô, Barth, c'est vous ? fit celui-ci d'un ton jovial. Justement je pensais à vous... et, pour être tout à fait honnête, je dois dire aussi que j'attendais votre coup de téléphone.

— Vous savez donc de quoi je veux vous parler ?

— Bien sûr.

— Comment avez-vous combiné ça ? Pourquoi nous avoir choisis, nous, justement ?

— Vous me le demandez ? A la vérité, il n'est pas normal qu'une unité comme la vôtre soit chargée d'une telle mission, mais le général a pensé que l'occasion était bonne de faire une exception. Inutile de se leurrer d'illusions. C'est extrêmement dangereux, nous le savons fort bien. Mais que faire ? Les Russes attaquent devant Vitebsk. Seul notre secteur reste calme. Pourquoi, s'est-on demandé à l'armée. Le sol est gelé, impossible d'imaginer conditions plus favorables pour une action des blindés. Pourtant, rien ne bouge, alors que les Russes savent parfaitement qu'ils n'auront plus rien devant eux s'ils percent ici. Le terrain est plat, aucun obstacle bien sérieux... Nous avons l'idée qu'ils mijotent un tour à leur façon. Des reconnaissances aériennes ont été lancées, mais le plafond est trop bas. Deux zincs se sont fait descendre. Une question se pose : que se passe-t-il en arrière des lignes russes ? Pour y répondre, vous allez engager votre deuxième compagnie, la plus favorablement placée, et la faire s'infiltrer, par petits groupes, derrière le front ennemi.

— C'est ce qu'on appelle une mission de sacrifice. Je doute qu'il en revienne quelqu'un, dit Barth, lentement.

— Il en reviendra bien au moins un. Dans ce cas, celui-là aura rendu plus de service qu'un régiment tout entier. Mais je tenais justement à vous en parler. Nous savons, vous et moi, que, parmi vos gens, beaucoup sont prêts à saisir la première occasion pour déserter. C'est la seule chose qui nous ait fait hésiter, tout d'abord, à confier cette mission à votre bataillon. Nous nous y sommes décidés, cependant, en prenant, l'engagement écrit de transférer dans leur ancienne unité, avec leur ancien grade, tous ceux qui survivront et reviendront. Ce doit être un stimulant extrêmement puissant.

— Ce n'est pas tout à fait mon avis.

— Je sais ce que vous vous dites. Une fois de l'autre côté, les types penseront que la guerre est finie pour eux. Vous et moi... et tous les vieux renards du front, savons que la chose n'est pas aussi simple. Les Russes ne sont pas des hôtes particulièrement accueillants, tout au moins pour nous. On ne sait jamais ce qui peut se passer. En revanche, vos hommes sauront très bien ce qui se passera, s'ils reviennent.

— Si quelqu'un revient...

— Soyez donc raisonnable, Barth... Nous ne pouvons agir autrement. Les troupes régulières sont nécessaires pour briser l'offensive. Vous n'ignorez pas combien les effectifs sont bas.

— Et vous avez besoin de mon bataillon... boum ! Il sera volatilisé !

— A quoi bon cette discussion, Barth ? Ce que vous dites est exact, mais, d'autre part... il y a la réhabilitation pour vos hommes. Si la reconnaissance réussit, une quantité d'entre eux retrouveront leur statut ancien ; c'est tout de même quelque chose ! Par ailleurs, c'est la guerre. Ni vous, ni moi ne l'avons déclenchée.

— Non. Assurément pas !

— Alors... je vous souhaite bonne chance. Vous avez reçu l'horaire. Il est très strictement mesuré, mais ça doit coller si vos gens font vite. Nous attendrons les renseignements que vous rapporterez. Encore une fois, bonne chance pour votre deuxième compagnie !

— Eh bien, allons-y ! dit Barth, d'un ton las, après avoir raccroché.

Tania avait disparu d'Orcha, Sergeï, une nuit, vint frapper à sa porte, n'obtint pas de réponse, entra et trouva la maison vide.

Il la chercha vainement, interrogea les paysans, la fit chercher par Tartoukine et ses partisans... Aucune trace ne fut découverte. Sergeï ne renonça pas. Tania ne pouvait s'être enfuie bien loin et rien, avec le temps, ne pouvait échapper à ses hommes.

Furieux... et désespéré, Sergeï revint dans la forêt, dans la « patrie des loups », comme disaient les initiés, devenu lui-même un loup assoiffé de vengeance, sanguinaire et impitoyable.

Pas très loin de Barsdovka, se trouvaient des chaumines, à moitié écroulées, dans lesquelles vivaient de vieilles gens qui ne voulaient pas les quitter, préférant y mourir que de fuir. L'une était habitée par Marfa, femme ayant dépassé soixante-dix ans, qui subsistait grâce au lait d'une chèvre, et qui demeurait, presque toute la journée devant sa minuscule fenêtre, à regarder passer les soldats allemands et les colonnes de ravitaillement. La nuit, des formes emmitouflées venaient se réchauffer dans la chaumine et disparaissaient aussi discrètement qu'elles étaient venues : des partisans, camouflés en paysans, qui s'infiltraient à travers les lignes allemandes.

Au cours d'une de ces nuits silencieuses et glacées, Tania se présenta à Marfa.

— Ah ! c'est toi, Taniacha ! fit la vieille. Il y a bien longtemps que je ne t'avais vue !

— Comment vas-tu ?

— Ça va, ça va, ma petite fille. Que fais-tu par ici ?

— Je voudrais rester chez toi.

La vieille acquiesça de la tête et ne parla plus. Tandis que Tania entrait et s'installait une couche dans le grenier à foin, elle reprit sa place près du foyer, le regard perdu dans les flammes pétillantes.

Tania était presque heureuse. Par une lucarne du grenier, elle apercevait Barsdovka... Barsdovka où se trouvait Michel, cet étranger qui lui était devenu plus cher que n'importe quel être humain, à qui elle appartenait, et qu'elle suivrait partout où il voudrait l'emmener. Peut-être le verrait-elle... pourrait-elle lui parler ? Elle pensait à ce qu'elle lui dirait alors : que le monde était vide sans lui, qu'elle l'avait attendu, et qu'elle avait décidé de se rapprocher de lui. Elle lui dirait aussi qu'elle renonçait à tout ce qui lui avait été cher jusque-là, pour rester près de lui...

L'arrivée du capitaine Barth à Barsdovka surprit tout le monde, sauf Obermeier, averti par Wernher, de Babinitchi.

Sans se préoccuper de Krüll, stupéfait, qui le saluait rigidement, Barth se rendit tout droit chez le lieutenant. Sur la table rustique gisaient les cartes représentant les travaux déjà effectués par la deuxième compagnie, où les tranchées étaient tracées en vert, en rouge et en jaune.

Les deux officiers se saluèrent et se serrèrent la main.

— Balayez-moi toute cette paperasse, dit Barth, en montrant les cartes. Vous n'en aurez plus besoin, tout au moins provisoirement.

— Vous voulez dire...

— Parfaitement. Ça commence dès cet après-midi. Hier soir, le général en personne m'a encore téléphoné pour m'expliquer toute l'affaire une nouvelle fois. Ces messieurs paraissent y attacher une très grande importance.

— Et l'on nous a choisis définitivement pour l'exécuter ?

— Oui. Quel honneur, hein ?

— Je ne sais pas...

Barth sortit une carte des environs de Gorki et l'étala sur la table.

— Regardez. Voilà à peu près le tracé du front. Ici, les lignes russes et... là, en arrière, d'importantes unités blindées ont dû se rassembler. Tout reste bien calme alors que l'enfer est déchaîné devant Vitebsk. Le général pense cependant que l'ennemi se prépare à nous attaquer aussi avec de grandes forces. Les reconnaissances aériennes ne donnent rien, le plafond est trop bas... et, comme vous le savez, les Russes sont des maîtres dans l'art du camouflage.

— Je suis payé pour le savoir !

— La seule possibilité de savoir ce qui se prépare... consiste à effectuer une reconnaissance terrestre de grand style. La situation est critique. Notre première ligne est très faiblement tenue. Toutes les troupes existantes sont nécessaires pour arrêter l'offensive éventuelle. Personne ne sait ce qui se passera quand elles auront été consommées. L'armée ne dispose d'aucune réserve appréciable. Bref, on ne peut distraire aucun homme des unités régulières pour effectuer cette reconnaissance. Aussi a-t-on eu l'idée de nous employer...

— Idée brillante ! dit Obermeier.

— N'est-ce pas ? Nous avons donc reçu l'ordre de franchir nos premières lignes au cours de la nuit prochaine et de nous glisser, par groupes, derrière le front russe, en utilisant la forêt de Gorki, où l'on suppose également des rassemblements de troupes, surtout une quantité de mortiers et de canons de campagne. Vous savez à quel point l'artillerie russe peut être dangereuse. Avec votre compagnie, vous devez reconnaître l'importance de ces rassemblements. Voilà tout !

— Ça suffit. Croyez-vous que même un seul homme puisse en revenir ?

— Vous voulez dire... ou vous craignez, que vos gens se rendent en bloc ?

— Même s'ils ne le font pas... l'affaire est désespérée. Les Russes nous anéantiront successivement.

— Il suffit qu'un seul revienne, je vous l'ai déjà dit. Pour écarter le premier danger, du moins dans une certaine mesure, voici ce que vous pourrez dire à vos gars : « Tous ceux qui reviendront, après mission accomplie, se verront restituer leur ancien grade et transférer dans leur unité précédente. L'épisode « bataillon disciplinaire » sera terminé pour eux... » Je sais, comme vous, ce que représente cette affaire. Les Russes ne sont ni fous ni aveugles. Mais vous avez quelques soldats excellents, de vieux renards qui ne s'en laisseront pas conter et qui sauront s'adapter à toutes les situations. Nous sommes d'accord : une très grande partie y restera. Surtout ceux qui n'ont pas l'expérience du front, qui sont trop faibles pour supporter cette épreuve. Nous n'y pouvons rien. Une seule chose compte : qu'il en revienne quelques-uns pour nous renseigner.

— Si je comprends bien, je peux me comparer à un berger qui pousse son bétail vers la machine à fabriquer les saucisses !

— Voyons, voyons, Obermeier ! Comment pouvez-vous comparer vos hommes à du bétail ? Je ne comprends pas votre attitude. Nous devions nous attendre à être chargés de pareilles missions.

Barth se pencha sur la carte, suivant de son crayon les lignes tracées en rouge.

— Voici le plan général, Obermeier. Vous partagerez votre compagnie en dix groupes qui opéreront de façon complètement autonome. Chacun sera armé normalement. Vous recevrez donc dix mitrailleuses légères 42, ce qu'on fait de mieux, et dix pistolets mitrailleurs ; les autres hommes auront un mousqueton, plus des grenades. Vous avez suffisamment de gens capables de servir une mitrailleuse ?

Obermeier acquiesça.

— Bien. Tout est donc réglé. Vous me téléphonerez de Barsdovska dès que quelqu'un reviendra avec quelque chose de concret à signaler.

— Ce ne sera malheureusement pas possible, mon capitaine, fit Obermeier, sèchement. Le sergent Wegner vous téléphonera à ma place.

— Wegner ? Connais pas. Mais pourquoi Wegner ?

— Parce que je partirai avec mes hommes.

Barth jeta son crayon sur la table et regarda fixement le lieutenant.

— Qu'est-ce qui vous prend, Obermeier ? Ne faites pas d'imbécillité ! Vous resterez ici.

— Je vous demande de ne pas m'en donner l'ordre formel, mon capitaine.

Barth continua à le considérer.

— Qu'y a-t-il derrière tout cela ? Pourquoi ce Wegner ? Est-ce que vous retombez dans vos vieilles imaginations sentimentales ? Vous tenez absolument à être un héros ? Ce Wegner ne serait-il pas... père de famille ?

— Il y en a beaucoup, mon capitaine.

— Combien d'enfants a-t-il ?

— Cinq. Mais, croyez-moi, ce n'est pas seulement pour ça... et je ne cherche pas non plus à jouer au héros. Je veux simplement suivre ma compagnie. C'est une chose parfaitement correcte, n'est-ce pas ?

— Mon vieux... Je crois cependant que vous avez raison. C'est une sacrée affaire ! Mais j'ai besoin de vous... Imaginez que vous soyez remplacé par un zigoto du genre de Bevern ! Et, dans les circonstances actuelles, c'est, pour ainsi dire, assuré.

— Vous en viendrez vite à bout, mon capitaine. Par ailleurs, je n'ai nulle envie... de ne pas revenir. Au contraire, je reviendrai, vous pouvez m'en croire. Moi aussi, je suis un vieux renard du front.

Barth se mordilla la lèvre inférieure pensivement, releva les yeux sur Obermeier... et les en écarta aussitôt.

— Bon, fit-il très doucement... Je suis désolé... Nous nous sommes toujours bien entendus... J'arrivais très bien à vous supporter, Obermeier... — Il sourit. — Mais ne faisons pas de sentiment ! Je ne vous donnerai pas l'ordre formel de rester ici...

A ce même moment, à Berlin, le Dr Kukill, essayait, depuis plusieurs heures, d'obtenir la communication téléphonique avec Orcha, accompagné par un grüppenführer des SS qu'il avait récemment tiré d'un très mauvais cas.

— Il doit tout de même être possible d'atteindre Orcha, disait ce gruppenführer au soldat de service au standard. Je n'y suis jamais allé, mais ce patelin a une certaine importance sur notre front.

Kukill fumait cigarette sur cigarette et arpentait le local d'un pas nerveux.

— Ça va coller, docteur, lui dit le gruppenführer Seulement, comme pour tout, il faut du temps. Imaginez le nombre de branchements que cela nécessite ! Mais nous y parviendrons, ne vous en faites pas.

— J'espère que ce ne sera pas trop tard, murmura Kukill.

Des rides plissaient son front. Il s'assit à côté du caporal coiffé des écouteurs.

— Voilà quatre heures que ça dure, dit-il. Je voudrais tout de même savoir quand...

— Comme vous êtes pressé, docteur... Je ne vous connaissais pas ainsi, observa le gruppenführer.

— Orcha !... dit le caporal.

— Ah ! Passez-le-moi !

— Pas encore... Ils branchent sur un autre patelin... Babinitchi... ou Barsdovka... quelque chose comme ça. Patience.

— Grand Dieu !... Patience... patience... vous ne cessez de répéter ça !

— C'est déjà pas si mal d'avoir obtenu Orcha, intervint le gruppenführer. Vous voyez, notre organisation est épatante !

— Il y a quatre ou cinq communications sur la ligne, dit nerveusement le caporal.

Ce civil impatient et ce SS de haut grade lui portaient sur les nerfs. Ils lui faisaient perdre son temps avec ce maudit Orcha !

— Allô !... Allô !... Allô !... Orcha ? Le central de la division ? Allô !... vous m'entendez ?... Allô !... Communication prioritaire de Berlin. Donnez-moi Babinitchi... Barsdovka... Le capitaine Barth...

Kukill épongea son front moite. Le gruppenführer alluma une cigarette...

— Bataillon 999 ? Le capitaine Barth ?... Allô !... C'est bien le capitaine Barth ? C'est Barsdovka ?... Le capitaine Barth ?

Le caporal fit un signe au Dr Kukill, qui prit précipitamment le second écouteur.

— Qui est à l'appareil ?... Le capitaine Barth ? Le commandant du bataillon ?... Ici, Berlin... Ici Berlin... Allô !... Capitaine Barth ?

A Barsdovka, Barth pressait les écouteurs du téléphone de campagne contre ses oreilles.

— Allô !... Berlin ? fit-il. Qu'est-ce que c'est que cette mauvaise plaisanterie ? Quel est l'idiot qui se tient à l'autre bout du fil ?... Allô !... Ici, capitaine Barth... Le central de la division ?

— Ici, le Dr Kukill, de Berlin ! Veuillez faire venir le Dr Deutschmann à l'appareil... Vous me comprenez ?... Le Dr Deutschmann. Le Dr Deutschmann ! Deuxième compagnie.

— Deutschmann ? dit Barth, en regardant Obermeier. Est-ce que le monde est devenu fou ? On réclame de Berlin un certain Dr Deutschmann. C'est le nôtre. Il y a de quoi devenir maboul !

Il appuya de nouveau les écouteurs contre ses oreilles et cria dans le microphone :

— Bon... Je fais appeler le soldat Deutschmann. Attendez cinq minutes.

Au-dehors, les hommes qui déblayaient la neige se mirent à crier :

— Deutschmann, chez le commandant ! Deutschmann, chez le commandant tout de suite !

Le cri parvint jusqu'au petit local où Deutschmann pansait une main écrasée.

— Deutschmann, chez le commandant ! hurla quelqu'un, de la porte.

— Bon. Dans dix minutes. Faut que j'achève ce pansement.

— Un coup de téléphone de Berlin, crétin !

— De Ber... !

Deutschmann bondit, ne s'occupant plus du blessé.

— Je reviens dans cinq minutes. Tiens le bandage jusque-là, cria-t-il, en se précipitant au-dehors... Berlin... ma femme... Je...

Il courut à travers la neige comme si sa vie en dépendait.

— Regardez-moi ça ! fit, de quelque part, le voix de Krüll. Ce qu'il peut galoper !

Deutschmann arriva, haletant, au PC de la compagnie. Barth tenait toujours les écouteurs et Obermeier était penché sur la table.

— Mon capitaine !... fit Deutschmann, tandis que tout tournait devant ses yeux.

— Allô !... reprit Barth, en lui faisant signe d'attendre... Allô !... Berlin ? Le soldat Deutschmann est là !... Où est Berlin ?... Quoi ? C'est le central de la division ?... Enlevez-vous idiot !... Redonnez-nous Berlin !

Il attendit. Deutschmann, tremblant, s'appuya contre la table. Au bout d'un certain temps, une voix se fit de nouveau entendre. Barth lui tendit l'écouteur.

— Allô !... Ici, Deutschmann... Le soldat Deutschmann... dit-il d'une voix blanche.

— Ici le standard de la division. Nous sommes coupés d'avec Berlin. Je ne peux plus l'avoir. Autant que j'aie pu comprendre, c'était un Dr Kilill ou Knumbill...

— Kukill...

— Oui, c'est ça ! C'était lui qui téléphonait. Il a parlé d'une femme... Julia, quelque chose comme ça... et d'un sérum... je n'ai pas très bien compris... Il a aussi parlé de mort, mais c'était très vaseux. Est-ce que tu peux en tirer quelque chose, mon pote ?

— Vous ne pouvez plus obtenir la communication ?

— Non. C'est trop loin. Il n'y a plus rien à faire. Est-ce que tu piges quelque chose ?

— Oui... J'ai compris.

Deutschmann posa l'écouteur et, pour lui-même, répéta :

— J'ai compris... j'ai compris... Julia est morte.

Le capitaine Barth échangea un regard avec Obermeier et haussa les épaules. Il avait saisi que cet homme, blanc comme un linge, venait d'apprendre la mort d'une femme qui s'appelait Julia. Et, si sa mémoire était bonne, le dossier de Deutschmann indiquait qu'il était marié à une certaine Julia...

Le coup était certainement douloureux, mais qu'y faire ? En pareil cas, il le savait par expérience, le mieux était d'occuper les gens. Et ces gens de la 2e compagnie n'allaient pas manquer d'occupations, par Dieu ! Barth regarda sa montre.

— Vous gagnez les positions de départ dans une heure, lieutenant, dit-il. Quant à vous, soldat Deutschmann, avez-vous une question à poser ?

— Non, mon capitaine.

— Je suis navré... vraiment navré. Si j'ai bien

compris... je vous exprime toutes mes condoléances...

— Merci.

Deutschmann sortit sans saluer et demeura dans la rue, la tête nue, la vareuse ouverte, tel qu'il était accouru. Schwanecke passa, le vit, se précipita sur lui et boutonna cette vareuse.

— Ben, mon vieux, t'as l'air d'un macchabée ! Qu'est-ce qui t'arrive ? Qu'est-ce qu'on te voulait de Berlin ?

Deutschmann ne répondit pas.

— Encore des empoisonnements ? Taillons-nous, mon pote ! dit Schwanecke, en baissant la voix, après avoir regardé prudemment autour de lui. Cette nuit, tu piges ? Ça sera encore plus facile... Pas besoin de drapeau de la Croix-Rouge... On restera simplement de l'autre côté... C'est exactement ce qu'il nous fallait ! Tu viens ?

Deutschmann demeura encore silencieux. Schwanecke le secoua :

— Mais enfin, qu'est-ce qui t'arrive ? Hé... tu m'entends ? Est-ce que tu es devenu sourd ? Qu'est-ce qui t'arrive ?

— Julia est morte, murmura Deutschmann.

— Quoi ?... Alors... il faut te barrer d'ici. Rien ne te retient plus. T'es-tu préparé ? Attends, je vais t'aider. Oui, mon vieux, c'est facile...

Deutschmann se laissa emmener, soudain privé de volonté, par Schwanecke. Celui-ci, en marchant, exprimait par des jurons la compassion qu'il éprouvait — le diable savait pourquoi — pour ce camarade efflanqué qui avançait, en titubant, à côté de lui.

La 2e compagnie gagna les premières lignes au début de la soirée. Il faisait encore jour, mais la nuit commençait à étendre son voile gris sur la grande plaine blanche, barrée par la forêt, à l'horizon.

L'adjudant-chef Krüll était également là. Il savait de quoi il s'agissait, mais n'y pensait pas. A quoi bon ? Personne n'y pouvait plus rien changer. Il trottait donc maussadement, devant la troupe, comme un bœuf en tête du troupeau marchant à l'abattoir.

Dans l'après-midi, Tania vit des soldats allemands, portant la tenue blanche de camouflage, quitter Barsdovka et disparaître bientôt en direction de la forêt de Gorki. Son cœur ne lui dit pas que Deutschmann se trouvait parmi eux...

Il sortit un des derniers du village, portant deux lourdes sacoches à pansements sur les épaules. Wiedeck le précédait, une mitrailleuse 42 à la main.

— Tout à fait comme autrefois, dit-il, à l'adresse de son camarade. Le truc que nous allons faire ne me dit pas grand-chose, mais cet engin-là, ça c'est épatant ! Si tu veux le savoir, je préfère de beaucoup me balader avec ça à la main, même si ça grouille de Rouskis, que de creuser leurs maudites tranchées.

— Nous en reparlerons dans cinq ou six heures, grommela Schwanecke, qui marchait devant lui avec une mitraillette à l'épaule et des grenades à la ceinture.

Wiedeck ne l'entendit pas.

— Mon vieil Ernst, continua-t-il, si ça réussit, on en aura fini avec ce bataillon infect. Crois-tu que ça me soit désagréable de participer à cette affaire ?

— A qui ça ne plairait-il pas ? fit Schwanecke, ironiquement.

— Je te comprends, dit Deutschmann, pour avoir l'air de participer à la conversation.

Il avait l'impression d'avancer à travers un brouillard qui, fait étonnant, laissait tout apercevoir, mais en donnant aux choses un aspect irréel et lointain. Il s'efforçait de ne pas penser à Julia, à écouter Wiedeck, à le comprendre. Parfaitement, il le comprenait très bien. Un bataillon disciplinaire rassemblait les gens qui se dressaient contre la loi. C'était du moins ainsi que le voyait Wiedeck. Dès lors, que pouvait-il y avoir de pis, pour un honnête paysan, que d'être confondu avec ces hommes ? Il ne fallait pas que ses enfants pussent dire : « Notre père, le malfaiteur... » Comme il en souffrirait ! Comment pourrait-il enseigner l'honnêteté en toute circonstance à ses enfants, alors que lui ?... Qui savait l'existence, dans ce bataillon, de soldats qui n'étaient pas des criminels ? Mais il y en avait aussi de justement châtiés, comme Schwanecke, quoique celui-ci fût un sacré gaillard sur lequel on pouvait compter ! Est-ce qu'on ne leur offrait pas, à tous les deux, la même chance ? Le monde était devenu fou !

— Si ça colle... rêvait Wiedeck, nous reviendrons dans nos anciennes unités et...

— Tu y crois ? demanda Schwanecke.

— Pourquoi pas ? Penses-tu qu'Obermeier mente ?

— Non. Lui, sûrement pas. Mais que veux-tu qu'il fasse contre les autres ?

— Il ne l'aurait pas dit si ce n'était pas vrai, fit Wiedeck d'un ton convaincu.

Si un officier comme Obermeier mentait volontairement, alors... alors on ne pourrait plus croire personne. Wiedeck croyait que tout se passerait bien, qu'il reviendrait et se retrouverait libre. Libre !... Il aurait une permission... retournerait chez lui avec des pattes d'épaule et ses décorations. Il se rappelait ce qu'avait dit le lieutenant, en sortant du bureau, peu avant le départ, équipé absolument comme eux, une mitraillette au cou, des grenades au ceinturon.

— Garçons, avait-il déclaré, nous nous appelons le bataillon de réhabilitation 999. Le moment est venu, en effet, de nous réhabiliter, et par une action sortant de l'ordinaire. Nous allons effectuer une reconnaissance en arrière des lignes russes. C'est très dangereux, je le sais. Les chefs de groupe vous renseigneront mieux à cet égard. Mais il est quelque chose que je tiens à vous dire : Tous ceux qui reviendront seront transférés dans leur ancienne unité avec leur grade précédent et leurs décorations. C'en sera fini du bataillon de réhabilitation, ou du bataillon disciplinaire, comme nous l'appelons tous. Tout le monde ne reviendra peut-être pas, je le sais. Ne nous faisons aucune illusion. Mais il dépend de nous que les pertes soient plus ou moins élevées. Uniquement de nous. Nous nous comprenons, je crois. Je prends moi-même le commandement de l'unité parce que je pense être l'un d'entre vous. Mon devoir est donc de vous accompagner. Mais je reviendrai moi aussi, vous pouvez y compter. Demain, je l'espère, nous nous retrouverons tous, comme en ce moment. Maintenant, nous allons vider quelques bouteilles... pour la réussite de l'opération... et pour nous dire au revoir !

— Un sacré chic type ! fit Wiedeck.

— Qui ça ?

— Obermeier.

— Pourvu que tu ne te trompes pas, grommela Schwanecke, mais il se reprit aussitôt et jeta un sourire en arrière : Tu as raison. C'est un gars comme il faut !

Oui, Obermeier était comme il faut, pensait Schwanecke. Tout à fait comme il faut. Si les autres lui avaient ressemblé... S'il ne s'était pas parfaitement entendu avec le lieutenant, c'était sa faute à lui, Schwanecke, pas celle d'Obermeier. Et brusquement, comme si souvent depuis quelque temps, il pensa qu'il était un hors-la-loi, que des gens comme Obermeier, il devait les considérer comme des ennemis. « Ah ! se dit-il, comme il eût été mieux de se trouver du même bord que le lieutenant, Wiedeck, Deutschmann... Trop tard ! »

La 2e compagnie avançait donc à travers la nuit tombante, avec une allure fantomatique.

En tête, à côté du sergent Hefe, le lieutenant Obermeier. Avec le deuxième groupe, l'adjudant-chef Krüll. Puis le sergent Kentrop et les autres, en une longue file : Bartlitz, l'ex-colonel, un chef de bataillon dégradé, un professeur de musique, un avocat, un pickpocket, un professeur de lycée, un architecte, de nouveau un avocat, un condamné pour attentat aux bonnes mœurs, un souteneur, un homosexuel, un maçon, un charcutier, un conseiller juridique, un cambrioleur, un ex-préfet, un médecin...

Devant eux, dans la direction des premières lignes,

la nuit était sombre et froide. Une fusée éclairante. Un crépitement de mitrailleuse.

De sa lucarne, Tania vit disparaître la colonne. Elle regarda encore longtemps, puis tourna les yeux vers Barsdovka. Un pauvre sourire parut sur ses lèvres et elle murmura :

— Bonne nuit, Michel, dors bien... dors bien...

Parvenu aux premières lignes, Obermeier échangea quelques mots avec un sous-lieutenant d'infanterie. Ils comparèrent leurs montres, puis contemplèrent, en silence, le front russe.

— Vous n'avez pas peur que la moitié de vos gens ne désertent ? demanda tout à coup le sous-lieutenant.

— Pourquoi ?

— A ce qu'on dit... ce sont des criminels... des communistes...

— Ne croyez pas tout ce qu'on vous raconte, dit Obermeier d'un ton qui fit taire le sous-lieutenant.

— Encore vingt secondes, reprit-il peu après, les yeux fixés sur le cadran lumineux de sa montre... Quinze... dix... cinq... En avant !

Les premières formes escaladèrent sans bruit le parapet. Premier groupe... un intervalle... deuxième... un intervalle, troisième... quatrième... cinquième... sixième.

— Bonne chance ! dit Obermeier au sergent Kentrop.

— Ça ira ! fit celui-ci en découvrant ses dents blanches dans un sourire, puis il disparut, suivi de ses hommes.

Septième groupe... huitième... neuvième. Ce fut au tour d'Obermeier.

— En avant ! se commanda-t-il à lui-même, silencieusement, en jetant un bref regard sur les autres soldats. Ça ne tardera pas à tourner mal.

Il grimpa sur le parapet. L'obscurité l'engloutit.

— Pourvu que ça marche ! dit le sous-lieutenant à un sergent à côté de lui. En tout cas, je ne voudrais pas être à sa place.

Au moment même où les groupes de la 2e compagnie

avançaient ainsi dans le *no man's land*, l'artillerie allemande ouvrit le feu et le régiment voisin déclencha un simulacre d'attaque : diversion prévue pour attirer l'attention des Russes sur un autre point. Les partisans de la forêt de Gorki, commandés par Sergeï Denkow, furent alertés. Ils se portèrent à l'autre extrémité de la forêt, libérant le chemin du bord le plus rapproché.

Obermeier et son groupe, Krüll avec la section de commandement, et le sergent Hefe, avec dix hommes, pataugèrent dans la neige profonde sous les arbres, transpirant malgré le froid très vif, jurant mais ne s'accordant aucune pause. De temps à autre, les chefs de groupe s'arrêtaient pour consulter leur boussole. S'égarer équivalait à une condamnation à mort. Ils avaient déjà franchi le front russe et pouvaient se heurter d'un moment à l'autre à des unités de l'arrière ou à des réserves.

Des heures s'écoulèrent et les hommes touchaient à l'épuisement lorsque, soudain, ils atteignirent l'orée de la forêt.

Obermeier regarda sa montre : 1 h 12 du matin. Devant lui s'étendait une plaine, avec des groupes de buissons et quelques arbres isolés. Plus loin, sous la blême lueur de l'hiver russe, paraissaient les contours d'un village. Entre la forêt et ce village, il y avait de grosses formes noires, camouflées avec des branches et des broussailles : des chars !

— Nom de Dieu ! fit Schwanecke à voix basse. Toute une armée ! Des T-34 ! Quand ça se mettra à rouler !...

— ... nous n'aurons même pas le temps de serrer les fesses ! compléta Wiedeck.

— Et tous tes pansements ne serviront à rien, reprit Schwanecke, à l'adresse de Deutschmann, à son côté.

— Vos gueules ! lança Hefe, nerveux.

— Oh ! tu vas pas faire le méchant, observa Schwanecke. La question est de savoir ce qu'il faut faire maintenant. Nous avons vu tout ce que nous devions voir, hein ?

— A peu près, dit Wiedeck.

— Alors, taillons-nous !

Schwanecke jugeait le moment venu d'exécuter son plan. Au retour, à travers la forêt, il resterait en arrière, disparaîtrait et attendrait une occasion favorable pour se rendre aux Russes. La chose n'était pas sans danger, car ceux-ci ne faisaient habituellement pas beaucoup de manières avec un prisonnier isolé. Une rafale de mitraillette évitait bien des complications. D'autre part, il devait certainement en exister qui seraient fiers de ramener un prisonnier... le plus loin possible en arrière du front, car les Allemands ne tiraient pas, eux, non plus, avec des petits pois, et ils visaient bien... Pour un Allemand comme pour un Russe, s'éloigner du front apportait la sécurité. Mais le temps ne lui manquerait pas. Il avait, par prévoyance, réuni des vivres avant le départ. Aussi ne nourrissait-il aucune intention de s'exposer inutilement, si près du but.

Comme il se livrait à ces considérations, une... deux... trois fusées vertes montèrent dans le ciel nocturne, donnant soudain une couleur cadavérique au visage des soldats.

Au même moment, les colosses d'acier s'ébranlèrent comme des fourmis mises en mouvement par un coup de pied. Un énorme vrombissement s'enfla, emplissant la nuit. Les chenilles glacées commencèrent à tourner, les branches de camouflage s'abattirent. Au moins une cinquantaine de chars défilèrent ainsi en bordure de la forêt, où les soldats allemands, s'enfonçant le plus possible dans la neige, les regardèrent passer avec épouvante.

— Nom de Dieu, nous voilà dans de beaux draps ! s'exclama Schwanecke.

— Qu'est-ce que tu veux dire ? demanda Deutschmann.

— Tu ne vois pas ? Ils traversent la forêt pour attaquer notre front qu'ils vont écrabouiller ! Nous sommes tombés juste au début d'une offensive !

— Qu'est-ce qu'il faut faire ? Qu'est-ce qu'il faut faire ? dit Hefe, en tremblant.

— Et l'infanterie va arriver tout de suite, continua Schwanecke.

— Comment ça ?

— L'infanterie suit toujours les chars. S'ils nous pincent ici...

— Que Dieu nous ait en sa sainte garde ! acheva Wiedeck.

— Alors, commandant, donne un ordre ! dit Schwanecke à Hefe.

Celui-ci regardait, comme médusé, les chars russes défiler. Il était incapable d'aligner deux idées, cela dépassait son entendement. Dans la campagne de France, il n'avait vu que quelques chars, vite hors de combat. Mais, en Russie, tout était bien différent !

— Fichons le camp ! dit Wiedeck.

Hefe détacha avec peine ses yeux des blindés, se leva et se mit à courir. Les autres se jetèrent derrière lui. Il fallait retraverser la forêt par le chemin pris en venant. Cela ne serait pas trop difficile, car ils avaient tracé une sorte de sentier. Mais, de l'autre côté, une situation exceptionnelle se présenterait. Les chars se seraient déployés dans l'intervalle. D'autre part, les lignes russes seraient pleinement occupées. Il faudrait se glisser à travers les chars, traverser ces lignes. Tâche manifestement impossible. Pourtant, ils couraient, sans avoir la moindre idée de cette situation, pas plus que les autres groupes de la 2e compagnie qui se trouvaient dans le même cas.

Ils atteignirent avant l'aube la face de la forêt tournée vers les positions allemandes. La plupart des autres groupes y parvinrent presque en même temps que celui de Hefe. Haletant, à bout de forces, les hommes se jetèrent dans la neige. Et ils virent ce qui était à prévoir : les blindés s'étaient déployés entre la forêt et les premières lignes russes !

Le lieutenant Obermeier avançait avec Bartlitz dans une masse de neige molle. Brusquement, des projecteurs s'allumèrent, éclairant tout l'espace sur l'avant. Un groupe d'ombres se jeta à terre, mais pas assez rapidement...

— Ce sont les nôtres, dit Bartlitz. Sans aucun doute. Ils voulaient passer...

— Grand Dieu ! Pourquoi s'attardent-ils ainsi, comme s'ils cherchaient des myrtilles ! observa Obermeier, presque en gémissant.

— Parce qu'ils ne savent pas comment on se comporte sur le front russe, répliqua Bartlitz d'un ton sec. Comment pourraient-ils le savoir ? On ne le leur a jamais appris !

D'autres formes sortirent en courant de la forêt, avançant rapidement, coiffées de bonnets de fourrure, tenant à la main des mitraillettes avec de gros chargeurs ronds.

— Des Russes... fit Bartlitz.

Une mitrailleuse allemande crépita. Les formes se jetèrent par terre. Quelques-unes s'écroulèrent.

— Les idiots... ils vont se faire repérer, dit Obermeier désespéré.

Un char pointa sa tourelle, le bruit plus clair d'une mitrailleuse russe se mêla à celui de la mitrailleuse allemande, qui cessa bientôt. Quelques soldats allemands se relevèrent, dans le faisceau des projecteurs, les bras en l'air. Mais la mitrailleuse russe continua à tirer et quelques mitraillettes entrèrent aussi en action. Les Allemands s'écroulèrent les uns après les autres.

— Mon Dieu ! Mon Dieu ! gémit Obermeier.

— Nous savons maintenant ce qui nous attend, observa Bartlitz. Il faut essayer d'avancer. L'infanterie ne va plus tarder à arriver. Si nous sommes pris... Vous avez vu, mon lieutenant ?

A cinquante ou soixante pas de là, Wiedeck disait au même moment à Hefe :

— Il faut absolument passer. Pour le moment, il fait encore nuit, mais cela ne durera plus longtemps. Où sont les autres ?

— Je ne sais pas, répondit Hefe.

— Deutschmann, Schwanecke, Mölders...

— Comment pourrais-je le savoir ? Ils sont sûrement restés en arrière...

Peu lui importait où. Un seul désir l'habitait : sortir de ce chaudron de sorcière, parvenir derrière les lignes allemandes. Oui, mais comment ?

— Faut-il que je coure devant ? demanda Wiedeck.

— Oui, cours. Essaie !

Avant de s'élancer, Wiedeck aperçut sur la gauche, dans la direction de Gorki, une longue file de tirailleurs russes. Il était grand temps ! Au même moment, les chars se remirent en mouvement. Des fantassins sortirent des tranchées ennemies et, poussant des hurlements, tirant sauvagement, foncèrent vers les positions allemandes. Aussitôt, l'enfer se déchaîna. L'artillerie ouvrit le feu. Des canons antichars aboyèrent, des langues de flammes pointillèrent la nuit. Deux... quatre... sept chars firent explosion et brûlèrent comme de gigantesques torches, mais les autres continuèrent à avancer, moteurs grondant, canons crachant.

Un peu plus à l'intérieur de la forêt, mais en un point d'où ils apercevaient la plaine, Deutschmann et Schwanecke étaient couchés derrière un gros tronc d'arbre abattu, où ils connaissaient une sécurité relative.

— Tant que l'infanterie n'arrivera pas, nous n'avons rien à craindre, dit Schwanecke. Les chars ne peuvent rien nous faire.

— Ils sont déjà sur nos premières lignes, murmura Deutschmann.

— Bien sûr, qu'est-ce que tu croyais ? Les quelques gars de chez nous ne pouvaient pas tenir sous ce bombardement.

— Qu'allons-nous faire ?

— Du calme ! Laisse agir papa Schwanecke. La guerre est finie pour nous deux. J'ai l'impression que c'est notre dernière représentation guerrière !

L'adjudant-chef Krüll, couché dans un creux avec le sergent Kentrop, au bord de la forêt, essayait de se faire le plus petit possible et haletait de peur. C'était la fin ! Impossible d'en sortir !

— Allons, mon gros, remets-toi un peu, fit Kentrop.

— C'est fini... fini...

— Reprends-toi, voyons ! Attends tranquillement.

— C'est fini... fini... fini...

Wiedeck fut le premier à prendre sa course en direction des lignes allemandes. Les projecteurs s'étaient déplacés vers l'avant. La nuit était redevenue noire, bien que l'aube fût prochaine. Il courut comme un insensé, en pensant à Erna, aux enfants, se disant qu'il fallait continuer, même si son cœur menaçait d'éclater...

Hefe le suivit du regard, puis se releva et se mit aussi à courir.

— Restez là, monsieur Bartlitz, dit Obermeier. Je pars maintenant.

— Laissez-moi partir le premier, mon lieutenant, fit Bartlitz.

— Non, ça me revient de droit. Et... je suis navré...

— De quoi ?

— De ce que nous soyons ainsi... je suis navré de ce que vous soyez dans ce bataillon disciplinaire... mon colonel...

— Ne parlons pas de ça. Je ne suis plus colonel et je crois que je ne souhaite pas de le redevenir.

— J'ai appris à vous apprécier... je suis...

Un sourire passa sur les lèvres de Bartlitz.

— Si tous les officiers étaient comme vous... rien de tout cela ne serait arrivé. Mais vous venez de m'appeler « mon colonel ». L'avez-vous dit sérieusement ?

— Oui... bien sûr !

— Alors je vous donne l'ordre de me laisser passer le premier. C'était comme ça, dans l'ancienne armée : le plus haut gradé en tête. Au revoir, mon petit... Sors seulement quand tu croiras le moment favorable. Et n'oublie pas : il faut qu'au moins un en revienne ! Quoi qu'il arrive : un doit revenir !

Il posa la main sur l'épaule du lieutenant, se releva

et se lança en avant, courbé, les jambes flageolantes, les bras ballants — sachant fort bien qu'il était vain de vouloir échapper à son destin.

Obermeier attendit encore quelques minutes. Les chars avaient dépassé la première ligne allemande. Les partisans et les fantassins russes nettoyaient les tranchées derrière eux. Ils ne faisaient pas de prisonniers. Mais ils n'en trouvaient presque pas à faire, les Allemands étant bien instruits de ce qu'il adviendrait d'eux s'ils tombaient aux mains des partisans.

Obermeier fonça à travers la neige, passant devant des formes allongées qui avaient été ses soldats, et devant les carcasses de chars encore rougeoyantes. Jamais il n'avait couru aussi vite de sa vie. Les chances de rejoindre les lignes allemandes étaient bien minimes, il ne l'ignorait pas, mais il fallait profiter de la confusion, de l'obscurité. A l'aube, elles s'évanouiraient tout à fait. Or quelqu'un devait revenir.

De côté, il vit tout à coup une ombre noire arriver sur lui. Un char. Un petit projecteur s'alluma... Le faisceau éclaira Obermeier changé en statue, les bras étendus devant lui, comme s'il allait plonger.

En deux pas, il sortit de ce faisceau et se mit à décrire des zigzags, tandis que la mitrailleuse crépitait derrière lui.

Un trou, pensa-t-il, tandis que son cœur menaçait d'éclater, que la sueur ruisselait sur son visage, il fallait trouver un trou... un abri individuel... un entonnoir... une tranchée...

Wiedeck vit aussi ce char, resté en arrière-garde. Il se jeta dans un petit trou d'obus et baissa la tête. Là, il se sentait relativement en sécurité. En tout cas, l'équipage du blindé ne pouvait l'apercevoir. Il se trouvait déjà dans l'ancien *no man's land* et avait donc parcouru une bonne partie du chemin au bout duquel était le salut.

Brusquement, un corps très lourd s'abattit sur lui. Des bras enveloppèrent ses épaules.

— Fiche le camp, bourrique ! cria-t-il.

— C'est moi, Bartlitz, dit l'inconnu. Pousse-toi un peu... C'est toi, Wiedeck ? Il suffira pour nous deux.

— Pourvu qu'ils ne nous aperçoivent pas !

Peu après un troisième homme tomba sur eux, comme projeté par une catapulte. Wiedeck voulut relever la tête pour voir qui c'était, mais deux mains l'en empêchèrent.

— Ne sortez pas la tête, siffla une voix.

— C'est vous, mon lieutenant...

— Oui. Bouclez-la !

— Comme on se retrouve, murmura Bartlitz.

— Silence !

Recroquevillés dans l'étroit espace, ils tendirent l'oreille. Des chenilles cliquetaient au voisinage, un moteur vrombissait. Le faisceau du projecteur fouillait la nuit, il s'arrêta sur le dos d'Obermeier qui émergeait légèrement.

— Il nous a découverts, dit doucement le lieutenant.

— Foutus !... fit Wiedeck.

— Pas encore, reprit Obermeier. Il ne tire pas... Il veut nous écraser. Quand il sera tout près...

Il n'acheva pas ; les autres avaient compris.

Le cliquetis des chenilles se fit tout proche.

— Allons-y ! cria Obermeier.

Tous les trois bondirent au-dehors et se dispersèrent aussitôt. Le char passa au-dessus du trou, s'arrêta et pivota sur place. Le capot s'ouvrit ; une tête en émergea. Immédiatement la mitrailleuse commença à cracher.

Bartlitz fut touché le premier. Il cessa brusquement de courir et s'effondra sur lui-même.

Puis ce fut le tour de Wiedeck. Il tomba sur le ventre. Ses bras et ses jambes s'agitèrent encore pendant un instant, le corps eut deux ou trois convulsions... puis devint immobile.

Il n'existait aucun abri. Obermeier continua de courir en priant. La mitrailleuse soulevait la neige autour de lui. Elle se tut soudain et un projectile éclatant à son voisinage le jeta de côté. Il se reprit et poursuivit sa course. Un nouveau coup, contre son bras, cette fois. Les Russes tiraient au canon. Il constituait une magnifique cible vivante.

Le troisième obus l'atteignit de plein fouet.

BERLIN.

Contre toute attente, l'actinite du Dr Deutschmann avait produit son effet. Julia se rétablissait lentement. Son cœur fonctionnait mieux, l'état général s'améliorait visiblement. Le professeur Burger et le Dr Wissek suivaient avec stupéfaction et incrédulité cette amélioration et forgeaient déjà des plans pour l'avenir, plans tournant autour de l'actinite. Une pareille découverte constituait une véritable bénédiction !

Le Dr Kukill ne quittait pas le chevet de Julia. Ce fut son visage aux traits tirés que Julia vit quand, pour la première fois, elle reprit connaissance pendant quelques instants. Il avait réussi, grâce à ses vastes relations, à faire venir par la Suisse un nouveau produit anglo-américain, baptisé « antibiotique », pour poursuivre le traitement. L'actinite était épuisée et on avait vainement cherché dans le laboratoire de Deutschmann des appareils capables d'en produire de nouvelle. Il fallait donc faire revenir Deutschmann d'urgence à Berlin afin qu'il pût reprendre ses recherches et fabriquer cette substance miraculeuse. Julia ne pourrait le faire avant très longtemps. Si l'on réussissait à la préserver de la mort — une rechute restait toujours à craindre — elle resterait clouée à son lit pour des semaines et des mois.

Des possibilités insoupçonnées s'ouvraient. Même si un an, voire deux étaient nécessaires pour passer à la production massive de l' « actinite », un pas de géant serait accompli dans le traitement des maladies infectieuses... et les soldats en profiteraient les premiers. La guerre dominait toutes les pensées. Il était naturel, pour les médecins, de se préoccuper des blessés en premier lieu.

Lorsque Julia se réveilla et vit le visage du Dr Kukill penché au-dessus d'elle, ses yeux tout d'abord vides et absents ne parurent que peu à peu le reconnaître. Ses lèvres remuèrent, mais ne laissèrent échapper aucun son discernable. Kukill se pencha encore plus et finit par entendre :

— Que... s'est-il... passé ?... Où... suis-je... ici ?..

— Vous avez été très malade, répondit-il. Mais vous allez maintenant beaucoup mieux.

— Que... s'est-il... passé... avec ?...

— Ne parlez pas, Julia. Dormez. Essayez de dormir !

Il semblait que la mémoire lui revînt. Elle voulut se redresser, mais seul un long tremblement secoua son corps émacié.

— L'essai... est-il... est-il ?...

— Oui. Il a réussi. Reposez-vous, je vous en prie !

— Est-ce que vous... est-ce que vous... Ernst...

— Oui. Je le ferai revenir. Je vous le promets. J'ai... j'ai déjà entrepris les démarches nécessaires. N'ayez aucune inquiétude. Et si vous voulez bien dormir... — il avala sa salive — je vous dirai quelque chose... qui vous causera beaucoup de plaisir...

— Q'est-ce... que... c'est... ?

— J'ai pu causer avec votre mari, mentit-il. Non, non, pas comme vous le pensez... — Il s'effrayait de la voir tressaillir — il est toujours en Russie. Mais je lui ai téléphoné. Il va bien, il me l'a dit, et il... il se réjouit, naturellement, de revenir...

— Sait... sait-il ?

— Non... Je n'ai pas voulu l'inquiéter. Il sera toujours temps de lui apprendre.

— S'il vous plaît...

Elle ferma les paupières, et les paroles suivantes se perdirent dans un murmure incompréhensible, mais, presque aussitôt, elle rouvrit les yeux et parla de façon nette, tandis qu'un sourire heureux éclairait son visage.

— S'il vous plaît... Téléphonez-lui de nouveau... dites-lui... dites-lui... que je suis très heureuse... très heureuse...

— Oui, dit-il, avec effort. Oui, je lui téléphonerai. Je le lui dirai.

Mais Julia ne l'entendit pas. Elle s'était endormie.

Cette fois, il fallut moins de temps. Le Dr Kukill fit de nouveau appel à son gruppenführer, qui l'accompagna au central téléphonique de l'armée. En une heure et demie, ils eurent la communication avec Orcha, mais ne purent aller plus loin. Le front était sens dessus dessous, leur dit-on. Les Russes avaient percé. L'état-major de la division allait se replier. Et l'on demandait, de Berlin, à parler à un certain Deutschmann dans un patelin qui se trouvait déjà certainement aux mains de l'ennemi ! Le bataillon disciplinaire 999 ? Que lui était-il arrivé ? Est-ce qu'on ne pouvait pas leur ficher la paix ? Ce bataillon n'existait plus. Liquidé. Fini. Valait-il la peine de s'en préoccuper, alors que tant d'autres, aussi, étaient détruits ? A Orcha on avait d'autres soucis pour le moment. Parfaitement, liquidé ! Il n'en restait plus rien ! Terminé !

Ainsi donc, il est liquidé, dit doucement le Dr Kukill en raccrochant. Liquidé, cela voulait dire tué ou prisonnier, le deuxième terme équivalant pratiquement au premier. Qu'en penser ? Une seule chose sûre : il ne fallait pas en parler à Julia tant qu'elle ne serait pas hors de danger. Il verrait ensuite. Lui-même n'avait rien à se reprocher. Tout ce qui était en son pouvoir, il l'avait tenté. Il avait préparé les voies au retour de Deutschmann à Berlin. Loyalement. Si... si Deutschmann était mort, il n'en portait pas, lui Kukill, la responsabilité... Julia s'en remettrait certainement. Oh ! pas tout de suite. Son deuil durerait au moins un an, peut-être deux... mais le temps refermait toutes les blessures. Il attendrait. Il se montrerait un ami fervent, attentionné et la ramènerait insensiblement dans la vie. Alors... elle reconnaîtrait qu'elle s'était trompée sur son compte... alors...

— Venez, dit-il au gruppenführer qui attendait, étalé sur une chaise.

— Que s'est-il passé ? demanda celui-ci.

Kukill haussa les épaules.

— Liquidé, vraisemblablement.

Il n'eut pas besoin de dire autre chose. L'autre avait compris.

Les chars russes roulaient dans Barsdovka.

Ils avaient percé les positions allemandes, mais, en même temps qu'eux, les partisans de la forêt, avec Denkov et Tartoukine à leur tête, pénétrèrent dans le village.

Le Dr Bergen et Kronenberg purent s'échapper avec une partie des blessés. Ils foncèrent vers l'arrière, dans les derniers camions, un peu déroutés et rassurés à la fois par l'attitude tranquille des artilleurs dont ils traversèrent les positions. Ceux-ci avaient tant vu de commencements de panique de ce genre. Une percée russe ? Désagréable... et après ? Les premières réserves arrivaient déjà en toute hâte pour passer à la contre-attaque. Le Dr Bergen, refoulé avec sa colonne sur le côté de la route, vit passer les soldats d'un bataillon d'assaut, le visage calme, impassible, leurs armes entre les genoux, dans leur tenue de camouflage, sous le casque peint en blanc, paisibles et redoutables en même temps. Avec un peu de honte, il se demanda si sa fuite était justifiée.

Elle l'était.

Les Russes ne dépassèrent guère Barsdovka, mais les partisans y entrèrent et, comme partout, y apportèrent la mort et la destruction.

Le Dr Hansen y était resté avec les blessés intransportables, ceux de son bataillon, auxquels s'étaient ajoutés ceux de quelques unités d'infanterie, refoulées de leurs positions. Ils emplissaient à moitié la grange et regardaient, avec des yeux pleins d'angoisse, la porte par laquelle les Russes pouvaient faire irruption à tout moment. Le Dr Hansen circulait entre les lits et les paillasses, prêchant le calme et la confiance, rassurant par sa seule présence.

Un drapeau de la Croix-Rouge pendait au-dessus de cette porte, à l'extérieur, immobile parce qu'il n'y avait pas de vent.

Depuis déjà assez longtemps, les blessés entendaient le grondement des moteurs de char et des détonations isolées. Soudain, ils perçurent des voix, des cris, puis de longs rires.

Le Dr Hansen fit un signe de tête à ses hommes et gagna lentement la porte.

Quand il l'ouvrit, le premier partisan qu'il aperçut fut Tartoukine. Celui-ci, le regard dur, leva sa mitraillette et lâcha une rafale sur le pavillon de la Croix-Rouge, au-dessus de la tête du médecin. Il sourit, mais le sourire s'évanouit aussitôt. Il y avait là des soldats allemands et, parmi eux, peut-être, LUI, son ennemi mortel. Blessé ? Peu importait !... Et s'il ne le découvrait pas, il pourrait, du moins, assouvir sa haine sur ces maudits Allemands. Des blessés ?... Bah ! Avant de l'être, ils avaient tiré sur ses frères, les avaient tués, les avaient... Ils allaient expier !

Légèrement courbé, l'arme prête, il s'avança vers le petit médecin qui, le visage impassible, barrait l'accès à la grange.

— Idi ! Va-t'en ! fit-il en arrivant devant lui.

— C'est toi... dit le Dr Hansen en reconnaissant l'ancien auxiliaire. Mais Tartoukine l'interrompit avec impatience :

— Tire-toi de là !

— Non, répondit Hansen.

— Non ?

Un sourire mauvais passa sur les lèvres du partisan. Il leva sa mitraillette, la pointant sur la poitrine du médecin.

— Non ? répéta-t-il.

Hansen comprit la menace mortelle. Tartoukine allait tirer. Il ne bougea pourtant pas, s'élevant, au cours de ces brefs instants, au-dessus de lui-même. Il avait peur, effroyablement peur, mais n'en laissa rien paraître. Le visage fermé, un peu méprisant, il fit face à Tartoukine qui recommença à sourire...

— Stoï ! cria une voix, de la route.

Le sourire de Tartoukine s'effaça. Tournant la tête, il regarda, avec des yeux furieux, dans la direction d'où venait cette voix.

Sergeï Denkov approcha lentement, la mitraillette sous le bras.

— Que veux-tu faire ? demanda-t-il, en russe, à Tartoukine.

Le Mongol haussa les épaules.

— Allons ! Parle ! Que veux-tu faire ? reprit Denkov, d'un ton dur.

— Il ne veut pas me laisser entrer, dit Tartoukine.

— Et tu voulais le tuer, hein ?

— C'est un Allemand.

— Est-ce que tu ne le connais pas depuis longtemps ? demanda de nouveau Denkov sans quitter du regard Tartoukine qui détourna les yeux.

— Réponds ! Est-ce que tu ne le connais pas depuis longtemps.

— Si.

— Que penses-tu de lui ?

— C'est un Allemand !

— Et toi tu es un immonde salaud ! Tu ne vaux pas mieux que les Allemands ! Que t'a-t-il fait ? Qu'a-t-il fait à l'un quelconque d'entre nous ? Rien. Il a soigné nos paysans quand ils étaient malades. Il t'a même pansé, si je m'en souviens bien. Et tu voulais le tuer ? Disparais, cochon ! Fous-moi le camp !

Tartoukine s'éloigna, les dents serrées.

— Merci, dit le Dr Hansen.

— Ça va, fit Denkov, encore bouillonnant de colère. Dégage le chemin.

— Que comptez-vous faire ?

— Dégage le chemin, je te dis !

— Si vous n'étiez pas arrivé... reprit Hansen, en s'effaçant.

Denkov, qui allait entrer dans la grange, s'arrêta, se retourna vers lui et le regarda longuement.

— Alors, dit-il, avec un geste de la tête vers la porte derrière laquelle se trouvaient les blessés, tous ceux-là seraient morts. Je le sais. Le plus souvent, personne n'intervient pour l'en empêcher. Ça se passe chez vous comme chez nous. Viens avec moi !

Tous les blessés furent faits prisonniers, le Dr Hansen en tête.

La guerre passa aussi sur la chaumine de Marfa. Les chars défilèrent devant elle en une longue et sinistre colonne. Tania, de la fenêtre, les vit s'écouler. « Ils m'ont enlevé Michel, pensa-t-elle, avec une douleur indicible, ils ont détruit mon bonheur... je les hais... je les hais ! »

Mais elle-même ne savait pas au juste ce qu'elle haïssait. Les Allemands ? Les Russes ? La guerre ? Son destin ?... Ou bien sa faiblesse et son amour pour le soldat étranger ?

Elle ne se retourna pas quand la porte s'ouvrit brusquement derrière elle, laissant entrer un courant d'air glacé, mais elle sut aussitôt, avec certitude, qui entrait. Un instant, elle eut l'espoir insensé de s'être trompée, puis la voix de Denkov lui fit comprendre qu'elle n'échapperait pas à son sort.

— C'est toi ? demanda Denkov, d'une voix ardente.

Tania, le front appuyé contre la vitre, ne répondit pas.

— Retourne-toi !

— Pourquoi ? Tu es venu pour me tuer. Fais-le !

— Que fais-tu ici, chez les Allemands ?

La voix de Denkov tremblait. Il s'approcha rapidement, la saisit par l'épaule et l'obligea à se retourner.

— Depuis quand Marfa est-elle une Allemande ? demanda-t-elle ironiquement.

Il demeura silencieux, la regardant avec des yeux durs.

— Allons, tue-moi... sans poser de questions !

— Tu as couru après lui, hein ? Tu as couché ici avec lui, tandis que nous... — Il la secoua avec rudesse — Pourquoi as-tu fait ça ? Pourquoi ?

— Je l'aime, répondit-elle doucement, en fermant les yeux. Ne le comprends-tu pas ?

Denkov hésitait. Au-dehors retentissaient les cris et les rires de ses hommes qui déferlaient sur le village, des fanatiques cherchant les soldats allemands, avides de massacre et de sang. Il les haïssait presque. Lui-même était un officier et n'appartenait pas à leur espèce. Assurément, il fallait haïr les Allemands, les chasser... mais cela n'excluait pas les sentiments d'humanité. Il fallait punir les coupables et aucun châtiment ne serait assez dur, mais il ne fallait pas se déshonorer... Les coupables ?... Tania en était une !

La porte se rouvrit en craquant. Le gigantesque Micha Serkonovitch Starobine se précipita à l'intérieur, les yeux brillants, le visage souriant.

— Camarade lieutenant, cria-t-il, les Allemands sont liquidés ! Nous les avons chassés... Maintenant, on va pouvoir quitter la forêt !

A ce moment, il aperçut Tania et en resta bouche bée.

— Toi ? dit-il enfin.

Un frisson secoua la jeune fille. Elle était prête à mourir, mais, derrière ce « toi ! », il y avait plus que la mort.

— Qu'est-ce que tu vas faire d'elle, camarade lieutenant ? demanda Starobine en s'essuyant son visage en sueur.

— Qu'est-ce qu'on peut en faire ?

— Elle nous a trahis ! cria Starobine, mais ses yeux ne reflétaient pas l'indignation qu'il feignait.

— Oui... oui...

— Donne-la-moi !

Tania recula lentement jusqu'au fond de la pièce. Jamais elle n'avait rien vu de plus horrible que ces yeux qui ne la quittaient pas.

— Non, murmura-t-elle. Tuez-moi, mais pas ça... pas ça...

— Tu me la donnes ? répéta Starobine. Qu'est-ce que t'attends ? La chose est claire : elle nous a trahis !

— Oui, la chose est claire, dit Denkov qui se retourna et sortit.

Ce fut à ce moment que la contre-attaque allemande se déclencha.

Elle ne fut pas très étoffée, mais conduite avec l'énergie inspirée par la peur et l'instinct de conservation. Les maigres réserves et quelques unités rameutées en hâte avancèrent avec des canons d'assaut et antichars et des grenades. La menace était précise. Si les Russes parvenaient à percer, à élargir la brèche et à foncer vers l'ouest, d'importants effectifs risquaient d'être encerclés, tout le front se trouverait en danger. Aussi la Luftwaffe elle-même engagea-t-elle des bombardiers en piqué et des chasseurs pour appuyer l'infanterie.

Les Soviétiques reculèrent. Plusieurs chars brûlèrent. Les autres franchirent en sens inverse les anciennes premières lignes et disparurent derrière la forêt d'où ils étaient sortis. Des combats de rues acharnés se livrèrent dans les agglomérations, parfois de maison à maison. Les partisans de Denkov, fanatisés mais peu entraînés, subirent de très lourdes pertes ; les survivants se replièrent également dans les fourrés et les taillis de Gorki.

Starobine et son groupe furent de ces survivants. Ils emmenèrent Tania avec eux.

Les Allemands reprirent leurs positions et les nettoyèrent des fantassins soviétiques. A la tombée de la nuit, tout était rétabli. Seules des carcasses de chars et de canons automoteurs, ainsi que les cadavres dans la plaine, rappelaient qu'une bataille farouche venait de se livrer.

Krüll eut de la chance.

Au début de la contre-attaque, il se trouvait dans un trou d'obus, entre les anciennes premières lignes. Jusqu'alors, il avait rampé mètre par mètre, manifestant beaucoup de prudence et de patience... simplement parce qu'il avait peur de soulever la tête et de se montrer, peur de se relever pour se mettre à courir, comme les autres... et cela lui sauva la vie.

Quand les chars et les fantassins russes refluèrent, il fit le mort. De temps en temps, il entendit des pas précipités et des cris. Il ne bougea pas, même pas quand un monstre cliquetant passa à le toucher, paralysé par une frayeur indicible, qui l'empêchait presque de respirer.

Il ressemblait d'ailleurs effectivement à un mort, sa veste de camouflage étant couverte de sang. Ce sang n'était pas le sien, mais celui du sergent Kentrop à qui un obus allemand avait arraché presque la moitié de la poitrine. Par un ultime effort, Kentrop avait atteint un trou d'obus, où Krüll l'avait trouvé au cours de sa progression. Il vivait encore, mais l'adjudant le poussa sur le bord du trou et demeura un certain temps sous le corps sanglant avant de reprendre sa reptation.

Les derniers Russes passés, quand enfin il n'entendit

plus rien depuis très longtemps, Krüll se hasarda à lever la tête.

La plaine paraissait vide. Le crépuscule teintait déjà de gris la neige et le ciel. Il attendit la nuit complète avant de recommencer à avancer. Ses pieds, qui le faisaient terriblement souffrir deux ou trois heures auparavant, étaient devenus insensibles. Il n'avait plus peur, mais il ne se leva pas pour courir vers les tranchées allemandes, alors très proches. Il continua à ramper. Lorsque, entouré par quelques soldats du bataillon d'assaut, il essaya enfin de se mettre sur ses pieds, il n'y parvint pas et s'écroula en murmurant avec stupéfaction :

— Mais qu'est-ce qui se passe ? Qu'est-ce que j'ai ?

— Tu n'as rien et te voilà de nouveau chez toi, mon pote, dit un soldat en lui offrant du schnaps.

L'alcool brûla la gorge de Krüll. Il tenta encore de se relever. Vainement. Ses jambes ne le supportaient plus.

Il était resté exposé pendant vingt-quatre heures au froid rigoureux et avait les deux pieds gelés. Il fallut en amputer un par la suite.

Deutschmann et Schwanecke échappèrent aussi à l'holocauste.

Lorsque les chars russes disparurent en direction de Barsdovka et que les vagues de l'infanterie approchèrent, ils s'enfoncèrent en rampant dans la forêt et se cachèrent dans un creux de terrain, d'où ils déblayèrent la neige tant bien que mal.

— Ça y est ! fit Schwanecke. On a réussi. Maintenant, on peut attendre.

— Pendant combien de temps ? demanda Deutschmann.

— Jusqu'à la saint-glinglin ! répondit Schwanecke en haussant les épaules. Jusqu'à ce que tout se soit calmé. Tu as vu, les Russes ont percé et, s'ils sont malins, ils vont courir comme ça jusqu'à Berlin...

— Ne dis donc pas de choses ridicules !

— Qu'est-ce que tu crois donc ?... Peut-être pas jusqu'à Berlin, car les nôtres ne sont pas idiots non plus, et les Rouskis se montrent souvent pas bien malins. Ce sont de bons soldats, mais là-dedans, tu comprends... — il montra sa tête — ils n'ont pas grand-chose. Ils foncent et se démènent, comme Blücher, et se font descendre comme des mouches... alors qu'un général intelligent effectuerait un encerclement, gagnerait la bataille avec peu de pertes, tu piges ?

— Je ne suis pas général, fit Deutschmann, excédé. Il désirait du repos, du calme, mais ce bavard ne cessait de parler... Que faisait-il là, au juste ?

— Non... et tu n'en seras jamais un, continua Schwanecke. Tu peux être un professeur à la hauteur, quelque chose dans ce goût-là... mais jamais un général.

— Je m'en fous.

Deutschmann chercha une cigarette dans sa poche et voulut l'allumer. Un coup violent fit voler cigarette et allumette dans la neige et, comme il levait les yeux, surpris, il rencontra le regard menaçant de Schwanecke.

— T'es pas cinglé ?... Fumer, ici ?

— Ecoute...

— Ta gueule !... Tu vois, c'est justement pour des trucs comme ça que tu ne pourrais pas être général, quoiqu'il y ait aussi des généraux idiots, et pas qu'un peu ! Si tu te mets à fumer ici... que crois-tu qu'il arrivera ?

— Ça va, dit Deutschmann, comprenant que Schwanecke avait raison. Qu'est-ce qu'on va faire maintenant ? Qu'est-ce que tu envisages ?

— Attendre... Quand les Rouskis seront assez loin, leur train arrivera, tu comprends. Des tringlots, des gars qui n'ont pas la rage au ventre comme les soldats de l'avant ou ces salauds de partisans. Alors on reconnaîtra la situation. Dès qu'elle sera favorable, nous mettrons les bras en l'air pour nous rendre. Tu crois pas qu'un de ces vieux tringlots sera fier de faire deux prisonniers ? Est-ce que tu connais l'*Internationale* ?

— Non. Pourquoi ?

— Moi, je la connais, mais pas en entier. Ça suffira. Tu comprends : en avançant vers eux, les bras en l'air, nous chanterons l'*Internationale*. Ça calmera les frères... ils ne pourront plus tirer. C'est bien évident, hein ?

Schwanecke souriait largement et Deutschmann ne put s'empêcher de sourire lui aussi.

Cependant, vers midi, la situation se renversa. La canonnade se fit plus intense au front et se rapprocha. Ils entendirent de nouveau les chars et virent des obus allemands tomber sur les anciennes premières lignes russes.

— Nom de Dieu ! Est-ce que je deviens maboul ? dit Schwanecke, stupéfait. Est-ce que les copains auraient lancé une contre-attaque ?

— Ça m'en a tout l'air, observa Deutschmann.

Schwanecke rampa jusqu'au bord de la forêt pour reconnaître la situation. Quand il vit l'infanterie refluer à son tour, il devint nerveux. Il revint vers son compagnon.

— Ça ne colle plus, dit-il. Il faut nous enfoncer dans la forêt, sans cela ces gars-là vont nous trouver et ils seront encore moins d'humeur à faire des prisonniers. Qui aurait dit ça ?...

La forêt était silencieuse, lourdement enneigée. De temps à autre, une branche laissait tomber son fardeau blanc. Le bruit de la bataille parvenait de très loin, comme d'un autre monde. Leur haleine gelait tandis que, haletants, tendant l'oreille, ils s'ouvraient un chemin à travers le sous-bois. La nuit tombait.

— Halte ! fit tout à coup Schwanecke qui marchait devant et se changea en statue.

— Qu'y a-t-il ?

— Des cabanes, je crois, murmura Schwanecke qui se laissa tomber à genoux. Deutschmann l'imita et, lui aussi, aperçut à travers les branches les contours imprécis de quelques cabanes, émergeant à peine de la neige, dans une petite clairière.

— Est-ce qu'elles sont habitées ?

— Comment veux-tu que je le sache ! Il faut voir...

— Eh bien, allons-y ! dit Deutschmann.

Schwanecke le regarda avec surprise, mais ne répondit rien. Ils avancèrent en rampant jusqu'au bord de la clairière et distinguèrent alors trois ou quatre cabanes.

Rien ne bougeait. Un silence de mort régnait. Ils entendaient seulement le bruit de leur respiration et les battements de leur cœur.

— On y trouvera peut-être quelque chose à bouffer, observa Schwanecke.

— Ce ne sont pas les vivres qui nous manquent.

— Un petit supplément ne peut pas faire de mal.

— Tu ne crois tout de même pas qu'il y a là de quoi manger ?... Cependant, peut-être...

— Quoi ?

— Peut-être... si elles sont abandonnées... pourrons-nous y passer la nuit.

— Euh... je ne sais pas.

— Pourquoi pas ? Si nous restons dehors, nous aurons de la chance de nous en tirer seulement avec un membre gelé.

— Ça c'est vrai !

— Alors, allons-y.

L'espèce de léthargie qui s'était emparée de Deutschmann depuis la veille commençait à s'atténuer. Il se contraignait à ne pas penser à la mort de Julia et il y était parvenu. Lui-même devait vivre, vivre parce qu'il avait une mission à remplir. Cette mort lui en faisait une obligation encore plus impérieuse. Julia ne pouvait plus être rappelée à la vie, mais il fallait que son sacrifice eût un sens. Il se devait de survivre, coûte que coûte, pour reprendre ses travaux là où il les avait interrompus. Passer, pour cela, par la captivité, était amer, dur... et dangereux, mais semblait offrir plus de chances qu'un retour derrière les lignes allemandes. La pensée des camarades déjà tués le faisait frissonner...

Prudemment, faisant très attention à ne pas agiter les branches, traînant une trousse (il avait jeté l'autre pendant la fuite à travers la forêt), il avança, suivi par Schwanecke, qui tenait sa mitraillette prête.

Les cabanes étaient abandonnées.

Ils ouvrirent la porte de la première et Schwanecke s'immobilisa, reniflant l'air.

— Il y avait ici quelqu'un il n'y a pas longtemps, dit-il. Pas plus de deux ou trois heures.

— A quoi vois-tu ça ?

— Je le sens... Une chose comme ça, je la sens toujours.

L'obscurité s'épaississait. Ils ne trouvèrent rien de comestible dans cette première cabane. Dans la deuxième, des braises couvaient encore sous la cendre de l'âtre, mais ils ne découvrirent que trois ou quatre sacs vides.

En contournant l'angle de la troisième, la plus grande, ils rencontrèrent Tania.

Schwanecke qui, désormais, marchait en tête, toujours en alerte mais déjà détendu, s'arrêta net.

— Dis donc... quelqu'un est couché là ! murmura-t-il à Deutschmann, derrière lui, en levant le canon de sa mitraillette.

Deutschmann s'avança jusqu'à son côté et vit aussi la forme allongée, couchée sur le ventre, devant la porte fermée de la cabane.

— Dis donc... dis donc, docteur...

Tous deux se mirent à courir.

— Dis donc, docteur... répéta Schwanecke... c'est une femme !

Les longs cheveux noirs entouraient le cou blanc comme un foulard de soie. Les bras étaient étendus le long du corps, les paumes tournées vers le haut, les doigts recourbés, comme s'ils eussent voulu saisir quelque chose pendant les dernières secondes de vie. Sur le dos du manteau fourré se voyaient quatre petits trous ronds... percés par les balles de la mitraillette.

Schwanecke se reprit le premier. Il se pencha sur la morte, la prit par les épaules et la retourna avec des gestes précautionneux comme s'il eût craint de lui faire mal.

Deutschmann vacillait. Il vint tout près de la jeune fille et regarda son visage. Les traits étaient détendus, l'expression restait presque souriante. Les cheveux de jais faisaient mieux ressortir la pâleur de la figure. Les lèvres, légèrement entrouvertes, semblaient encore émettre le nom qu'elle avait prononcé à sa seconde dernière : Michel.

— Tania... Taniachka... gémit Deutschmann.

— Comment ? Tu la connais ?

Deutschmann acquiesça de la tête.

— C'est peut-être ?...

— Oui.

— Dis donc... dis donc...

Deutschmann demeura comme pétrifié, puis il recula lentement, comme s'il cédait à une pression irrésistible, le visage blanc comme un linge, les yeux largement ouverts, remplis d'épouvante. Sa bouche s'entrouvrit mais aucun son n'en sortit. Il regardait le morceau de papier, accroché par une épingle rouillée sur la poitrine de Tania.

— Ah ! les salauds !... fit Schwanecke.

Il se pencha pour lire l'étiquette où était écrit, en russe « Putain allemande », ne comprit pas et demanda :

— Qu'est-ce qu'il y a là, toi qui connais le russe ?...

N'obtenant pas de réponse, il se retourna pour regarder Deutschmann et s'exclama :

— Hé, docteur ! Qu'est-ce que tu as ? Qu'est-ce que tu as ?

Deutschmann se raidit. Il sentait ses membres lourds comme du plomb. Ils lui faisaient mal à chaque mouvement, tout son corps lui faisait mal... mais il ne fallait pas s'effondrer, il devait...

— Viens ! dit-il.

Le timbre de sa voix fit frémir Schwanecke, mais

celui-ci comprit aussitôt et déposa sa mitraillette contre le mur de la cabane.

A eux deux, ils soulevèrent le corps, mort depuis peu, car la rigidité cadavérique ne s'était pas encore produite, et le portèrent à l'intérieur.

Ils enterrèrent Tania dans le sol argileux de la cabane, avec une vieille pelle rouillée comme seul outil. Il leur fallut près de trois heures, en se relayant, pour creuser un trou suffisamment grand et profond. Pendant tout ce temps, ils ne prononcèrent pas une seule parole.

BERLIN.

L'alerte aérienne était donnée et l'on avait descendu les malades dans l'abri. Le Dr Kukill, assis près de la civière de Julia, la regardait.

— Lui avez-vous dit ? demanda-t-elle, les yeux fermés.

— Non. Pas encore... J'ai essayé, mais n'ai pu obtenir la communication. C'est très loin...

Quelqu'un gémit. Des odeurs de médicaments, de désinfectants, de corps malades, emplissaient l'abri. Les infirmières circulaient sans bruit parmi les brancards étroitement serrés. Les plus valides se pressaient le long des murs. Quand une bombe tombait plus près, les épaisses murailles frémissaient. Presque tout le monde priait.

— Essaierez-vous de nouveau ? dit Julia en ouvrant les yeux.

— Certainement. Mais ne parlez pas trop. Essayez de dormir.

— Je me sens déjà beaucoup mieux, fit-elle en le regardant bien. Beaucoup, beaucoup mieux. Quand il reviendra, je serai guérie. Il reviendra bientôt, monsieur Kukill ?

— Oui. Il reviendra bientôt.

Ils se tenaient dans la cabane la plus rapprochée du bord de la clairière et n'avaient pas allumé de feu, de crainte de trahir leur présence. Il faisait froid, mais moins qu'au-dehors. Du moins l'imaginaient-ils.

Schwanecke polissait avec un chiffon la mitraillette posée sur ses genoux, bien que l'obscurité fût trop profonde pour qu'il pût la voir. Il tâtait l'acier avec ses doigts et, de temps à autre, jetait un regard dans la direction de Deutschmann.

— On devrait au moins roupiller un peu, dit-il. Ça dure depuis combien de temps ?

— C'est la deuxième nuit, répondit Deutschmann d'une voix blanche, privée de vie.

— T'as pas envie de roupiller, toi ?

— Non. Dors si tu veux. Moi, je veillerai.

Au bout d'un moment, alors que Schwanecke, ayant fermé les paupières, glissait peu à peu dans la somnolence, Deutschmann reprit :

— Tu continueras seul, moi je retourne.

— Quoi ? s'écria Schwanecke, en sursautant.

— Je retourne.

— A cause de ?...

— Aussi à cause de ça.

— Oui, je te comprends, mon pote.

— Dors, maintenant.

— Oui. Je te ramènerai, mon pote.

— Où ?

— Les salauds ! murmura Schwanecke, somnolent. Je te comprends. Je te conduirai jusqu'au point où tu n'auras plus qu'à courir.

— Ce n'est pas nécessaire.

— Tu... t'en tirerais pas... T'irais même pas... seul... jusqu'au bord de la forêt... Je te conduirai... Maintenant... ferme ta gueule... Ferme ta...

Ils passèrent la nuit et la journée suivante dans la cabane. Dans l'après-midi, Deutschmann dormit également du lourd sommeil de l'épuisement. Ils avaient trouvé un sac de graines de tournesol. Tandis que Schwanecke veillait, près de la fenêtre, la mitraillette sur les genoux, il mâchait ces graines et crachait les peaux. De temps à autre, il regardait Deutschmann, blême comme un cadavre, recouvert par deux sacs, qui dormait, et il hochait la tête. A un certain moment, il se leva pour aller tirer un des sacs jusqu'au menton. Il le fit avec gêne, maladroitement, mais ses gros doigts avaient la tendresse de ceux d'un père bordant son enfant.

— C'est un pauvre salaud, murmura-t-il en revenant prendre sa place près de la fenêtre, un professeur, mais un sacrément pauvre salaud...

Ils se mirent en marche peu avant la tombée de la nuit.

La première ligne russe était très faiblement tenue. Il faisait très froid et, en dehors de quelques sentinelles très espacées, tous les soldats étaient descendus dans les abris. Pas d'attaque allemande à craindre par une telle température. D'ailleurs, les Allemands n'attaquaient plus depuis longtemps. Ils ripostaient, et durement, c'était vrai, mais rien de plus. Leurs effectifs avaient terriblement fondu. Qu'étaient devenues ces immenses armées de la première année, qui fonçaient si énergiquement vers l'Est ? Désormais, les Germanskis ne nourrissaient plus qu'un seul désir : qu'on les laissât en paix !

Deutschmann et Schwanecke se serraient l'un contre l'autre dans un trou d'obus.

— Tu vois, là... le blindé ? murmura Schwanecke.

— Oui. Celui qui est démoli ?

— C'est ça. Il se trouve entre les lignes. Je te conduis jusque-là. Après, tu te débrouilleras tout seul.

— D'accord.

— Allons-y ! En rampant... Rentre bien le derrière... En avant !

Ils progressèrent ainsi, visibles seulement à quelques mètres de distance, en direction des tranchées russes et de la silhouette du char démoli.

La neige était piétinée, l'air calme et froid. De grosses gouttes de sueur coulaient sur le visage de Deutschmann ; la chemise collait à sa peau.

La tranchée russe.

Ils découvrirent un endroit où les bords avaient été arasés par les chars et continuèrent à avancer, centimètre par centimètre. Sur le côté, à une vingtaine de mètres, ils distinguèrent une sorte de boule sombre... la tête d'une sentinelle russe qui regardait dans le *no man's land*. Une petite lueur rouge s'allumait de temps en temps. « Il fume, pensa Schwanecke, il fume, ce fils de chien... il ne doute de rien... je pourrais ramper jusqu'à lui et le... il n'entendrait même pas. »

Derrière lui, le corps de Deutschmann raclait le sol, faisant un bruit qui devait s'entendre à un kilomètre, pensait-il.

Mais la sentinelle ne remarqua rien, puis sa tête disparut... « Il faudra que je repasse par ici, au retour, se dit Schwanecke... ce n'est plus très loin, maintenant. »

Encore cinquante mètres jusqu'au char. Encore quarante.

Schwanecke s'arrêta pour laisser Deutschmann parvenir à sa hauteur. Puis il approcha la bouche près de l'oreille de son compagnon.

— Il y a peut-être des mines. Faut faire gaffe. Suis-moi très exactement. Pigé ?

Deutschmann acquesça de la tête. Il haletait.

— Alors, allons-y !

Ils rampèrent plus loin, Schwanecke tâtant le terrain devant lui. Pas de mines. Mais il en existait peut-être à un mètre plus loin. Peut-être sur cette bosse. Cette bosse, il fallait la contourner, demeurer toujours dans le creux et, en même temps, bien imprégner sa mémoire de tous les détails. Au retour, il n'aurait peut-être pas autant de temps pour chercher les mines... Là !

Il s'arrêta de nouveau pour attendre Deutschmann.

— Là... une mine, lui murmura-t-il.

Il passa la main sur un petit renflement de la neige, en tout point semblable aux autres.

— Je les sens, tu comprends ? Et là... à droite... encore une. Méfie-toi. Faut passer entre les deux... En avant !

Plus que vingt-cinq mètres.

Les débris d'un réseau de barbelés apparurent à travers la nuit.

— Attention à ne pas y toucher ! murmura Schwanecke, en poursuivant sa progression.

Deutschmann ne l'entendit pas. Son cœur battait à grands coups. Il regardait, devant lui, les semelles de Schwanecke qu'une sorte de brouillard lui dissimulait de temps en temps, mais qu'il revoyait lorsqu'il fermait les yeux pendant deux ou trois secondes et les rouvrait brusquement. « Je me reposerai près du char, pensait-il... A quelle distance est-il encore ? » Une éternité semblait toujours le séparer de la silhouette qui grossissait cependant.

Il heurta du visage le fil de fer barbelé et glacé et eut un mouvement de recul. Il ne l'avait pas aperçu et, soudain, il prit conscience que, déjà depuis quelques secondes, il ne voyait plus rien et avançait comme à travers des ténèbres opaques. « Il faut que je me ressaisisse, se dit-il, les dents serrées, il le faut... »

Le corps de Schwanecke se glissait à travers les fils. Deutschmann s'efforçait de le suivre très exactement. A plusieurs reprises, il toucha un piquet ou un fil, mais Schwanecke passait toujours, se retournait et souriait en montrant ses dents blanches. Le char se trouvait désormais tout près, à dix ou quinze mètres tout au plus.

Soudain Deutschmann se sentit retenu par un pied et tira avec impatience pour se dégager. Le bruit de boîtes de conserves vides qui s'entrechoquaient prit, dans la nuit silencieuse, le volume de coups de fusil. Schwanecke se retourna, effrayé :

— Idiot !... Doucement !...

Mais Deutschmann n'entendit pas. Désespérément, il continua à tirer sur le fil où s'était accroché son pantalon, les boîtes de conserves tintèrent encore. Il parvint à se libérer et reprit sa progression. Mais, à ce moment, le front parut s'éveiller de son sommeil trouble.

Une mitrailleuse russe crépita. Les tranchées s'animèrent. Des cris, des pas se firent entendre. La fusillade s'intensifia. Un mortier entra en action. Des fusées éclairantes montèrent dans le ciel, répandant leur clarté blafarde sur tout le terrain environnant. Dans le camp allemand, également, les soldats sortirent des abris et occupèrent les banquettes de tir. Au milieu de tout ce déchaînement, les deux hommes essayaient de s'enfoncer le plus possible dans la neige.

— Du calme... du calme ! siffla Schwanecke, à l'adresse de Deutschmann. Ça passe au-dessus de nous, ils ne nous ont pas vus... Du calme.

Des balles traceuses de mitrailleuses allemandes défilèrent comme un chapelet aux grains lumineux. Trois ou quatre mines explosèrent. De nouvelles fusées éclairantes montèrent. Puis le feu se fit moins dru, plus hésitant.

— Du calme... du calme, répéta Schwanecke. Ça va se tasser.

Le char leur offrirait un abri sûr. Il suffisait d'y parvenir.

Puis la fusillade reprit une nouvelle violence. L'artillerie tonna même dans le lointain. Les Russes avaient dû voir quelque chose, car leur tir se fit plus précis, se concentrant sur l'endroit où se terraient les deux hommes. Ceux-ci ne pouvaient manquer d'être touchés d'un instant à l'autre.

Schwanecke tourna la tête.

— Debout... Vers le char ! cria-t-il.

Comme projeté par une catapulte, il franchit en quelques bonds la distance le séparant du blindé, s'y laissa tomber, se vrilla dans la neige au-dessous du colosse d'acier, haletant, mais se sentant en sécurité relative. Seul un gros obus d'artillerie pouvait désormais l'atteindre.

Alors il regarda derrière lui.

Deutschmann venait de se lever à son tour et courait, fortement plié en avant, encadré de balles traceuses et d'explosions de mines. Il n'avait plus que quelques pas à faire lorsque Schwanecke vit la trajectoire rougeâtre d'un projectile au phosphore rencontrer sa tête à la hauteur des yeux. Deutschmann, arrêté en plein élan, fut comme projeté en arrière et vers le haut, comme toujours lors d'un coup à la tête. Simultanément, une mine éclata à proximité, le faisant disparaître dans un nuage de neige, jetant de la terre jusqu'à Schwanecke.

Celui-ci s'essuya les yeux, se passa la main sur le visage d'un geste désespéré, et cria :

— Ernst !... Hé !... Professeur !... Professeur !...

Pas de réponse.

Schwanecke, sortant de son abri, avança à quatre pattes sans plus se soucier de l'enfer déchaîné autour de lui.

Deutschmann gémissait. Des sons à peine audibles sortaient de sa bouche déchirée. Puis il se mit à crier :

— Ma tête... Karl !... Karl !... Karl !...

— Oui... Je suis là... je suis là... je suis là...

Schwanecke l'atteignit enfin et, épouvanté, aperçut la masse sanglante au-dessus de la bouche de Deutschmann. Il n'y avait plus de nez, plus d'yeux, plus de sourcils, que des morceaux de chair, des os brisés et, plus bas, un trou effroyable d'où sortaient des sifflements, des gargouillements, des paroles incompréhensibles.

Schwanecke jeta un regard éperdu autour de lui. Mais, rapidement résolu, il saisit Deutschmann sous les bras et le traîna vers le char, du côté opposé aux tranchées russes. Deutschmann criait et ses cris s'enfonçaient comme autant de lames de couteau dans le cerveau de Schwanecke. Celui-ci vit alors l'autre blessure et dit :

— Ça encore... ça encore... Mon Dieu !

La jambe gauche de Deutschmann traînait, complètement retournée et beaucoup plus longue que la jambe droite. La culotte était déchirée et sanglante au-dessous du genou.

— Je te ramènerai, docteur ; je te ramènerai, professeur, haleta Schwanecke. T'en fais pas ! Je te ramènerai !

— Ma jambe... Qu'est-ce qu'elle a... ma jambe...

— T'as un peu écopé, professeur. Attends !

— Ma jambe... je... je... je...

Schwanecke, avec des mains prestes, défit le ceinturon de Deutschmann et fit une ligature au-dessus du genou atteint. Puis il arracha l'étoffe déchirée et ferma les yeux pendant un instant en apercevant l'atroce blessure : la jambe de Deutschmann ne tenait plus que par deux ou trois ligaments de chair. Celle de la tête pouvait attendre. Mais, par celle-là, il pouvait perdre tout son sang.

— Je te ramènerai, professeur, reprit-il. C'est pas si terrible... Je te ramènerai. T'en fais pas !

— Oui... non... tu dois... tu dois... retourner...

— Boucle ça !

Le paquet de pansement ! Où était ce paquet de pansement ?

— Ça te fait mal, professeur ?

— Oui... les yeux...

Les tireurs russes concentraient leur feu sur le char, mais Schwanecke ne s'en préoccupait pas.

— Les yeux, c'est simplement le souffle, mentit-il. Le souffle ! Tu connais ça, professeur. C'est rien !

Tout en parlant, il sortit de sa poche un couteau, naguère volé par lui, l'ouvrit sans perdre la jambe du regard, en continuant :

— Une simple ligature, professeur. T'en fais pas, c'est tout de suite fini. Ensuite je te ramène dans nos lignes...

— Mes yeux... mes yeux... gémit Deutschmann.

— Oui... tout de suite.

En deux ou trois coups rapides, Schwanecke coupa les lambeaux de chair qui tenaient encore la jambe.

Deutschmann hurla, mais ce fut aussitôt achevé.

— C'était seulement un morceau de peau, mon pote, dit Schwanecke. Seulement un morceau de peau. Il fallait l'enlever, tu comprends... tu comprends... je... C'est fini.

— Oui... oui... mes yeux...

Schwanecke banda le moignon du mieux qu'il pût, puis, prenant son propre paquet de pansement, s'occupa de la blessure au visage qui ne saignait presque plus. Les yeux avaient été arrachés et l'os nasal détruit. Pourtant, par un véritable miracle, le cerveau ne semblait pas atteint. Les blessures à la face paraissent toujours effroyables, mais celle-là ne devait pas être profonde.

Quand il eut terminé, Schwanecke se souleva à moitié pour hurler, en direction des lignes allemandes :

— Ne tirez plus !... Ne tirez plus !... Bande d'idiots !... Ne tirez plus !...

Il cria ainsi jusqu'à ce que le feu cessât effectivement, et reprit, alors :

— Couvrez-moi !... Hé ! Vous m'entendez !... Couvrez-moi !

Les Allemands reprirent leur tir, mais en le dirigeant sur les lignes russes.

Schwanecke chargea Deutschmann, alors évanoui, sur l'épaule, se dressa en vacillant, se pencha encore pour ramasser la jambe coupée et la mit sous son bras. Puis il courut vers les tranchées allemandes. Il arrivait à mi-chemin, éclairé par les fusées qui continuaient à monter, lorsqu'il lui parut que quelque chose manquait et il mit un certain temps à comprendre. Le feu avait cessé. Un profond silence régnait, interrompu seulement par la détonation des pistolets lance-fusées.

« Ça va, pensa-t-il, ça va. »

Il avança lentement, pas à pas, dans la nuit brillamment éclairée, jetant son ombre sur la blancheur de la neige. Il ne fit même pas attention aux mines. Peut-être... peut-être souhaitait-il sauter sur l'une d'elles. Tout était réglé. Il revenait, avançant vers la mort, il le savait, mais il continua à progresser bien que, il en avait la conviction, Deutschmann dût mourir. Peut-être était-il déjà mort, comme cette jambe qu'il portait sous son bras. Mais il avait promis de le ramener, et il le faisait, le ramenant mort ou vivant, marchant lui aussi vers sa propre fin.

Un jeune sous-lieutenant l'accueillit quand il franchit le parapet. Deux infirmiers attendaient déjà avec un brancard. Lentement, avec précaution, Schwanecke déposa le corps sur ce brancard.

— Vit-il encore ? demanda l'officier.

Schwanecke haussa les épaules.

— Que voulez-vous faire avec ça ? reprit le sous-lieutenant en montrant le morceau de jambe.

— Ah ! C'est vrai... fit Schwanecke, en le déposant aussi sur le brancard... Je l'ai ramené... vous comprenez... entier... !

— Il vit toujours, dit un infirmier.

— Hâtez-vous ! ordonna l'officier qui demanda alors à Schwanecke : D'où venez-vous exactement ?

— De l'autre côté. Nous sommes... le bataillon disciplinaire 999, vous pigez ? On a fait une petite excursion.

— Oui... oui, je comprends.

Le sous-lieutenant connaissait la tragédie vécue par la deuxième compagnie de ce bataillon. Un seul survivant était revenu, avec les pieds gelés. Avec ces deux-là, cela faisait trois... Une bien triste affaire !

— Je vais vous faire conduire à l'arrière, où vous pourrez vous reposer, dit-il. Vous l'avez bien mérité.

Deutschmann fut aussitôt transporté à Babinitchi. Le médecin de l'unité de réserve qui occupait alors la localité lui fit une piqûre antitétanique et une autre contre la gangrène, puis secoua dubitativement la tête quand un infirmier lui jeta un regard interrogateur.

— Les deux yeux et la jambe, dit-il doucement... Je ne crois pas... mais on ne sait jamais. Passez-moi s'il vous plaît, une ampoule de morphine.

Au poste de secours central, le médecin-major ordonna aussitôt d'évacuer Deutschmann, qui avait repris connaissance dans l'intervalle.

— Vous allez être transporté à l'hôpital d'Orcha, mon cher confrère, lui dit-il. Là, on fera le nécessaire.

Deustchmann porta la main à ses yeux et trouva l'épais pansement qu'on y avait mis.

— Qu'est-il arrivé à mes yeux... et à ma jambe ?... Je ne sais pas...

— Quoi ?

— Je me souviens...

— La jambe a disparu, dit le médecin en prenant la main de Deutschmann pour la reposer sur la couverture. Et... quant aux yeux, ce n'est pas si terrible. Nous vous retaperons. Le nerf ne paraît pas touché, c'est l'essentiel.

— Autrefois... moi aussi... j'ai souvent menti de cette façon, murmura Deutschmann. Et... qu'est-il arrivé à Schwanecke ?

— Qui est-ce ?

— L'homme qui m'a...

— Ah oui ! Il va très bien, autant que je sache.

— Il... on ne l'a pas...

— Que voulez-vous dire ?

— Où est-il ?

— Dans une autre compagnie de votre bataillon, je crois.

— Oui... je...

Deutschmann se tut. Qu'aurait-il pu dire ? Schwanecke l'avait ramené, mais s'était, de ce fait, livré. Combien de vies humaines avait-il, lui Deutschmann, sur la conscience ? Combien de personnes avait-il tuées sans jamais tirer un seul coup de feu ?... Julia... Tania... Schwanecke...

Il pria. Il supplia Dieu de le faire mourir. puis il le maudit de l'avoir laissé en vie... et cette malédiction était encore une prière.

Schwanecke fut conduit à la compagnie de son bataillon la plus voisine, la première, celle du lieutenant Wernher, qui avait reçu le choc russe de flanc et subi de très lourdes pertes, sans être toutefois anéantie comme celle d'Obermeier.

Wernher, de la fenêtre de sa cabane, le vit arriver sous l'escorte d'un sergent d'infanterie. Il avait appris, par téléphone, le drame qui s'était déroulé dans le *no man's land*, et demandé au sous-lieutenant de lui amener Schwanecke en le faisant garder.

— Comment ? demanda le sous-lieutenant. Est-ce que ce gaillard aurait quelque chose sur la conscience ?

— Oui.

— Il s'est splendidement conduit...

— Je vous crois sans peine.

— Vous êtes une drôle de société !... Eh bien, entendu. Je le fais escorter par un sous-officier.

Wernher regardait donc approcher Schwanecke et vit que celui-ci ricanait.

De la deuxième compagnie, il ne restait plus que trois hommes : un aveugle, un assassin et un lâche, qui, disait-on, se réjouissait ouvertement d'avoir perdu un pied parce qu'il était ainsi délivré du front à tout jamais. Qu'était-ce que la perte d'un pied ?... L'Etat lui verserait une pension confortable et, de plus, point n'était indispensable de posséder deux pieds pour remplir les fonctions d'adjudant. On avait besoin de bons adjudants avec deux pieds ou un seul, et le métier n'était pas désagréable pourvu qu'il s'exerçât assez loin du front.

— Entrez ! cria Wernher en entendant frapper à la porte.

Schwanecke s'avança lentement dans la pièce. En apercevant Wernher, il eut le même sourire qu'auparavant en rencontrant une vieille connaissance dans la rue... et ne salua pas. Il s'arrêta simplement, toujours souriant.

Wernher renvoya le sergent. évitant de regarder

Schwanecke, dont la veste de camouflage était maculée de sang. Il en avait même quelques traces sur le visage.

— J'ai... j'ai appris, commença le lieutenant, que vous vous êtes conduit de façon splendide... Vous avez sauvé Deutschmann...

Schwanecke continua de sourire.

— Je suis sincèrement navré... mais j'ai reçu l'ordre de vous arrêter si vous reparaissiez et de vous faire conduire à Orcha. Avez-vous quelque chose à dire ?

Schwanecke se borna à hausser les épaules, à pencher un peu la tête, toujours avec le sourire. Wernher fit quelques pas de long en large, s'arrêta brusquement et le regarda longuement.

— Pourquoi êtes-vous revenu ? demanda-t-il enfin. Saviez-vous que...

— Bien sûr !

— Alors pourquoi êtes-vous revenu ?

— Je languissais de vous revoir, mon lieutenant.

Wernher ne releva pas le sarcasme.

— Vous... Deutschmann et Krüll êtes les seuls à avoir survécu, murmura-t-il. Tous les autres... le lieutenant Obermeier...

— Krüll ?... Il est ?...

Le sourire avait disparu de ses lèvres.

— Oui. Il se trouve à l'hôpital d'Orcha.

— Les salauds ont toujours de la veine...

— Vous parlez d'un adjudant-chef, Schwanecke !

— Et alors ? Où est-il écrit qu'un adjudant-chef ne peut être un salaud ?

Wernher ne répondit pas. Qu'aurait-il pu répondre ? Reprendre cet homme, cela avait-il encore un sens ? D'ailleurs, n'avait-il pas raison ? « Tout de même, je devrais l'engueuler, le mettre dehors », pensa-t-il... Mais il ne le fit pas. Il savait que les procédés habituels n'avaient aucune prise sur Schwanecke.

— Que vous veut-on exactement ? demanda-t-il. Est-ce... à cause du lieutenant Bevern ?

Schwanecke haussa les épaules.

— Est-ce à cause de la loi sur les criminels de droit commun ?...

Pas de réponse.

— Que va-t-on faire de vous ?

Schwanecke se passa la main sur le cou en faisant « Sssss ! » et sourit encore plus largement. Wernher en fut décontenancé. Cet homme se moquait manifestement de la menace qui pesait sur lui. Il avait ramené Deutschmann, son camarade, alors qu'il pouvait déserter, raconter des histoires aux Russes... « Moi, je suis un martyr... On m'a mis dans ce bataillon disciplinaire parce que je suis un communiste... Vive Staline !... » Pourtant il était revenu. Une affaire insensée !

— Je vais vous faire incarcérer pour la nuit, dit le lieutenant. Demain vous serez transféré à Orcha. Là...

Lui aussi haussa les épaules, comme pour dire : « Qu'y puis-je ? Rien. Je le regrette, mais je dois obéir... »

— Et si je me barre ? demanda Schwanecke, d'un ton mi-sérieux, mi-railleur.

— Vous barrer ? Que voulez-vous dire ?

— Je veux dire... m'esbigner, me défiler. Vous savez, mon lieutenant, j'étais fameux pour ça. Le roi de l'évasion ! Aucune muraille n'est assez épaisse, aucune grille assez serrée... ça a même été écrit dans le journal.

— Vraiment ?

— Sûr. J'aurais pu entrer dans un cirque. Vous savez, comme les types qu'on attache et qui se délient... J'ai vu ça, un jour... Je pouvais très bien le faire, parole d'homme... Hop ! Disparu... plus de Schwanecke, ce paria...

Il prononça ce dernier mot comme avec délectation.

— Je ne vous le conseille pas, fit Wernher en allant à la porte pour appeler la sentinelle. On tirera aussitôt sur vous, mon cher. Ne faites pas de bêtises !

— Personne ne m'atteindra, reprit Schwanecke, toujours souriant. Un petit tour de passe-passe. Hop ! Plus rien. Comme l'esprit de mon oncle que ma tante a appelé, une fois. Du spiritisme qu'on appelle ça... Il est venu. « Bonjour », qu'il a dit, puis il a disparu quoique j'aie essayé de le crocher. Mais rien à faire... Un membre de la famille Schwanecke... Moi, je fais la même chose...

Wernher le laissa parler, croyant percevoir ses motifs. C'était l'angoisse qui lui dictait ces paroles. Il essayait de la camoufler. Mais le lieutenant devait se rappeler ces paroles, mot pour mot, le lendemain matin.

— Partez maintenant, dit-il, quand deux soldats entrèrent pour prendre Schwanecke. Commencez par vous nettoyer.

— D'accord, fit Schwanecke, en lançant à Wernher, par-dessus l'épaule, un regard paraissant signifier qu'il existait un secret entre eux.

Au cours de la nuit qui suivit ce retour de Schwanecke au bataillon, se produisirent deux choses que ni le lieutenant Wernher, ni son adjudant, ni le sous-officier de service ne parvinrent à s'expliquer, deux choses dont on devait parler pendant très longtemps, en les enjolivant, et qui enrichirent la légende tissée autour de Schwanecke.

Le soldat Karl Schwanecke disparut de la pièce dans laquelle on l'avait enfermé. Avec lui disparurent le pistolet mitrailleur de l'adjudant et trois chargeurs, déposés au bureau de la compagnie, ainsi qu'un long couteau, pris à la cuisine.

Wernher, jouant la sécurité, avait disposé deux sentinelles, l'une devant, l'autre derrière le local. Lors de la relève de deux heures du matin, ces deux sentinelles furent découvertes, sans connaissance, à l'intérieur de la pièce... Schwanecke avait emporté le mousqueton de l'une et les munitions des deux.

— Peut-être qu'il veut déclencher une offensive, dirent les soldats, en clignant de l'œil, tandis qu'ils commentaient ces événements inexplicables.

Pas un seul d'entre eux qui n'eût été sûr, d'avance,

que Schwanecke disparaîtrait et qu'ils ne le reverraient jamais.

L'enquête révéla les faits suivants :

Schwanecke, par un travail très long et très délicat, car il ne fallait pas attirer l'attention des sentinelles, disloqua deux planches latérales du baraquement où on l'avait enfermé, se glissa par cette ouverture très étroite, et assomma successivement les deux gardiens. (Tous deux souffrirent de la tête pendant plusieurs jours, mais n'en voulurent nullement à Schwanecke.) Il les traîna à l'intérieur, se rendit tranquillement au bureau, fractura la fenêtre et prit le pistolet. Puis il gagna la cuisine, sans doute pour se procurer des vivres. Mais ceux-ci étaient sous clef et le cuistot dormait tout près. Ce n'était pas un obstacle insurmontable pour lui ; cependant, l'heure de la relève devait être proche, et il avait dû préférer s'éloigner, même sans vivres.

— Enfin, sacré nom, vous n'avez donc rien entendu ? demanda Wernher à son adjudant consterné.

— Non, mon lieutenant.

— Vous couchez près du bureau !... Où peut-il bien être parti ?

Schwanecke ne pouvait gagner le front où il eût été rapidement découvert, ni Orcha, ce qui eût équivalu à un suicide. Il ne restait qu'une alternative : passer aux partisans.

Ce fut ce que Wernher téléphona au capitaine Barth.

— Quel bougre ! fit celui-ci.

Wernher crut distinguer une nuance admirative et devina un sourire à l'autre bout du fil. Si c'était vrai, il y avait vraiment de quoi rire... et aussi de pleurer. Comment agir contre un tel gaillard ?

— Qu'allez-vous faire, Wernher ?

— Que faut-il que je fasse ?

— Rien. Rédiger un rapport.

— Faut-il essayer de le retrouver ?

— Cela aurait-il un sens ? Je ne le crois pas.

— Moi non plus, mon capitaine. Il a sûrement

gagné la forêt... Comment l'y découvririons-nous ? D'autre part, nous aurions à affronter tout un bataillon de partisans. Je parie tout ce qu'on voudra que c'est là qu'il se cache !

— Vous gagneriez probablement, Wernher. Un sacré gars, hein ?

Effectivement, Schwanecke avait gagné la forêt de Gorki... où se trouvait aussi son ennemi mortel : Tartoukine.

Micha Serkonovitch Starobine, assis devant son trou, fumait de la machorka et tendait l'oreille vers Anna Petrovna Nikitevna qui, au fond de ce trou, remuait des ustensiles de cuisine.

Le lieutenant Denkov était passé une heure auparavant.

— Nous attaquons dans trois jours, camarades, avait-il dit. Cette fois, nous chasserons les Allemands comme des chiens. Si vous saviez tout ce qui se rassemble, là, à l'arrière... Trois cents orgues de Staline, au moins deux cents blindés, et de l'artillerie comme je n'en ai jamais vu !

Musique bien agréable aux oreilles de Starobine. Il avait déjà oublié l'affaire de Tania — personne ne prononçait plus son nom, comme s'il était devenu tabou — mais tout le monde savait : ainsi mourait quiconque trahissait. Après avoir chassé les Allemands, lui, Starobine, épouserait son Anna Petrovna, pas très jolie assurément mais de toute confiance...

Ses pensées l'absorbaient tant qu'il ne vit ni n'entendit un homme qui s'approchait en rampant, derrière lui, sans le perdre de vue.

Schwanecke.

Celui-ci avait déjà vu plusieurs de ces trous où logeaient les partisans ; aucun n'était aussi favorablement disposé, parce qu'il se trouvait très éloigné de tous les autres.

Schwanecke était entré dans la forêt pour se cacher. Les Russes finiraient bien par enfoncer le front allemand. Les partisans se déplaceraient également. Il attendrait l'arrivée des troupes de l'arrière et se rendrait. Il suffisait de tenir jusque-là. Il était bien armé, disposait de munitions abondantes. Peut-être pourrait-il se creuser un trou, comme les partisans. Des vols lui procureraient de la nourriture.

La faim le torturait. Il n'avait rien mangé depuis trois jours et cela ne pouvait plus continuer, à cause du froid. Il venait de rencontrer ce trou sur sa route. Pourquoi ne pas essayer de ?...

Micha Starobine tira une bouffée de sa pipe, fit un geste de contentement... et ce fut sa fin. Il tomba dans la neige, vers l'avant, voulut crier, se débattre, mais eut l'impression que son corps était coupé en deux. Il eut deux ou trois râles et expira.

Schwanecke s'assit sur lui jusqu'à ce que le corps se fût complètement détendu. Puis il retira le long couteau du dos de Starobine et fouilla prestement les poches de celui-ci. Une blague avec de la machorka. Bon ! Une boîte contenant du thé vert... Rien à manger ! Soudain il s'immobilisa. Une voix féminine venait de se mettre à fredonner dans l'abri, au-dessous. Ce n'était donc pas fini. Il y aurait encore une femme à tuer... Mais, dans cet abri, il y avait sûrement des vivres.

A ce moment, Piotr Sabaïev Tartoukine entra dans la petite clairière.

Un craquement de branche fit se retourner Schwanecke.

Tartoukine !

Ils se considérèrent en silence.

— Ah !... c'est toi... dit enfin le Mongol.

Schwanecke sourit.

— Je savais que je te retrouverais et que je te tuerais, murmura encore Tartoukine. Je savais...

— Ne bave pas tant !... Essaie, pour voir !

Schwanecke n'avait, cette fois, aucune envie de se battre au couteau. Tartoukine était bien trop dangereux. Cependant, il s'y voyait contraint parce qu'il avait laissé le mousqueton à quelques mètres, afin de ne pas être gêné lors de son attaque contre Starobine. Quant au pistolet, il se trouvait trop profondément enfoui sous sa veste. L'autre ne lui laisserait certainement pas le temps de le sortir. Il fallait donc se battre avec le couteau qu'il avait toujours à la main, et aussi tenir compte de la femme, au fond de l'abri. On savait ce que valaient les partisanes !

Un long poignard parut dans sa main, comme par enchantement.

— Je l'ai juré... je l'ai juré... reprit Tartoukine.

— Allons donc !... fit Schwanecke.

— Je vais te tuer...

— Faut toujours que tu baves, espèce de singe jaune !

Leurs yeux étaient comme privés de vie. Tartoukine se rapprocha de quelques pas. La voix féminine s'entendait toujours, mais ils ne s'en occupaient pas. Ils tournèrent lentement, comme deux grands félins guettant l'instant propice. Schwanecke se rappela avoir vu un Western dans lequel un Blanc et un Indien s'affrontaient de même, un couteau au poing... Le souvenir le fit sourire. Naturellement, le Blanc avait vaincu. Mais qui, cette fois, serait le Blanc ?

Tout cela était comme une immense sottise, dépourvue de sens : le film, Tartoukine, la forêt, le cadavre à côté, la voix de femme sortant de terre, lui-même. Oui, tout cela était stupide, irréel. Que venait-il faire dans tout cela ? Il y avait vraiment de quoi rire !

Tous deux bondirent simultanément, se heurtèrent en l'air et se frappèrent mutuellement de leur lame. Puis ils retombèrent, roulèrent sur le sol, grondant, râlant.. agonisant.

Ce fut Tartoukine qui mourut le premier.

Schwanecke se souleva sur ses bras qui tremblaient pour regarder le corps se convulser, la bouche chercher de l'air, les yeux chavirer et, finalement, l'ultime soupir s'exhaler.

Quelle immense sottise ! Au fait, pourquoi l'avait-il tué ?

Il ne souffrait pas énormément, mais ressentait une très grande faiblesse. Ses bras cédèrent, il s'écroula sur le ventre, mais, gémissant et serrant les dents, parvint à se retourner. Il ne voulait pas mourir ainsi couché sur le ventre. C'était sur le dos que devait finir un homme, les mains croisées sur la poitrine, comme il l'avait vu faire à son oncle, tué d'une pierre à la tête, au cours d'une rixe. Mais cela aussi était ridicule !

Il entendit une porte battre, des pas se rapprocher. Cette porte, c'était celle de leur logement, à Hambourg, ces pas, ceux de sa mère qui rentrait enfin. Sûrement elle était soûlé. Si elle ramenait un miché, il lui faudrait quitter son lit et passer dans la cuisine. Mais il se sentait si fatigué !

Tiens, non, ce n'était pas sa mère... mais une autre femme qu'il n'avait jamais vue. Pourquoi se penchait-elle sur lui avec une mine si coléreuse ? Quelle idiotie ! Mais si, c'était sa mère... Pourquoi criait-elle ainsi ? Le visage disparut, les cris demeurèrent, puis le visage revint, et aussi une main qui tenait un couteau... Que voulait-elle faire avec ce couteau ? Quelle idiotie !

Anna Petrovna hurlait comme une bête mortellement blessée, et elle frappait aveuglément, avec son couteau, cet homme qui avait tué son Micha et Tartoukine, qui la regardait avec des yeux railleurs, qui avait un large sourire ironique sur le visage. Elle frappa ce visage à coups redoublés, mais ne parvint pas à faire disparaître ce sourire moqueur, même quand l'étranger fut mort et que ce visage ne fut plus qu'une masse sanglante.

Un train sanitaire roumain transporta Deutschmann à Berlin à travers la Pologne. Au cours du voyage, il entendit le nom des gares, crié par les autres blessés, et la voix des infirmières de la Croix-Rouge qui, aux fenêtres, offraient du café, du thé, des tartines beurrées et des fruits.

— As-tu soif ? lui demandaient les autres. Veux-tu du thé ?

Il acquiesçait de la tête, sans parler. « Je suis aveugle, pensait-il, et j'ai perdu une jambe... A quoi bon vivre ? »

— Demain, nous arrivons à Berlin. T'es content ?

Pourquoi aurait-il été content ? Il approuva cependant d'un geste.

Que vais-je faire à ma sortie de l'hôpital ? On me servira une misérable pension. On me roulera dans un fauteuil, sans que je voie ni le jour ni la nuit... Si Julia vivait encore, j'aurais pu lui dicter, réfléchir, travailler tout de même ! Mais non ! Comment aurais-je pu lui imposer de vivre auprès d'un infirme tel que moi ?

A quoi bon y penser ? Elle était morte. Tania était morte. Schwanecke aussi, selon toute vraisemblance, Obermeier, Bartlitz, Wiedeck... Pourquoi survivait-il ?

Berlin.

Il se trouvait dans un hôpital. Depuis combien de temps ? Quatre semaines, disaient les infirmières. Mais il y avait certainement beaucoup plus longtemps : quatre ans... quatre fois dix ans... Le temps était comme un courant intarissable au milieu duquel il se tenait, pouvant presque le saisir entre les doigts. Et il resterait toujours au milieu de ce courant, dont l'écoulement indifférent le rendait fou.

C'était jeudi, avait dit l'infirmière. Et après ? Qu'est-ce que cela pouvait bien faire ? Jeudi, vendredi, samedi... tous les jours étaient bien les mêmes ! Il entendit sonner trois heures de l'après-midi. Autour de lui il faisait jour, mais lui ne voyait que la nuit. Trois heures de l'après-midi ou trois heures du matin, c'était la même chose. Il demeurait dans ses ténèbres, avec ses pensées et ses souvenirs... Ah ! si seulement ceux-ci avaient pu s'évanouir !

Il entendit la porte s'ouvrir en craquant légèrement. Qui pouvait bien entrer ? L'infirmière Erna, le Dr Bolz... ou bien ce vieil ami, Wissek, qui était déjà venu, au lendemain de son arrivée dans cet hôpital ? Il tendit l'oreille. Aucun bruit de pas ni d'instruments ou de verres, comme c'était toujours le cas avec Erna, pas de « Salut ! Comment va notre malade ? » ainsi que le disait invariablement la surveillante Hyazintha — quel drôle de nom ! — en entrant.

— Qui est là ? demanda-t-il. Il y a quelqu'un ?

Dans la porte se tenaient le Dr Wissek, le Dr Kukill... et Julia. Comme pétrifiés, ils regardaient la forme allongée sur le lit, avec un gros pansement autour de la tête, et des lèvres blêmies au-dessus d'un menton pointu, des mains à la couleur cadavérique, dont les doigts se mirent alors à tâter la couverture.

Le Dr Kukill baissa la tête. « Aveugle... un infirme...

un infirme aveugle, mon Dieu ! pensa-t-il. Mais elle l'a retrouvé, peu lui importe dans quel état ! » Il se retourna et s'éloigna, lentement, traînant le pas, le dos voûté. Il n'avait plus rien à chercher ici. Tous ses espoirs s'évanouissaient définitivement. Il avait vu le regard de Julia vers l'homme étendu, et senti avec une inexorable clarté qu'il était de trop.

— Qui est là ? répéta Deutschmann, avec, cette fois, une voix où tremblait de l'angoisse.

— C'est moi... c'est moi... dit Julia, en s'appuyant contre le chambranle. C'est moi, Ernst, moi... Julia...

Le Dr Wissek s'en alla à son tour. Il referma très doucement la porte et resta de l'autre côté à écouter, jusqu'au moment où il entendit des pas rapides courir vers le lit.

Il sourit.

Quelle vie attendait ces deux êtres ? L'épreuve ne serait-elle pas au-dessus de leurs forces ? Seraient-ils assez résistants pour supporter et vaincre les horreurs du présent, à chaque heure, à chaque minute ? Et aussi les horreurs du passé ?... Quels immenses sacrifices l'avenir exigerait d'eux, surtout de la part de Julia ! Et pourtant...

Ils vivaient. La vie n'était-elle pas la chose la plus importante sur cette terre ? L'amour ne pouvait-il surmonter tous les obstacles, même ceux qui paraissaient infranchissables ?

Si. A condition que cet amour fût assez grand, assez puissant pour être prêt à tout donner, à toujours donner, et à considérer comme un bienfait la plus petite chose qui viendrait en échange. Oui, à cette condition.

Mais le Dr Wissek avait, lui aussi, avant de sortir, lu dans les yeux de Julia qu'elle était bien animée d'un tel amour.

Par un lugubre jour d'hiver, le capitaine Barth parut auprès du lit de Krüll, à l'hôpital d'Orcha. A la main, il tenait une petite boîte en carton contenant la Croix de Fer de 1re et de 2e classe et un brevet, arrivé en blanc, mais où, la veille, avait été écrit le nom de l'adjudant-chef. Un sous-lieutenant, fraîchement émoulu de l'Ecole militaire — le nouvel adjoint de Barth — se tenait, un peu intimidé, derrière le capitaine, et regardait avec respect Krüll, qui avait revêtu sa meilleure tunique et se tenait assis bien droit dans son lit. De nombreux visages blêmes, défaits, graves ou souriants, suivaient la scène, des autres lits.

— Vous êtes le dernier survivant de la deuxième compagnie, dit le capitaine, d'un ton qui semblait en faire le reproche.

Mais Krüll n'y prit pas garde. Ses yeux demeuraient comme rivés sur la boîte en carton. Il voyait tout comme à travers une sorte de nuage rose, d'où la voix de Barth lui parvenait, très lointaine.

La Croix de Fer !

— La Croix de Fer de 1re classe a été attribuée à la deuxième compagnie pour son dernier engagement, poursuivit le capitaine, et je vais vous la remettre. Dites-moi, comment avez-vous bien pu faire ?

Krüll sursauta.

— Comment ?... Comment, mon capitaine ? balbutia-t-il.

— Oui, comment avez-vous bien pu faire pour en revenir ?

— Est-ce qu'il est même parti ? demanda une voix du fond de la salle.

Quelques blessés gloussèrent.

— J'ai eu de la chance, mon capitaine, répondit Krüll. J'ai... — il cherchait un mot convenable — ... j'ai tout simplement fait mon devoir et je suis revenu après mission accomplie. Ce ne fut pas facile, mon capitaine, les Russes ont bien failli...

Barth l'interrompit d'un geste impatient. Krüll l'écœurait. Il regarda la décoration puis la tunique de l'adjudant, qui portait seulement l'insigne d'instructeur sportif.

— Alors, dit-il enfin, je vous confère la Croix de Fer de 1re et de 2e classe... — il prit la croix et l'épingla sur la tunique — ... pour bravoure devant l'ennemi, en tant qu'unique survivant de la deuxième compagnie...

Toujours penché vers Krüll, il ajouta très lentement et avec un accent d'ironie très accusé :

— Vous voilà un héros !

Puis il se redressa brusquement et sans se préoccuper des blessés qui le regardaient en silence, il dit au sous-lieutenant que la scène laissait stupéfait :

— Tâchez d'obtenir la communication avec le dépôt de Posen. Demandez qu'on m'envoie des hommes pour former une deuxième compagnie. Ce n'est pas ce qui doit manquer...

FIN

Achevé d'imprimer le 3 janvier 1980
sur les presses de l'Imprimerie Bussière
à Saint-Amand (Cher)

Presses Pocket
Presses Pocket
8 rue Garancière
75006 Paris
tél. 329 12 80

— N° d'édit. 179. — N° d'imp. 2278. —
Dépôt légal : 3e trimestre 1965.
Imprimé en France

Presses Pocket
8 rue Garancière
75006 Paris
tél. 329 12 80

DÉJA PARUS (suite) :

1332	L'ombre chinoise	**Georges SIMENON**
1333	L'affaire Saint-Fiacre	**Georges SIMENON**
1334	Le coup de lune	**Georges SIMENON**
1335	La maison du canal	**Georges SIMENON**
1336	Le fou de Bergerac	**Georges SIMENON**
1337	Maigret	**Georges SIMENON**
1338	Le charretier de la Providence	**Georges SIMENON**
1339	Un crime en Hollande	**Georges SIMENON**
1340	La nuit du carrefour	**Georges SIMENON**
1341	La tête d'un homme	**Georges SIMENON**
1342	L'homme de Londres	**Georges SIMENON**
1343	Monsieur Gallet décédé	**Georges SIMENON**
1344	La guinguette à deux sous	**Georges SIMENON**
1345	Pietr-le-Letton	**Georges SIMENON**
1346	Les gens d'en face	**Georges SIMENON**
1347	Le passager du « Polarlys »	**Georges SIMENON**
1348	Le relais d'Alsace	**Georges SIMENON**
1349	Liberty-Bar	**Georges SIMENON**
1350	La danseuse du Gai-Moulin	**Georges SIMENON**
1351	Le pendu de Saint-Phollien	**Georges SIMENON**
1351	Au rendez-vous des Terre-Neuvas	**Georges SIMENON**
1353	L'écluse n°1	**Georges SIMENON**
1361	Trop beau pour mourir	**William IRISH**
1362	Mots croisés souriants	**Guy BROUTY**

Presses Pocket
8 rue Garancière
75006 Paris
tél. 329 12 80

DÉJA PARUS (suite) :

1363	Cent jeux historiques	**François DIWO**
1364	La fille du millionnaire	**Dorothy EDEN**
1365	La fin des Gretchen	**K. H. HELMS-LIESENHOFF**
1366	Les cartes du diable	**Jacques ROBICHON**
1367	Dites-le avec des tueurs	**Mickey SPILLANE**
1368	Six nuits de tonnerre	**William IRISH**
1369	Les médecins de l'impossible	**Christian BERNADAC**
1370	Chinoiseries pour OSS 117	**Jean BRUCE**
1371	OSS 117 et le sbire de Birmanie	**Jean BRUCE**
1372	OSS 117 à Mexico	**Jean BRUCE**
1373	OSS 117 n'était pas mort	**Jean BRUCE**
1374	Contact impossible pour OSS 117	**Jean BRUCE**
1375	Alerte à Rangoon pour OSS 117	**Jean BRUCE**
1376	OSS 117 joue le jeu	**Jean BRUCE**
1377	Travail sans filet pour OSS 117	**Jean BRUCE**
1378	Tortures	**Jean BRUCE**
1400	La mandarine	**Christine de RIVOYRE**
1401	2e classe à Diên Biên Phu	**Erwan BERGOT**
1402	La brigade des mœurs	**André BURNAT**
1403	Bourvil, du rire aux larmes	**Pierre BERRUER**
1404	Devouassoux, le souffle de la montagne	**Jacques BOURGET**
1405	Le pont de la Rivière Kwaï	**Pierre BOULLE**
1406	Les dieux s'affrontent	**Frank G. SLAUGHTER**

Presses Pocket
Presses Pocket
8 rue Garancière
75006 Paris
tél. 329 12 80

DÉJA PARUS (suite) :

1407 Victoire et la fille de Barbe-Bleue
Solange FASQUELLE
1408 La 25e heure **Constant Virgil GHEORGHIU**
1409 Coplan agent de choc **Paul KENNY**
1410 Je les ai vus mourir **Sven HASSEL**
1411 La glace à l'ananas **Christine de RIVOYRE**
1412 Celui qu'elle attendait **Michèle ARNEGUY**
1413 Monika **Marie-Louise FISCHER**
1414 La baie du silence **Daniel GRAY**
1415 Dernier strip-tease **William IRISH**
1416 7 morts sur ordonnance **Georges CONCHON**
1417 La guitare **Michel del CASTILLO**
1418 La tour de Colditz **Gilles ROMILLY**
et Michael ALEXANDER
1419 L'argot chez les vrais de vrais
Auguste le BRETON
1420 Les 186 marches **Christian BERNADAC**
1421 La nouvelle vague des soucoupes volantes
Jean-Claude BOURRET
1422 Pour une parcelle de gloire. T. I **BIGEARD**
1424 Pour une parcelle de gloire. T. II **BIGEARD**
1425 Les chimères de la mer **Frédéric DUMAS**
1426 Les renards **Jean-Marc SOYEZ**
1427 Un homme d'Ouessant **Henri QUEFFELEC**
1428 La vallée qui chante **Elisabeth GOUDGE**
1429 Une ombre sur la mer **Ginette BRIANT**

Presses Pocket
8 rue Garancière
75006 Paris
tél. 329 12 80

DÉJA PARUS (suite) :

1431 Les Desmichels
T. 1. Grand Cap — **Thyde MONNIER**

1432 Les Desmichels
T. 2. Le pain des pauvres — **Thyde MONNIER**

1433 Les Desmichels
T. 3. Nans le berger — **Thyde MONNIER**

1434 Les Desmichels
T. 4. La demoiselle — **Thyde MONNIER**

1435 Les Desmichels
T. 5. Travaux — **Thyde MONNIER**

1436 Les Desmichels
T. 6. Le figuier stérile — **Thyde MONNIER**

1437 Les Desmichels
T. 7. Les forces vives — **Thyde MONNIER**

1438 Le meilleur des mondes — **Aldous HUXLEY**

1439 De la 25e heure à l'heure éternelle **suivi de**
Pourquoi m'a-t-on appelé Virgil? — **Constant Virgil GHEORGHIU**

1440 Le sagouin — **François MAURIAC**

1441 Mal d'amour — **Jean FAYARD**

1442 Les mystères de l'Ouest — **Richard WORMSER**

1443 Les lettres de mon moulin — **Alphonse DAUDET**

1444 A la recherche des trésors disparus — **Daniel REJU**

1445 Concerto pour l'étrangleur — **William IRISH**

1447 L'île au trésor — **Robert L. STEVENSON**

1448 Le médecin de la vallée — **Heinz G. KONSALIK**

1449 Les étrangers de l'espace — **Donald KEYHOE**

Presses Pocket
8 rue Garancière
75006 Paris
tél. 329 12 80

DÉJA PARUS (suite) :

1450 Gretchen en service commandé — **K. H. HELMS-LIESENHOFF**
1451 Les pépins c'est mes oignons — **Raymond CHANDLER**
1452 Fusillade — **Raymond CHANDLER**
1456 Alexis Zorba — **Nikos KAZANTZAKI**
1457 Une vie — **Guy de MAUPASSANT**
1458 La fêlure — **Régine ANDRY**
1459 Le cœur est seul juge — **Marie-Louise FISCHER**
1460 Histoires de morts-vivants — **J. GOIMARD et R. STRAGLIATI**
1461 Histoires d'occultisme — **J. GOIMARD et R. STRAGLIATI**
1462 Histoires de monstres — **J. GOIMARD et R. STRAGLIATI**
1463 Histoires de fantômes — **J. GOIMARD et R. STRAGLIATI**
1464 Histoires démoniaques — **J. GOIMARD et R. STRAGLIATI**
1465 Histoires de doubles — **J. GOIMARD et R. STRAGLIATI**
1468 L'épée et le bistouri — **Frank G. SLAUGHTER**
1469 Le rire c'est la santé — **JEAN-CHARLES**
1470 Être ensemble — **Marie-Louise FISCHER**
1471 Le Christ recrucifié — **Nikos KAZANTZAKI**
1473 Médecins de la honte — **Betty TRUCK et Robert-Paul TRUCK**
1474 Le 9e cercle — **Christian BERNADAC**

Presses Pocket
8 rue Garancière
75006 Paris
tél. 329 12 80

DÉJA PARUS (suite) :

1475 Cent jeux divers **François DIWO**
1476 Cent jeux dessins **François DIWO**
1477 Le mot-mystère **Roger LA FERTÉ**
1478 Dossiers secrets de la sorcellerie **François RIBADEAU-DUMAS**
1479 Le tour du monde de Pen-Duick VI **Éric TABARLY**
1480 Du rififi au Cambodge **Auguste le BRETON**
1481 Du rififi à Hong-Kong **Auguste le BRETON**